Fluchtpunkt Mardin

Halil Gülbeyaz

Fluchtpunkt Mardin

Roman

Parthas

Parthas Verlag GmbH
Stresemannstraße 30, 10963 Berlin
e-mail: info@parthasverlag.de
www. parthasverlag.de

Lektorat: Karin Schneider, Gabriela Wachter
Umschlag, Gestaltung: Pina Lewandowsky
Satz: Klaus Keller
Umschlagabbildung: Kalecik in der Provinz Mardin/© Halil Gülbeyaz
Gesamtherstellung: Druckerei Theiss GmbH, A-9431 St. Stefan

ISBN (alt 3-86601-295-0) 978-3-86601-295-0

Das Leben

Als ich die Stadt zum ersten Mal von der Ebene aus erblickte, dachte ich, dass Gott selbst sie dorthin gebaut haben musste, um Sonnenanbetern und Zarathustra-Anhängern seine Existenz unter Beweis zu stellen. So unwirklich, wie sie an dem steilen Hang klebte, überkam mich das Gefühl, bei ihrer Entstehung sei es nicht mit rechten Dingen zugegangen. An diesem kargen, bräunlichen Berg hatten Menschen Jahrhunderte lang gehauen und gebohrt, so dass er einem Termitenhügel glich. Die alten Sandsteinhäuser wirkten wie die Stufen einer riesigen Treppe, die zu einem unsichtbaren überirdischen Wesen führte, das auf dem Gipfel residierte. Nur wenige Meter ragte das Mauerwerk terrassenförmig aus dem Berg hervor. Der eigentliche Wohnraum lag in der Tiefe der Felsen, denn in dieser Stadt fand das Private stets im Verborgenen statt.

Pure Existenznot hatte ihre Gründer hierher geführt. Die frühen Christen hatten sich auf der Suche nach Schutz diesen Berg zur Heimat gemacht. Tunnel führten von den Häusern zur rettenden Festung, die vor bald zweitausend Jahren dem Berggipfel wie eine Krone aufgesetzt worden war.

Merdin nannten die Christen die Stadt, Mardin hieß sie bei den Muslimen, und dabei blieb es.

Als ich damals den Bus bestieg, um aus Istanbul wegzukommen, machte ich mir keine Vorstellung von dem Ort, an den er mich bringen würde. Ich stand vor dem Fahrkartenschalter und sagte: »Ein Mal nach Mardin, bitte!«, als ob ich sagen würde: »Es geht auch ohne Filter. Hauptsache etwas zum Rauchen!«

Ziellos fuhr ich zu einer Stadt, die für Jahre mein neues Zuhause sein sollte. Heute weiß ich, dass Mardin die einzige Stadt ist, die der undankbaren Aufgabe von damals gerecht werden konnte. Sie wurde meine Einpersonen-Festung, meine Burg, in die ich mich verkroch, um mich hinter ihren dicken

Mauern vor meinen eigenen Gefühlen zu schützen. Denn vor ihnen war ich seit einiger Zeit nicht mehr sicher gewesen.

Ich hatte mich mit dem Überdruss eines Rentners nach Mardin zurückgezogen. Eine Erklärung dafür, warum meine Lippen sich an jenem Tag zu dem Wort »Mardin« geformt hatten, gibt es nicht. Vielleicht war mir dieser Städtename im Ohr geblieben von all den Rufen der Fahrkartenverkäufer, die sich im Busbahnhof gegenseitig zu übertönen versuchten. Möglicherweise spielte bei dieser Entscheidung auch meine Mutter eine Rolle, weil sie mir seit meiner Kindheit immer wieder erzählt hatte, mein Urgroßvater stamme aus dieser Stadt. Ein reisender Geschäftsmann sei er gewesen, der syrische Schmuggelwaren in dieser Region verkauft habe. Dabei sah es immer so aus, als ob sie diese Geschichten ihren Stricknadeln erzählte, deren farbige Köpfe heftig wackelten. Eines Tages sei mein Urgroßvater vor einer Blutrache nach Izmir geflohen, wo meine Urgroßmutter dann ihre drei Kinder auf die Welt gebracht habe. Seine Familie habe die Feigheit meines Urgroßvaters als Schande empfunden und ihn für immer verstoßen. Weder er noch meine Urgroßmutter seien ihren Angehörigen jemals wieder begegnet.

Ich weiß nicht, wie oft ich mir diese Geschichten anhören musste. Oft hatte ich das Gefühl, dass mein Vater, der sich durch einen frühen Tod in Sicherheit gebracht hatte und damit auf ewig verehrt, geliebt und unantastbar war, mich meiner Mutter als stellvertretender Zuhörer hinterlassen hatte.

Jahrelang hatte sie mich mit unserer Familiengeschichte verfolgt. Heute weiß ich, dass von all den Erzählungen meiner Mutter nichts wahr ist, daran werden auch ihre stetigen Wiederholungen nichts ändern. Ich kann auch mit Sicherheit sagen, dass mein Urgroßvater nicht aus dieser Stadt stammte, weil es in der Vergangenheit dort nie Kurden gegeben hatte, nur in der Nachbarstadt Kızıltepe, ein wucherndes Dorf am Fuß des

Berges. Eine Ansammlung von einstöckigen Lehm- und Betonhäusern an der einzigen Asphaltstraße, die nach Mardin hinaufführt, ist der Ort, an dem die Träume meiner Mutter zerschellen könnten, mein Urgroßvater stammte wohl eher von dort. Doch darüber werde ich mit meiner Mutter nicht sprechen. Wie eine hoffnungslose betagte Patientin, der man die bittere Wahrheit verwehrt, soll sie ihren Lebensabend in dem Glauben verbringen, von einem edlen Geschäftsmann aus der Sandsteinhäuserstadt abzustammen. Auch die Tatsache, dass mit mir als einzigem Kind ihre Geschichten zwangsläufig aussterben werden, wird ihr hoffentlich verborgen bleiben. Sie glaubt noch immer, dass ich nur deswegen keine Familie gegründet habe, weil mir die passende Frau noch nicht über den Weg gelaufen ist. Sie weiß nicht, dass ich, das Einzige, was ihr nach dem Tod meines Vaters noch geblieben ist, an meiner Unfähigkeit, das Leben zu leben, noch zugrunde gehen werde!

Die Entscheidung, nach Mardin zu gehen, traf ich an jenem Tag, an dem mir klar wurde, dass jeder weitere Tag, den ich in Istanbul bliebe, mich einen Schritt näher an mein Verderben bringen würde. Ich verließ die Stadt nicht wie jemand, der eine Beziehung beendet und dann das Feld räumt. Ich ging, um zu überleben. Denn eine Stadt, egal um welche Stadt es sich handelt und wie viele Menschen darin leben, gehört in Wirklichkeit einem einzigen Menschen. Istanbul war Suzans Revier, und sie bezeichnete es als ihren »Friedhof«. Einen gewissen Wahrheitsgehalt hatte dieser pathetische Satz, denn für uns beide gab es dort wahrlich kein Leben.

Als ein Kommilitone mich auf dem Unigelände auf sie aufmerksam gemacht hatte, war ich im vorletzten Semester gewesen. Es war der Spätsommer des Jahres 1992, und das Land machte turbulente Zeiten durch. Särge mit türkischen Soldaten, die in kurdischen Gebieten getötet worden waren, wurden täglich auf den Friedhof getragen. Die rechtsextremistischen

»Grauen Wölfe« ließen keine Gelegenheit aus, um aus Trauerzügen nationalistische Kundgebungen zu machen. Kurden wurden in westanatolischen Städten verprügelt oder mit Genickschüssen getötet, ihre Geschäfte zerstört, Menschen verschwanden spurlos. Es herrschten Verhältnisse, die einem Deutschländer wie mir sehr fremd waren.

Die Ereignisse hier waren mit Vorgängen in einem mitteleuropäischen Land überhaupt nicht zu vergleichen. Die politische Landschaft der Türkei ähnelte einem Dschungel, in dem eigene Gesetze herrschten. Trillionen von Lira verschlang der Krieg gegen die Kurden, Politiker, die dem Militär vorwarfen, die Staatskasse zu plündern, mussten ihre Ämter niederlegen, manche wurden verhaftet und eingesperrt. Immer wieder hörte ich, dass einer meiner Professoren sich vor dem Sicherheitsgericht verantworten musste, armeekritische Zeitungen wurden eingestampft, Musiker bekamen Auftrittsverbote. Während mir die eigenartige Vorgehensweise des Staates einen Schock versetzte, lebten meine Kommilitonen weiter, als ob nichts geschehe.

Es gab aber auch Politiker, die versuchten, sich aus der Umklammerung der Armee zu befreien und den verloren gegangenen Anschluss an Europa wiederzufinden. Der Anführer der Idealisten, die gegen die türkische Armee ins Feld zogen, war der Staatspräsident höchstpersönlich. In dem Maße, wie das Militär die Autonomiebestrebungen der Kurden unterdrückte, wollte er der kurdischen Minderheit kulturelle und politische Rechte einräumen. Innerhalb des Staates herrschte ein Geheimkrieg. Ein ziviler Polizeiapparat, der vom Staatspräsidenten ins Leben gerufen worden war, konkurrierte mit dem Geheimdienst. Sie bekämpften einander mit oft sogar tödlichen Folgen. Ein Machtvakuum machte sich bald bemerkbar. Kriminelle Banden erkannten die Gunst der Stunde, sie übernahmen für die Regierung und das Militär die Drecksarbeit. Die türkische Mafia, die sich zum größten Teil aus den Nationalisten, Mitgliedern der rechtsradikalen »Idealistenverbände«, rekrutierte, erpresste Schutzgelder und tötete am nächsten Tag im Auftrag des Staates.

Auch die Studenten waren vor ihnen nicht sicher. Immer wieder wurden auf dem Unigelände die linken Kommilitonen Opfer ihrer Messer und Knüppel. Und ausgerechnet hierher war ich gekommen, um zu studieren. Meine Jugend ist die einzige Entschuldigung dafür.

»Siehst du sie? Die mit dem T-Shirt über dem Pullover!«

Mein Kommilitone deutet auf eine Frau, von der er meinte, ich müsse sie unbedingt kennen lernen. Auch sie sei aus Deutschland.

Das Land, in dem ich meine Jugend verbrachte, hatte ich Hals über Kopf verlassen, um in Istanbul zu leben. Die einzige Bindung nach Deutschland, die noch bestand, war meine Mutter, die in der Obhut unserer Verwandten besser aufgehoben war als in der meinen. Ich hatte mich entschlossen, mein Schicksal in der Türkei herauszufordern, unserem einstigen Urlaubsziel, in dem Land, dessen Sprache ich sprach und dessen Produkt ich unübersehbar war, mit meinem dunklen Aussehen und meiner dunklen Seele.

Schwer war mir diese Entscheidung nicht gefallen, denn so richtig zu Hause hatte ich mich in Deutschland nur selten gefühlt, wie die meisten der spät eingereisten Deutschländer. Als ich damals als Fünfzehnjähriger mit meiner Mutter ins Land gekommen war, war es zu spät gewesen für die Einpflanzung einer Heimatliebe und die Aneignung einer fremden Kultur. Als die Ärzte bei meinem Vater, der kein Raucher, aber Heizer in einem Berliner Kabelwerk gewesen war, Lungenkrebs diagnostizierten, war ich bereits siebzehn, alt genug, um meiner Wut eine Richtung zu geben.

Für mich stand fest: Deutschland war Schuld an unserem Familienunglück. So hatte ich mich in dem Land, das meine

Familie aufgenommen und ihr Arbeit gegeben hatte, ins Abseits gestellt. Mit einem Gefühl der Fremdheit hatte das nichts zu tun. Die Deutschen an das türkische Leben zu gewöhnen war in Berlin-Kreuzberg einfacher zu bewerkstelligen, als den Türken das Schächten von Tieren auszutreiben, was unter Strafe steht.

Eines Tages stieg ich dann mit der Beiläufigkeit eines Menschen, der im Supermarkt einkaufen geht, in das Flugzeug nach Istanbul. Berlin war nicht mein Zuhause, dort hatte ich nur gewohnt.

Seit drei Semestern studierte ich nun Germanistik an der Universität von Istanbul, eine Fachrichtung, die ich in Berlin bereits begonnen hatte. Für einen anderen Studiengang hätte ich in der Türkei eine Aufnahmeprüfung machen müssen, und die wäre für mich Deutschländer alles andere als einfach gewesen. Die Ummeldung innerhalb derselben Fachrichtung von der Freien Universität zur Bosporus-Universität war dagegen eine kleine Formalität. Und nun gab es kein Entkommen vor der Germanistik.

Der Zeigefinger meines Mitstudenten hatte auf eine kleine Gestalt gedeutet, auf die ich in den Vorlesungen bereits einige Male aufmerksam geworden war. Dass sie eine Deutschländerin war, hatte ich auch ohne fremde Hilfe erkannt: Verglichen mit den einheimischen Frauen war sie kaum geschminkt, gleichgültig gekleidet und, was ausschlaggebend war, sie hatte rote Strähnen im Haar. Man konnte sie durchaus als hübsch bezeichnen, sie hatte Mandelaugen und war klein und zierlich. Ihre Augenbrauen waren immer etwas zusammengezogen, so dass man den Eindruck hatte, sie sei durchgehend schlechter Laune. Trotz ihres lässigen Aussehens war sie eine Studentin, die ihre Anwesenheitspflicht an der Uni ernst nahm. Es war allerdings nicht zu übersehen, dass sie am Campusleben keinen großen Gefallen fand. Sie nahm an den Pflichtkursen stets teil wie jemand, der widerwillig ein Versprechen einlöste, sprach selten mit anderen Studenten und blätterte beim Essen versunken in Zeitschriften und Büchern. Das also war Suzan, und bei den Heften handelte es sich meist um das wöchentlich erscheinende Literatur- und Satiremagazin *Öküz*, das nur einige wenige Hundert Exemplare verkaufte, zwei davon an uns.

Ich hatte sofort gewusst, dass es sich nur um sie handeln konnte, ließ jedoch meinen Kommilitonen weiterreden.

»Die da, neben dem Typen mit dem roten Pullover!«

»Was soll ich mit ihr machen? Soll es eine saubere Arbeit werden, ich meine, ein glatter Kopfschuss? Oder nur eine kleine Bestrafung, eine Kugel in den Unterschenkel zum Beispiel?«

Mein Kommilitone schaute mich entgeistert an:

»Spinnst du? Ich meine es doch nur gut mit euch!«, sagte er entrüstet und entfernte sich kopfschüttelnd.

Eigentlich war ich ihm für seinen Hinweis dankbar und freute mich über die Schicksalsgemeinschaft mit Suzan. Aber Emotionen werden in diesem Land wie ein Klumpfuß behandelt, man trägt sie nicht öffentlich zur Schau.

Die Sympathie des Mitstudenten für uns Deutschländer war durchaus nicht der Regelfall, oft wird diese eigenartige Minderheit wegen ihrer mangelhaften Bildung und Naivität gehänselt, als Geldquelle zwar willkommen geheißen aber bei erster Gelegenheit betrogen und ausgenommen. Aus den ärmsten Landstrichen Anatoliens waren sie, oftmals ohne lesen und schreiben zu können, nach Deutschland gegangen, und kehrten nun als Neureiche zurück, doch ohne die Gerissenheit des Emporkömmlings in der Heimat.

In der Folgezeit machte ich es mir zur Gewohnheit, Suzan zu beobachten. Daraus entwickelte sich bald so etwas wie eine Zwangshandlung. Sobald ich sie erblickte, musterte ich sie von Kopf bis Fuß. Ihre Bewegungen verfolgte ich bis ins letzte Detail. Beim Gehen schaute sie auf ihre Füße oder auf den Boden. In der Mensa war ihr Beobachtungsobjekt das Tablett, auf dem sie fast nur vegetarische Kost platzierte, meistens Joghurtspinat und Spiegeleier. Obwohl sie Mitte, Ende zwanzig sein musste, hatten ihre jugendlichen Schritte noch nicht richtig Fuß gefasst, sie waren beinahe tollpatschig, trotz ihrer weiblichen Figur, mehr ein Stapfen.

Wir studierten seit zwei Monaten dasselbe Fach und besuchten dieselben Vorlesungen, ohne jemals miteinander gesprochen zu haben. Sie ging an allem desinteressiert vorüber, an Tischen und Stühlen, Kommilitonen und an mir. Andere Studenten hatten gleich im ersten Semester Gruppen gebildet, die jahrelang zusammenhielten. Wohngemeinschaften waren gegründet worden, Nachahmungen des Westens, in denen die freie Liebe gelebt wurde, und in Stammcafés und Kneipen wurde eifrig diskutiert. Sie war Einzelgängerin geblieben. In den ersten vier Wochen sah ich sie nur ein einziges Mal mit jemandem sprechen, und es handelte sich dabei nicht um einen Studenten.

An jenem Tag war ich in einem Abstand von etwa zwanzig Schritten hinter ihr hergelaufen, in der Hoffnung, dass sich eine Gelegenheit bieten könnte, um mit ihr ins Gespräch zu kommen. Sie hatte das Seminargebäude verlassen, war an den wachhabenden Polizisten vorbeigegangen und hatte unvermittelt einen etwa vierzigjährigen Mann von hinten umklammert, der vor dem Tor der Universität auf sie gewartet hatte. Als er lächelnd vor ihr gestanden war, hatte sie ihn auf den Mund geküsst, nicht – wie in der Türkei üblich – auf die Wangen, sondern direkt auf die Lippen. An diesem Tag hatte ich sie zum ersten Mal lächeln sehen. Der unrasierte, nachlässig gekleidete Mann hatte nach der Begrüßung seinen Arm um sie gelegt, gemeinsam überquerten sie den Beyazıt-Platz. Sie waren durch die Gasse der Antiquariate in Richtung Sultanahmet verschwunden, während ich noch lange am Universitätstor stehen geblieben war. Wieder hineingehen wollte ich nicht. Ziellos war ich in Kapalı Çarşı umhergelaufen und hatte mich schließlich ins Çorlulu Ali Café gesetzt, das in einem Hinterhof verborgen lag, und eine Wasserpfeife bestellt.

Obwohl der türkische Kaffee und die Wasserpfeife ähnliche Effekte auslösen, sind sie gemeinsam – das wissen nur Wasserpfeifenraucher – absolut unverträglich. Zusammen eingesetzt, verursachen sie einen trockenen Hals und lassen die Schleimhaut – meine jedenfalls – aufgehen wie Pizzateig. Als ich zu Beginn meiner Çorlulu-Ali-Besuche Kaffee und Pfeife zugleich bestellte und bald eimerweise Wasser verlangte, verstand ich die spöttischen Blicke und das unterdrückte Lächeln der anderen Gäste noch nicht. Dafür war ich zu sehr mit mir selbst beschäftigt. Erst als ich die Kombination von Wasserpfeife und Tee probierte, merkte ich, dass auf den kleinen Tischen der wahren Wasserpfeifengenießer nie Kaffeetassen zu sehen waren.

Das Szenario im Café war stets von verlässlicher Gleichförmigkeit: Die Gäste saßen in Reih und Glied und rauchten ihren Tabak mit weltabgewandtem Blick. Selten kam eine Unterhaltung in Gang, jeder rauchte sich in seine eigene Gedankenwelt, bezahlte und verließ den stillen Innenhof. Die wenigen quasselnden Studenten und fotografierenden Touristen, Saboteure jeder Meditation, wurden mit Engelsgeduld hingenommen.

An jenem Tag hatte ich an dem Mundstück meiner Pfeife so gierig gezogen, als ob ich aus der kleinen Öffnung die Antworten auf alle meine Fragen erhalten könnte.

Wer war dieser Mann? Ihr Freund? Ihr Verlobter? Ihr Ehemann? Warum war sie außerhalb der Uni so fröhlich und innerhalb so in sich gekehrt, immer nur am Rande des Geschehens, mit sich allein?

Den Mann sah ich nie wieder. Dafür sollte ich, nachdem ich Suzan näher kennen gelernt hatte, manch anderen Nebenbuhler erleben, mit dem sie vor meinen Augen flirtete, um ihn dann aus ihrem Leben wieder verschwinden zu lassen – wie jenen Mann damals vor der Universität.

Abfahrt nach Mardin

Bald drei Jahre sind vergangen, seit jenem Herbsttag, als ich den Bus bestieg, der mich von ihr fortbrachte. Zu Beginn der Fahrt überkam mich ein Gefühl der Erleichterung, so als strömte lauwarmes Wasser über meinen Körper. Ich wusste: ich handelte richtig, und diese Flucht würde mich vor der drohenden Selbstzerstörung retten. Schlafen, Essen, Denken, Atmen waren zur Qual geworden. Meine Gefühle zerfraßen mich wie Essig den eigenen Krug, wie man in der Türkei sagt. Sechs Wochen zuvor hatte ich aufgehört zu arbeiten und begonnen, in den Tag hineinzuleben, der nur noch daraus bestand, an Suzan zu denken. Ich war aufgewacht, hatte auf dem Balkon gesessen und die Öltanker auf dem Bosporus wie die Ereignisse der letzten Jahre vor meinen Augen vorüberziehen lassen. Ich hatte mich entschlossen zugrunde zu gehen.

Doch nun saß ich in einem Reisebus, in dem der Zigarettenqualm bereits wenige Minuten nach Fahrtbeginn die Sicht vernebelte und der mich über die unebenen Straßen Anatoliens schaukelte, als ob er mich trösten wollte. Die staubige Ebene von Konya war endlos und eintönig. Meine Gedanken saugten aus allem, was meine Augen sahen, puren Pessimismus. In der einsamen Weite suchten die Schafherden nach Futter. Der Überrest eines kleinen Transporters stand mitten auf einem Feld. Seine Scheiben waren eingeschlagen, alles Brauchbare war bereits abmontiert. Auf dem Blech stand in einer verspielten Schrift »Sibel Fırın«, »Bäckerei Sibel«. Wie so viele wird der einstige Halter des Wagens seinen Betrieb mit großen Hoffnungen begonnen und ihm den Namen seiner Frau oder seiner Geliebten gegeben haben, dachte ich. War sie nach dem Konkurs sein einziger Trost, oder hatte sie ihn verlassen?

Unser Bus überholte Pferdewagen, Ochsenkarren und die Gegenwart auf unserem Weg. Der Gülek-Pass durch das Taurusgebirge, der den Weg in den Süden freigab, war in Wirklichkeit die Passage in eine andere Zeit: Je tiefer wir in den Osten fuhren, umso zahlreicher wurden die Lehmhäuser. Wer wohnte in diesen Höhlen aus getrockneter Erde, deren einzige Verbindung zur Moderne die dünnen Stromkabel waren, illegal an den Hochspannungsdrähten angebracht, weil das Geld für den Strom fehlte? Die Leute befestigten eiserne und kupferne Haken an den Enden der Kabel und schleuderten sie wie Angler ihre Schnüre immer wieder in die Höhe, bis sie sich da oben festhakten. Ohne Transformatoren und Regler leiteten sie den angezapften Strom in ihre Häuser, die dadurch vielen Familien zum Grab wurden. Unter der großen Netzspannung schmorten die dünnen Kabel durch und setzten die Behausungen in Brand. Oft hatte ich in den Zeitungen Überschriften gelesen wie: »Im Schlaf verbrannt«, »Schwarzstrom brachte den Tod« oder »Wer nicht zahlt, zahlt mit dem Leben«.

Wenn ich für Sekunden aus der Hypnose meines Schmerzes erwachte, hatte ich das Gefühl, dass es sich bei dem Passagier, der auf meinem Platz saß, nicht um mich, sondern um eine tragische Filmfigur handelte. Nie zuvor hätte ich gedacht, dass irgendetwas mich dazu bringen könnte, Istanbul den Rücken zu kehren – die einzige Stadt, in der ich mich halbwegs zu Hause gefühlt hatte –, um mich in einer abgelegenen Region Kurdistans niederzulassen.

Die Fahrt zu der Sandsteinstadt dauerte damals achtzehn Stunden. Nun, da die Autobahn Mersin–Antep fertiggestellt wurde, ist sie zwei Stunden kürzer. Von zwei Pausen abgesehen, ratterte, quietschte und fuhr der Bus ununterbrochen durch. Bei der ersten Rast blieb ich auf meinem Platz und trank Tee, den ein Kellner im Bus servierte. Beim zweiten Halt kaufte ich eine Zeitung, aus der man, wie aus beinahe jeder türkischen Zeitung, die Wahrheit mühsam herausfiltern musste.

Nachdem der Staatspräsident ein halbes Jahr zuvor an einem Herzinfarkt gestorben war, hatte sich in der Innenpolitik einiges geändert. Ich beobachtete die politischen Ereignisse im Land zwar mit den Augen eines Winterschläfers, aber der Stil des Staatspräsidenten war überall zu spüren gewesen. Trotz seines Erzkonservatismus hatte er sich bemüht, den Kurden die Autonomie zu gewähren und den Krieg im Osten zu beenden. Ein Vorhaben, das ihm wohl zum Verhängnis geworden war.

Die politischen Turbulenzen, die Anfang der Neunziger den Höhepunkt erreicht hatten, konnten sogar einen politisch desinteressierten Menschen wie mich in Erstaunen setzen. Die Quelle des Bösen war der Krieg. Seit Anfang der achtziger Jahre führte die kurdische Guerilla ihren Kampf gegen die türkische Armee, der schon mehr als dreißigtausend Menschen das Leben gekostet hatte, wobei nur jedes sechste Opfer ein Soldat war. In der heftigsten Phase des Krieges ließ sich der Staatspräsident für eine friedliche Lösung des Kurdenkonflikts von einem Armeegeneral beraten, der wie er selbst für einen Waffenstillstand mit den Kurden plädierte. Manche Stimmen bezeichneten dies als »Verlust der Ehre der türkischen Armee«, manche als »Kapitulation«. Kaum waren die Gespräche beendet und der General auf dem Weg zur Umsetzung der beschlossenen Politik, da stürzte seine Militärmaschine ab. Der General war tot. Während die offizielle Version »Absturz wegen Vereisung der Tragflächen« hieß, sprachen kritische Stimmen von einem »Sabotageakt«. Dann geschah das Unglaubliche: Zwei Monate später, im April 1993, starb auch der Staatspräsident an einem mysteriösen Herzinfarkt. War es wirklich ein Herzinfarkt?, fragten sich die Menschen. Die Antwort gab ihnen der Sohn des Verstorbenen. Er trat mit der Nachricht an die Öffentlichkeit, dass er Anhaltspunkte dafür habe, sein Vater sei nicht eines natürlichen Todes gestorben, sondern vergiftet worden. Die Behörden verzichteten auf eine Untersuchung, die

Gerüchteküche kochte. Spekulationen über die Täter waren im Umlauf, darunter auch jene, dass der Tod des Präsidenten das Werk von *derin devlet* gewesen sei, also aus der »Tiefe des Staates« kam, in dem ein undurchdringliches Netz konkurrierender Apparate und Interessen regierte. Konnte es wahr sein, dass einer der ranghöchsten Generäle und der Staatspräsident vom eigenen Geheimdienst getötet worden waren?

Was folgte, war vorauszusehen. Die Hardliner in der Armee begannen nach dem Tod des Staatsoberhauptes, das Ruder wieder herumzureißen. In den kurdischen Gebieten wurde der Kampf gegen die Guerilla nun erbitterter denn je geführt. Extreme Rechte ließen sich als Freiwillige für den Krieg rekrutieren, bildeten Sondereinheiten und Todesschwadronen. Der Regierung nahe stehende kurdische Clans wurden bewaffnet und bildeten so genannte Dorfmilizen. Feudalherren verfügten nun ganz legal über schwer bewaffnete Privatarmeen und geboten über ein rechtsfreies Territorium. Sie beraubten, ermordeten und vergewaltigten die eigenen Volksangehörigen.

Und ich? Ich handelte besinnungslos. Betäubt von meinem Unglück befand ich mich auf dem Weg in die Kriegsregion, ausgerechnet in die Stadt Mardin, mit ihren hunderttausend Einwohnern die letzte türkische Bastion vor der Grenze zu Syrien und dem Irak.

Seit Stunden wurde ich im Bus durchgerüttelt. Das Tageslicht schwand. Kleinstädte, Dörfer und Häuser zogen vorüber, Häuser, die weit entfernt von Städten und Dörfern lagen. Ich fragte mich, welche Menschen in solch abgelegenen Behausungen an dem steilen Hang eines fernen Berges leben mochten. Und ich fragte mich auch, ob es stimmte, dass Lkw-Fahrer in jeder Stadt eine andere Frau unterhielten und in ihre Fahrzeuge Zusatztanks einbauen ließen, in denen sie Schwarzdiesel aus dem Irak schmuggelten.

Mit den ersten Sonnenstrahlen des Tages erreichten wir Mardin, übernächtigt und hungrig. Die Füße der anderen Fahrgäste trugen ihre Besitzer bereits mit kurzen schnellen Schritten an ihre Ziele, meine waren zwei Meter neben dem Bus stehen geblieben. Der kleine Busbahnhof war innerhalb weniger Minuten wieder menschenleer, der Bus drehte auf dem Platz eine Runde um mich und verschwand in einer Staubwolke. Ich stand mit meinem Koffer auf dem löchrigen Asphalt und schaute mich um. Die ersten Bilder der Stadt erschienen mir wie Aufnahmen aus einem alten Film, dessen Farben und Konturen über die Jahre weicher geworden und einem Sepiaton gewichen waren. Ich stand am Fuß der Stadt, die vom Berg aus auf mich hinunterblickte, nahm mein Gepäck und ging in Richtung der einzigen offenen Tür in dem U-förmigen einstöckigen Gebäude, das damals der Busbahnhof war. Heute halten die Busse auf der dreispurigen Flaniermeile der Neustadt in der Ebene.

Vor den grauen Rollläden des Betonbaus zerrten magere Straßenhunde Essbares aus den Mülltonnen, Katzen beobachteten sie aus sicherer Entfernung.

»Eine heiße Linsensuppe, mein Herr?«, fragte ein Mann hinter einem riesigen Topf, und schob sofort die Antwort auf meine nicht gestellte Frage nach. Es gab nur Linsensuppe. Ich schlürfte die gallegrüne Flüssigkeit, in der die Flocken des *isot* herumschwammen, der »Kurdenschärfe«, wie man das scharfe Paprikapulver hier nennt.

»Suchen Sie jemanden?« Obwohl sich Mardin in einer Region befand, in der Ausnahmezustand herrschte, wusste ich, dass diese Frage nicht im Auftrag der örtlichen Polizei gestellt worden war, sondern aus anatolischer Neugierde heraus.

Nein, ich suchte niemanden und nichts, oder etwa doch? »Meine verlorene Jugend«, wäre die Antwort in einem sentimentalen Spielfilm, und »Mich selbst«, die eines selbstmitleidigen Mittdreißigers gewesen. Ich sagte lieber nichts.

Auch die *mırra*, den Kaffee, den der Suppenverkäufer mir anbot, lehnte ich nicht ab, denn ich wusste nicht, wohin mit mir in diesen frühen Morgenstunden. Außerdem war das dickflüssige bittere Gebräu, das minutenlang zu einem entfernten Verwandten von Asphalt verkocht worden war, genau das Richtige nach einer schlaflosen Nacht.

Zwei Hotels befänden sich im neuen Teil von Mardin, der in der Ebene liegt, und ein weiteres, altes oben am Berg, erzählte der Suppenverkäufer. Es läge in der Stadtmitte, am Hauptplatz gegenüber der *kilise*, der Kirche, ein altes Sandsteinhaus ohne Komfort. Die neuen Gästehäuser hingegen hätten Zimmer mit Bad und warmem Wasser, versicherte er mir. In dem Hotel neben dem Gouverneurspalast bekäme ich sogar Preisvergünstigung, wenn ich an der Rezeption seinen Namen nennen würde, rief er mir hinterher. Sein Cousin, der Hotelbesitzer, schien eine wichtige Rolle in seinem Leben zu spielen, aber ich hatte den Namen des Suppenverkäufers gleich wieder vergessen.

Sammelbusse hatten ihren Betrieb noch nicht aufgenommen, Taxis gab es nicht, also blieb mir nichts anderes übrig, als den Weg zu Fuß gehen. Mit meinem Koffer konnte ich den steilen Berghang erst nach einigen Atempausen bezwingen. Das alte Hotel, das einst ein privates Wohnhaus gewesen war, stand fast leer. Ich nahm ein Zimmer mit Blick auf die Ebene und ließ mich mit meinen Kleidern aufs Bett fallen. Die Busfahrt lastete schwer auf mir, so dass ich erst am nächsten Tag von den Sonnenstrahlen geweckt wurde.

Innerhalb von zwei Stunden, in denen ich die gesamte Altstadt mehrmals durchlaufen hatte, stand mein Entschluss fest: Hier wollte ich bleiben. Natürlich nicht für immer, nur so lange, wie ich es aushalten würde. Mit dem Geld, das ich besaß, hätte ich sogar die Möglichkeit gehabt, hier ein ganzes Leben zu verbringen – vorausgesetzt, an der Armut der Region würde sich nichts ändern.

Das Schild »Immobilienmakler« wirkte neben dem großen bunten Schild »Şehmuz Market« wie ein Stiefkind. In dieser Gegend war es nicht außergewöhnlich, dass ein Maklerbüro innerhalb eines Lebensmittelladens betrieben wurde. An der Theke saß ein alter Mann, hinter ihm, in dem einzigen Regal, lagen kleine Kartons mit Kaugummi, Rasiermesser und Zahnpasta. Ich bahnte mir einen Weg zwischen den Gemüsekisten hindurch und begrüßte den alten Mann mit einem jugendlichen *merhaba*, hallo. Der Ladenbesitzer entgegnete ein entschiedenes *selaymunalekykum*, wie es sich gehört. Seinem Aussehen und dem Akzent nach gehörte er der arabischen Gemeinde an, die mit zwei Dritteln die Mehrheit der Bevölkerung Mardins stellte. Bei der Grenzziehung zwischen der Türkei und Syrien nach dem Ersten Weltkrieg hatten die Siegermächte dieses mehrheitlich von Arabern bewohnte Gebiet der Türkei zugesprochen. Viele arabische Einwohner waren auf der türkischen Seite geblieben, weil sie Haus und Hof nicht verlassen wollten, und zu türkischen Staatsbürgern geworden.

Das restliche Drittel bestand aus Kurden, Türken und Nachfahren der Stadtgründer, aramäischen Christen, die heute allerdings nur noch zweihundert Gemeindemitglieder zählen.

Der Gemüsehändler schaute mich desinteressiert mit halbem Auge an. Er dachte wohl, dass ich nur ein Rasiermesser oder Ähnliches kaufen wollte.

»Sind Sie der Immobilienmakler?«, fragte ich ihn.

Sein Gesicht erhellte sich. Da er ein Geschäft witterte, nahm er mich schnell in die Familie auf.

»Wie kann ich dir dienen, mein Sohn?«

»Eine Wohnung«, sagte ich.

»Zum Mieten oder zum Kaufen?«

»Zum Mieten!«

Die Hoffnung auf ein großes Geschäft verschwand umgehend aus den Falten seines Gesichtes.

»Ja, da habe ich einiges an schönen modernen Wohnungen in der Ebene«, sagte er widerwillig.

»Ich suche aber etwas hier in der Altstadt«, erwiderte ich.

»Hier habe ich nur ein Haus, aber ohne Garantie!«

»Ohne Garantie?«

»Ja, ohne Garantie. Zwar kannst du in dem Haus wohnen, musst aber ausziehen, wenn der Besitzer mit der Polizei kommt. Wenn er ohne die Polizei kommt, brauchst du nicht auszuziehen, auch nicht, wenn der Priester mit der Polizei, aber ohne den Hausbesitzer kommt. Der Hausbesitzer muss auf alle Fälle eine gültige Grundstücksurkunde dabei haben.«

Der alte Mann ging alle Möglichkeiten durch, als wolle er eine Wahrscheinlichkeitsberechnung anstellen. Am Ende seines Monologs wusste ich schließlich, dass es sich bei seinem Angebot um das Haus eines aramäischen Christen handelte, der die Stadt zwei Jahre zuvor verlassen hatte. In solchen Fällen besetzten die muslimischen Einwohner die Häuser und erklärten sie zu ihrem Eigentum. Wenn der rechtmäßige Besitzer zurückkam, blieb ihnen nichts anderes übrig, als das Haus wieder zu räumen. Aber da die Menschen die Stadt eher verließen, als dass sie zurückkehrten, trat dieser Fall fast nie ein. Wie ich bald erfahren sollte, verfuhr man so auch mit Kirchen in abgelegenen ehemals christlichen Dörfern und nutzten sie als Lagerhallen oder Ställe.

»Sonst haben Sie nichts?«

»Nur in der Ebene!«

»Auf Wiedersehen!«

»Gott schütze Sie!«, sagte er, wobei er Allah mit drei l aussprach, als ob der zusätzliche Buchstabe ihm das Tor zum Paradies aufstoßen würde.

Ich ging weiter durch die engen Gassen der Altstadt. Die einzige Asphaltstraße, die sich hier durchschlängelte, war nachträglich hineingeschlagen worden. An manchen Häuserwänden ragten unvermittelt Sandsteine heraus, Schlafzimmertüren präsentierten sich schamlos den Passanten, führten auf einen kleinen Abgrund hinaus oder waren zugemauert. Trotz dieser Opfer war die Straße für den Verkehr in beiden Richtungen nicht breit genug. Jeder, der sich auf diese Einbahnstraße begab, musste durch die gesamte Stadt kurven.

Das öffentliche Leben fand auf einer hundert Meter langen Strecke statt. In ihrer Mitte lag das Stadtzentrum, ein kleiner Platz – der einzige in der Altstadt –, etwa fünfzig Meter breit. Sonst standen die Sandsteinhäuser Schulter an Schulter und Nase an Nase. Kein einziger Quadratmeter war bei ihrer Erbauung verschenkt worden. Die oberen Etagen der Häuser berührten sich nahezu, während unten die engen Gassen sie nur knapp voneinander trennten. In die unteren Etagen gelangte kaum Tageslicht, während die oberen Stockwerke, die den Blick über die Ebene eröffneten, lichtdurchflutet waren. Dafür boten die Erdgeschosse in den langen heißen Sommermonaten genügend Abkühlung. Die steilen Gassen bestanden zumeist aus Kopfsteinpflaster, das in Stufen zum höchsten Punkt der Stadt führte. Wer auf ihnen von unten bis nach oben lief, überquerte an zwei Stellen die gewundene Asphaltstraße.

Zum archaischen Stadtbild gehörten Esel und Maultiere, die hier seit Jahrhunderten als Transportmittel dienten. Araberhengste, die in Mardin begehrt waren wie Harley Davidsons, konnten sich nur die Reichsten der Stadt leisten. Auch den Müll transportierte man hier mit Eseln: Die Abfallbehälter baumelten an ihren Seiten, und nicht selten blieben die Tiere in den Gassen stecken und verstopften den Verkehr.

Vom ersten Tag an fühlte ich mich hier wohl. Wenn ich heute manchmal an Suzan denke, empfinde ich keinen Groll gegen sie, im Gegenteil, ich bin ihr sogar dankbar dafür, dass sie mich in diese Stadt geführt hat.

Bald war ich in Mardin zu Hause, und fast alle Stadtbewohner kannten mich. Für manche war ich der »Schwule«, weil ich auf meine schulterlangen Haare nicht verzichtete, keinen Schnauzer trug und mich bei Gesprächen im Kaffeehaus unseres Viertels an Frauengeschichten desinteressiert zeigte. Für andere war ich bloß »der Verrückte«, weil sie nicht verstanden, weshalb ich das alte Sandsteinhaus eines Yeziden, eines Sonnenanbeters, gemietet hatte, obwohl ein neues Betonhaus in der Ebene weniger Miete kosten und darüber hinaus fließendes Wasser und ein richtiges Bad bieten würde.

Ich wohnte unweit des Stadtzentrums. Obwohl der zweite Immobilienmakler, den ich aufgesucht hatte, mir nur ein Haus zur Besichtigung angeboten hatte, war ich auf den ersten Blick sicher gewesen, dass es genau das richtige war. Dabei war es nichts Außergewöhnliches. Eine Steintreppe, die sich an einem leer stehenden Keller hochschlängelte, führte zu meinem Domizil. Ein Teil des Unterbaus, der wohl angelegt worden war, um die Baufläche darüber zu vergrößern, diente mir als Terrasse. Der Grundriss des Hauses war T-förmig. Drei miteinander verbundene Räume, deren Dächer aus steinernen Kuppeln bestanden, bildeten die Front. Ein drei Meter breiter und etwa sechs Meter tiefer Raum, der vom mittleren Zimmer aus in den Berg hineingehauen worden war, diente mir als Schlafzimmer. Eine dünne, nachträglich gemauerte Wand, die sich von der restlichen Architektur wie ein Fremdkörper absetzte, trennte es vom Wohnzimmer. Ein zugestopftes Loch in der Außenwand am östlichen Ende des Ts, durch das früher einmal ein Ofenrohr hinausgeleitet worden war, zeugte davon, dass hier einst gekocht wurde. Küche und Toilette befanden sich in einem kleinen Betonbau, der anscheinend erst wenige Monate vor meinem Einzug auf die Terrasse gesetzt worden war. Das Sitzklo, dessen Spülung keinen Wasseranschluss hatte und aus einem Eimer erfolgte, war die einzige technische Grundausstattung in meinem Haus.

Mein Wohnzimmermobiliar bestand aus einem Tisch, einem Schrank, einem Bücherregal und einer Couch, auf der ich die meiste Zeit verbrachte. In Wirklichkeit war sie ein Holzgerüst mit einem *döşek*, eine Art Futon, und zwei länglichen Kissen, bedeckt mit einem handgewebten Tuch. Die Gegenstände waren Hinterlassenschaften meines Vormieters, ein Lehrer, der wegen seiner kommunistischen Gesinnung in den Osten strafversetzt worden war. Nach Verbüßung seiner fünfjährigen Verbannung sei er wieder in den Westen zurückgekehrt, erzählte mir der Immobilienmakler.

Eine Matratze, die in der Mitte auf dem Boden lag, weil die Kälte des Berges mir dort am wenigsten zusetzte, und ein Kelim davor waren die Ausstattung des Schlafzimmers. In der Küche standen lediglich ein Herd, der mit Gas aus einer Flasche betrieben wurde und eine Leihgabe des Vermieters war, ein Klapptisch, ein Stuhl und ein Regal.

In meinem Haus hatte ich mir eine einfache Welt geschaffen, die meinen Bedürfnissen genügte. Draußen aber musste ich mich Gegebenheiten anpassen, die von anderen diktiert wurden und auf die ich keinen Einfluss hatte.

In den umliegenden Bergen tobten die Kämpfe zwischen den Kurden und der türkischen Armee mit ganzer Härte, das Leben in Mardin war aber trotz des Ausnahmezustands überraschend friedlich. Hätte man nicht gewusst, dass in dieser Region zigtausend Menschen in Kampfhandlungen getötet, dass ganze Dörfer niedergebrannt und mehr als drei Millionen Menschen aus ihren Wohngebieten vertrieben worden waren, man hätte als unbeteiligter Fremder von all dem nichts mitbekommen. Die Stadt schien unter völliger Kontrolle der türkischen Sicherheitskräfte zu stehen.

Die grüne Mobilmachung

Wochenlang hatte ich sie beobachtet, doch mir fehlte der Mut, sie anzusprechen. In der Mensa und in den Vorlesungen saß ich in ihrer unmittelbaren Nähe, begleitete sie unauffällig bis zur Bushaltestelle und nahm sogar manchmal, obwohl es nicht meine Richtung war, mit ihr den Bus zum Taksim-Platz. Die »Grüne Mobilmachung« brachte uns schließlich zusammen.

Weniger aus Liebe zur Natur als vom Drang getrieben, etwas zu erleben, meldete ich mich als freiwilliger Helfer bei dieser staatlichen Umweltschutzaktion.

Mehr als viertausend Studenten aus vierzehn türkischen Universitäten hatten sich in die Listen eingetragen. Trotzdem war die Aufgabe für die jungen Umweltschützer kaum zu bewerkstelligen. Der Atatürk-Staudamm, vor dreißig Jahren gebaut, war Ausgangspunkt für ein gigantisches Vorhaben, das man offiziell das »Südostanatolien-Projekt« nannte. Zwei Dutzend weitere Staudämme waren geplant. 117 Dörfer, eine Kleinstadt und einige der ältesten Siedlungen der Menschheit hatte man für den ersten Stausee bereits überflutet. Nun drohte dieses Vorzeigeprojekt wegen Bodenerosion zu verschlammen. Experten waren der Meinung, dass die einzige Lösung das Pflanzen von Bäumen sei. Da aber die Fläche, die aufgeforstet werden sollte, größer war als manch europäischer Kleinstaat, hatte die Regierung den »Notstand« ausgerufen und startete die größte »Naturkampagne« der türkischen Geschichte. Studenten sollten dabei die Hauptarbeit leisten.

Ohne zu ahnen, dass wir in einem von langer Hand geplanten Theaterstück nur Statistenrollen übernahmen, traf ich auf dem Istanbuler Flughafen ein. Als ich Suzan dort um sechs Uhr morgens in der Abflughalle auf einer Bank schlafend liegen sah, war ich bereit, alle Bäume der Welt zu pflanzen. Sie hatte sich auf drei Sitzplätzen ausgestreckt, die Tasche unter dem Kopf, die

Hände über dem Körper gefaltet. Sie war nicht die einzige, die der Müdigkeit nachgegeben hatte. Wohin ich blickte, lag jemand auf dem Boden, während andere trotz Ermahnungen des Flughafenpersonals Volleyball spielten. Ein langhaariger Student zupfte an seiner Gitarre, ein Liebeslied tönte durch die Halle.

Die meisten Studenten kamen aus gutem Hause, wo man ihnen bereits im Kindesalter Umweltbewusstsein eingetrichtert hatte. Angetrieben von ihrem anerzogenen guten Willen, wollten sie nun die karge kurdische Landschaft in einen Garten Eden verwandeln.

Zwei Wochen Zeit hatten wir, um fünf Millionen Bäume um den Stausee herum zu pflanzen. Nur so könne die verhängnisvolle Erosion gestoppt werden, meinte der Ingenieur des Forstministeriums. Turkish Airlines flog uns kostenlos ins Einsatzgebiet, wo wir im größten Wintercamp der Welt untergebracht wurden, das die türkische Armee errichtet hatte.

Im Flugzeug gab es freie Platzwahl, die Fenstersitze waren zuerst belegt. Auch Suzan saß an einem Fenster und schaute hinaus. Obwohl die Reihen vor ihr nicht vollständig besetzt waren, ließ ich mich mit klopfendem Herzen neben ihr nieder. Um die Peinlichkeit meines vielleicht allzu durchsichtigen Verhaltens zu überspielen, schloss ich die Augen und simulierte den Schlafenden. Nach wenigen Minuten bereute ich die Rolle. Um mich herum schrieen die Studenten, witzelten und applaudierten, als das Flugzeug endlich abhob. Ich hielt eisern die Augen geschlossen, merkte jedoch, dass Suzan beim Start außerordentlich unruhig wurde und andauernd ihre Sitzposition änderte.

»Würmer im Hintern?«, fragte ich cool, ohne die Augen aufzuschlagen. Den Satz hatte ich mir sorgfältig zurechtgelegt. Ich wollte sie schockieren und mich gleichzeitig interessant machen.

Keine Reaktion. Ich schielte unter halb gesenkten Lidern zu ihr hinüber und sah, dass sie mich mit großen Augen anstarrte. Doch dann setzte sie zu einem aufrichtigen lauten Lachen an.

»Und dir, geht's dir noch gut?«

»Nur etwas müde!«, erwiderte ich mit gespielter Gelassenheit.

»Flugangst habe ich eigentlich nicht, aber seit ich gelesen habe, dass die meisten Flugzeugunglücke in den ersten zehn Minuten nach dem Start passieren, bin ich beim Abflug nervös«, sagte sie.

»Dann wird es langsam Zeit, damit aufzuhören!«

»Wieso?«

»Die zehn Minuten sind um!«, antwortete ich.

Sie lächelte und schaute wieder aus dem Fenster.

Von nun an sagte sie nichts mehr. Ich schwieg ebenfalls, um nicht durch Aufdringlichkeit den verheißungsvollen Anfang zu verspielen. Doch nach wenigen Minuten schloss sie die Augen und schlief bis zur Landung durch. Ich nutzte die Gelegenheit, sie aus der Nähe zu betrachten, und prägte mir jedes Detail ihres Gesichtes ein. Ihre Augenbrauen waren noch nicht mit einer Pinzette in Berührung gekommen und hatten trotzdem die Form eines Halbmonds. Nur da, wo sie beinahe das Nasenbein berührten, wurden sie etwas breiter. Mitten auf der rechten Augenbraue schimmerte eine kleine Stelle ohne Haar, wohl die Erinnerung an eine Verletzung in Kindheitstagen. Ihre Lippen waren dunkelrot und voll. Das Kinn war energisch, ihr Hals lang und glatt, die Brüste – soweit ich sie unter dem Sweatshirt wahrnehmen konnte – nicht besonders auffällig.

Ich weiß nicht, wie lange ich sie angestarrt hatte. Erst mit der Stimme des Piloten, die aus den Lautsprechern drang, kehrte ich in die Realität zurück. In väterlichem Tonfall lud er die Passagiere ein, das Cockpit anzuschauen. Schnell bildete sich im Gang eine Schlange, in die ich mich einreihte, um meine Blicke, mit denen ich Suzan bereits auszog, von ihr loszureißen.

Nach der Landung musste ich sie wecken. Zärtlich klopfte ich auf ihre linke Schulter:

»Aufwachen! Wir sind da! Nicht, dass wir all die Bäume ohne dich pflanzen müssen.«

Ein müdes Lächeln war das Letzte, was ich von ihr zum Camp mitnahm. Ich stand auf und schob mich zum Ausgang, sie blieb sitzen und schaute aus dem Fenster. Diese erste wirkliche Begegnung mit ihr, auf die ich große Hoffnungen gesetzt hatte, stufte ich zwar als »misslungen« ein, doch maß ich dem weiter keine große Bedeutung bei. Ich wusste, dass wir uns wieder über den Weg laufen würden.

Direkt nach unserer Ankunft wurde das Unternehmen von den Initiatoren zügig in Gang gesetzt. Auf dem Flughafen wurden wir von einem Militärorchester empfangen, das zur Begrüßung in aller Feierlichkeit und Strenge die türkische Nationalhymne spielte. Trotz der Unruhe in unseren Beinen mussten wir unsere Pflicht als Staatsbürger tun und strammstehen. Im Anschluss spielte die Kapelle militärische Heldenlieder, zu denen die Studenten, zum Missfallen der Organisatoren, ausgelassen tanzten. Nach dem Empfang auf dem Flughafen wurden wir mit Bussen zum Zeltlager gefahren, wo uns ein Offizier über Megaphon die Camp-Regeln erklärte. Kaum hatten wir unser Gepäck in den uns zugewiesenen Zelten abgestellt, wurden wir zu einem nahe gelegenen Berghang geführt, wo sich unbewaffnete Soldaten zu uns gesellten. So ungeschickt sie sich dabei auch verhielten, schienen sie einen klaren Befehl auszuführen. Wir hatten nicht einmal Zeit, uns zu fragen, warum wir hierher gebracht worden waren, da standen wir bereits mit den uniformierten Männern wie die Mitglieder einer glücklichen Familie vereint und lächelten in die Kameras. Ich weiß bis heute nicht, wie der Spaten in meine Hand gekommen war und wer uns die Pflanzen zu Füßen gelegt hatte, so schnell und unsichtbar ging alles vor sich. Dutzende Journalisten fotografierten und filmten uns im Eiltempo, weil das Flugzeug, das sie und uns hierher gebracht hatte, zwei Stunden später wieder Richtung Istanbul starten würde. Dorthin, wo man in den Redaktionen der Tageszeitungen und Fernsehsender auf das Nachrichtenmaterial wartete.

Gleich am nächsten Tag sollten wir unsere Fotos auf den Titelseiten beinahe aller Zeitungen bewundern, unter Überschriften wie: »Soldaten und Studenten Hand in Hand für den Osten«, »Zusammenhalt zwischen Armee und Umweltschützern«.

Nach einem soldatischen Mittagessen, das aus einem halben Brot, einer Tomate, einer Gurke, einem Stück Käse und einem Stück Wurst bestand, ging es weiter. Der Landwirtschaftsingenieur des Forstministeriums lud engagierte Studenten ein, mit ihm zum Stausee zu fahren. Er hatte den Auftrag, den jungen Rettern den Ernst der Lage vor Augen zu führen. In der Nähe eines Dorfes hielten wir an. Dort erzählte uns der Ingenieur, dass die Erosion in der ganzen Türkei jährlich eine Fläche von der Größe Zyperns ins Meer und in die Seen spülte. Die Sätze schien er schon oft gesagt zu haben, er betete sie fehler- und ausdruckslos herunter. Anschließend führte er uns um das Dorf herum und zeigte uns die Felsen, die der Regen nackt gewaschen hatte. Während seiner Ausführungen stieg er mit hochgekrempelten Hosenbeinen in den Stausee. Nach zwei Schritten verschwand er bis zum Knie im Schlamm. Er hob die beiden Arme seitlich wie der gekreuzigte Christus in die Waagerechte und sagte:

»Seht ihr?«

Seine Show langweilte mich. Ich entfernte mich von der Gruppe und ging in das Dorf, das nur fünfzig Meter entfernt lag. Es bestand aus noch relativ neuen Betonhäusern, die dem Entwurf eines einzigen phantasielosen Architekten zu entstammen schienen. Alle waren nach gleichem Muster und frei von ästhetischen Ansprüchen erbaut worden, so dass das Dorf wie ein riesiges Schachbrett aussah. Die eigentliche Siedlung mit fruchtbaren Feldern, erzählte mir ein Dorfbewohner, läge etwa einhundert Meter entfernt vom Ufer und zwanzig Meter tief unter dem Wasser.

»Dort«, sagte der zahnlose Mann mittleren Alters und zeigte zum Wasser, hoch erfreut darüber, dass ein Städter sich für die staubige Straße seiner Kindheit interessierte, und traurig zugleich: »Dort in etwa stand das Haus meines Vetters!«

Die Betonung lag auf dem Wort »Vetter«, und in diesem Moment wurde der Sohn seines Onkels, mit dem er sich vielleicht nicht einmal gut vertrug, zu einer beneidenswerten Person. Er schien traurig darüber, dass nicht sein Haus geflutet worden war, vielleicht weil er nie ein eigenes besessen hatte und womöglich trotz seines fortgeschrittenen Alters noch im Haus seiner Eltern lebte. Dort, wo er hinblickte, war nichts als eine glatte Wasserfläche zu sehen. Dennoch spielten die Lichtreflexe auf seinem Gesicht wie auf einer Leinwand, auf der man seine Geschichte zu sehen bekam, wenn man Augen hatte.

Um das neue Dorf herum war kein einziger Baum zu sehen, kaum Grün. In der gelblichen Erde wuchsen lediglich spärliche Gräser. Ich lief durch die Reihen unverputzter Betonhäuser, vor denen die kurdischen Bewohner fremd wirkten. Die Frauen in bunten Kleidern und die Männer mit ihren Kopftüchern, die sie *puşi* nennen, kannte ich von Postkarten, wo sie vor ihren Lehmhäusern standen. Hier, vor diesen Kästen, wirkten sie wie die Figuren eines surrealistischen Gemäldes. Auf den kleinen Gassen, in denen stinkende Abwässer kleine Bäche bildeten, pickten Truthähne herum. Verdreckte Kinder, mit geschwollenen Bäuchen, einen Finger im Mund, waren hinter den Türrahmen in Deckung gegangen. Einerseits hatten sie vor mir, dem langhaarigen Fremden, Angst, auf der anderen Seite war ihre Neugierde so groß, dass sie ihre Köpfe doch immer wieder nach draußen strecken mussten, um mich zu beobachten. Aus ihren Nasen lief der Rotz.

Der Anblick dieser ärmlichen, fremden Welt stimmte mich ganz melancholisch. Ich weiß bis heute nicht, was genau mich in diese traurige Stimmung versetzt hatte. Waren es die zahnlosen kurdischen Frauen, die mich ohne Arg freundlich anlächelten, während sie Brot backten oder im Wasser des Stausees Wäsche wuschen, oder waren es die großen traurigen Augen, die dicken Bäuche der Kinder? War es etwas, das an meine kurdische Herkunft rührte? Oder war es die Tatsache, dass ich für eine Armeepropaganda missbraucht worden war?

Sobald wir wieder im Camp angekommen waren, zog ich mich in das Gemeinschaftszelt unseres Blocks zurück. Ich konnte meine Tränen nicht mehr zurückhalten. Während die anderen am Lagerfeuer tranken, Gitarre spielten und tanzten, weinte ich ungezügelt wie ein Kind. Ich konnte und wollte mich nicht beherrschen, fühlte mich bemitleidenswert, einsam und unverstanden. Je mehr ich mich hineinsteigerte, umso mehr gefiel ich mir in dieser Rolle.

Ausgerechnet in diesem Moment betrat sie das Zelt. Unsere Blicke aus meinen rotfeuchten und aus ihren schönen Mandelaugen begegneten sich kurz, sie setzte sich und schlug ihre Zeitschrift auf, als ob sie nichts sehen und hören würde. Verstohlen wischte ich mir mit dem T-Shirt das Gesicht ab. Eine erneute Begegnung mit ihr hatte ich mir anders vorgestellt.

Der »Brillenmann« wurde schließlich mein Retter. Wir nannten ihn so, weil er seine Kolumne in *Öküz* mit einem Foto schmückte, auf dem er eine für sein Gesicht viel zu große Sonnenbrille trug. Er endete stets mit einem »Zum Teufel mit euch!«. Meistens schrieb er zusammenhangloses Zeug, aber dafür trafen seine Sätze wie die Geschosse einer Schrotflinte, ziellos und an einer von ihm nicht unbedingt beabsichtigten Stelle. So empfand ich es jedenfalls. Oft schrieb er über Tod und über Einsamkeit – von anderen Menschen, versteht sich, selten etwas Positives. Mal beschrieb er den süßlichen Geruch der Verwesung eines menschlichen Körpers, mal eine ungewollte Erektion, die ihm beim Ausnehmen eines Fisches widerfuhr. Wenn er nicht schreiben würde, hätte aus ihm vielleicht ein guter Massenmörder werden können oder ein Kinderschänder. Mit etwas Glück wäre aus ihm aber vielleicht nur ein Alkoholiker geworden.

Sie hielt die neueste Ausgabe von *Öküz* in der Hand.

»Kann ich die Seite mit dem Brillenmann haben?«, fragte ich sie schniefend.

Die Zeitschrift war nicht geheftet, so dass sie die Doppelseite herausziehen konnte. Nun lasen wir zu zweit. Keiner sprach, die Gitarrenmusik, der Gesang und die Fröhlichkeit der anderen übertönten die peinliche Stille im Zelt. Nach etwa einer halben Stunde ergriff ich erneut das Wort:

»Was hältst du vom Brillenmann?«

Sie blickte auf, sagte nur: »Er ist gut!« und beugte sich wieder über ihre Zeitschrift. Ich war wütend über ihre knappe Reaktion. Sie hätte etwas mehr Interesse zeigen oder einen längeren Satz sprechen können, fand ich.

»Ist das alles, was dir dazu einfällt?«, fragte ich sie leicht gereizt.

»Streckenweise sogar genial!«, erwiderte sie ohne aufzublicken. Als ob sie bemerkt hätte, dass ich von ihrer Überheblichkeit genervt war, hob sie lächelnd den Kopf und sagte:

»Ich lese immer als Erstes seine Sachen.«

Ich lächelte zurück:

»Ich auch. Kennst du seine Kolumne *Wenn du groß bist, wirst du mich besser verstehen*?«

»*Nun bin ich groß und verstehe dich immer noch nicht*«, zitierte sie und schaute mir weiter lächelnd ins Gesicht.

»*Zum Teufel mit euch!, sage ich dieses Mal nicht. Denn der Teufel seid ihr!*«, fügte ich hinzu. Wir lachten, das Eis schmolz.

»Kennst du die Kolumne *Jede Leiche ist unschuldig, bis man das Gegenteil beweisen kann*?«, fragte ich sie, um ihre nun nach oben weisenden Mundwinkel für etwas längere Zeit dort zu fixieren. Ohne ihre Antwort abzuwarten, streckte ich ihr die Hand entgegen.

»Ich bin Ercan!«, sagte ich. Ihre Hand war weich und warm wie frisches Fladenbrot.

»Ich heiße Suzan. Ich bin auch eine Deutschländerin.«

»Woher weißt du, dass ich ein Deutschländer bin?«, fragte ich sie überrascht.

»Von unseren Mitstudenten, wie du ja auch«, sagte sie. Der Gedanke, dass ihre Gleichgültigkeit mir gegenüber womöglich gespielt sein könnte, freute mich. Sie fuhr fort: »Meine Eltern behaupten zwar, mich nur deswegen Suzan genannt zu haben, weil der Name auch irgendwie deutsch oder französisch klingt. Aber ich glaube, mit einem solch modischen Namen wollten sie so tun, als ob sie aus einer modernen türkischen Metropole kommen und nicht aus der anatolischen Provinz.«

Wir sprachen über vieles, über Deutschland, die Türkei und Istanbul. Sie war in Deutschland auf die Welt gekommen und dort aufgewachsen, weil ihr Vater in verschiedenen türkischen Konsulaten gearbeitet hatte. Nachdem er pensioniert worden und die Familie in die Türkei zurückgekehrt war, hatte sie ihr Abitur am deutschen Gymnasium in Istanbul gemacht. Ich glaubte, ihr eine Erklärung schuldig zu sein, warum ich geweint hatte, und schilderte meinen Ausflug in das kurdische Dorf. Ich erzählte ihr von den Überschwemmungen, den Zwangsumsiedlungen, der Armut der Menschen und ihrer Hilflosigkeit in diesem Staat. Meistens hörte sie nur zu, ohne zu kommentieren.

So ging es bis spät in die Nacht. Niemand betrat mehr das Gemeinschaftszelt an diesem Abend. Lange nachdem die nächtliche Stille sich über das Lager gelegt hatte, gingen wir schließlich auseinander.

Am nächsten Tag wurde ich nach vier Stunden Schlaf von einer Sirene geweckt. Von nun an sollten wir zwei Wochen lang um sechs Uhr aufstehen und uns unter der Führung unserer »Gruppenleiter« auf dem »Appellplatz« in »Viererreihen« aufstellen. Es war erstaunlich, wie schnell wir uns an militärischen

Drill gewöhnten und die entsprechenden Kommandos in unseren Wortschatz aufnahmen. Mit unserem kalten Proviant, einer Tüte, die ein halbes Brot, zwei Eier, ein Stück Käse und Wurst enthielt, machten wir uns auf den Weg. Eine Armada von Bussen brachte uns ins Forstgebiet. An der Asphaltstraße mussten wir aussteigen und den Rest der Strecke laufen. Bei jedem Schritt tänzelten die Feldflaschen an unseren Hüften. Während mancher von uns verschlafen und unsicheren Schritts den Berg hinaufstapfte, undiszipliniert und launisch, waren die Soldaten schon längst in Stellung gegangen. Auf den umliegenden Höhen sahen wir ihre Umrisse, die sich auf und ab bewegten. Zu Hunderten waren sie unseretwegen im Einsatz, um einen möglichen Angriff der kurdischen Guerilla abzuwehren. Als zusätzliche Sicherheitsvorkehrung flogen über unseren Köpfen in regelmäßigen Abständen Armeehubschrauber. Angesichts eines solchen Aufwands fragten wir uns bald: Geschah das alles wirklich wegen der Bäume?

Am ersten Tag erreichten wir nach einem etwa dreiviertelstündigen Fußmarsch unser Ziel. Die sieben Sorten von Bäumen, die wir an die Berghänge pflanzen sollten, waren nach Bodenuntersuchungen bestimmt worden. Wir sollten jeweils zu zweit arbeiten: Einer wurde fürs Hacken eingeteilt, der andere fürs Schaufeln.

Bevor wir das Werkzeug und die Pflanzen ausgehändigt bekamen, wurden die Paare eingeteilt oder fanden sich. Suzan stellte sich stillschweigend neben mich. Damit war klar, dass wir die Umwelt an diesem Tag gemeinsam retten würden, und ich freute mich bereits auf die gemeinsamen Stunden mit ihr. In den ersten dreißig Minuten arbeiteten wir, ohne zu sprechen. In die etwa dreißig Zentimeter tiefen Erdlöcher, die ich als Hacker aushob, pflanzte sie die Setzlinge. Zuletzt gab sie dem zukünftigen Baum von ihrer Feldflasche einen Schuss »Lebenswasser«, so nannten wir es jedenfalls.

Ich begann schließlich zu erzählen, während sie dabei war, mit der Sorgfalt eines Tretminenexperten ein Erdloch zu vergrößern, um in ihm ein Pflänzchen zu platzieren. Besser gesagt: ich redete mich um Kopf und Kragen. Ich redete über alles, was mir gerade einfiel, wuchs über mich hinaus, indem ich sie wie beiläufig fragte, ob sie einen Freund hätte. Sie durchschaute mich sofort, hörte abrupt auf zu schaufeln, schaute mir lächelnd in die Augen und sagte mit der Sanftheit einer mehrfachen Mutter:

»Nein!«

Wieder schwiegen wir, wieder Arbeit.

Auch ich sprach nicht mehr. Ich hatte Angst, dass eine Silbe, die ich aussprach, das Kartenhaus, in dem mein Glück wohnte, zum Einsturz hätte bringen können. Meine Blicke blieben unterhalb ihrer Knie. Lieber schaute ich auf den Boden und war bereit, alle Löcher dieser Welt zu hacken, Hauptsache, es würde immer so weitergehen.

Kurz vor dem Ende des Arbeitstages fragte sie mich, ob wir gemeinsam essen gehen wollten. Das wollten wir.

Doch nach der Ankunft im Camp stellte sich heraus, dass die türkische Armee zwar in der Kriegsführung Meisterleistungen zeigte, jedoch nicht in der Lage war, die sanitären Bedürfnisse von viertausend Personen zu erfüllen. Vor dem Duschzelt war binnen weniger Minuten eine lange Schlange entstanden, die sich um den gesamten Zeltblock schlängelte. Der Waschgang bestand nur aus der oberflächlichen Benetzung des Körpers. Jeder hatte ein Anrecht auf drei Minuten warmes Wasser, das von einem Dieselmotor beheizt und in die Dusche gepumpt wurde. Nicht wenige kamen mit seifigen Haaren und einer großen Auswahl von Schimpfwörtern aus der Dusche heraus.

Weitaus schlimmer war die Situation vor den Toiletten, die dem Ansturm nicht standgehalten hatten und bereits nach dem ersten Tag unbrauchbar waren. Das hing vor allem mit organisatorischer Kurzsichtigkeit zusammen, weil man für die Menge von Menschen nicht Hock-, sondern Sitzklos hatte bauen lassen, deren Spülungen binnen weniger Stunden außer Funktion waren.

Wir trafen uns vor dem Gemeinschaftszelt, in dem wir die Nacht zuvor gemeinsam verbracht hatten, und liefen in Richtung Essenszelt. Die Warteschlange vor der Dusche war zwar kleiner geworden, aber nur um die Schlange vor dem Essenszelt anwachsen zu lassen. Einige Studenten machten aus diesem Umstand das Beste und lieferten sich Handtuchschlachten.

Suzan sah ihnen zu und lachte. Sie fand, dass man von Soldaten eben nicht zu viel erwarten dürfe: »Schließlich handelt es sich hierbei um eine ›Armee‹, die fürs ›Töten‹ zuständig ist und nicht fürs ›Lebenlassen‹.«

Im Essenszelt wurde ich von einer plötzlichen Müdigkeit überwältigt, die eher vom Kopf her kam als von der harten Arbeit. Ich war verunsichert und brachte kein Wort heraus. Sie saß neben mir, und ich hatte weder die Kraft, noch fiel mir etwas Gescheites ein, um sie zu beeindrucken. Wortlos löffelten wir unsere Suppen und hingen danach, ins Leere starrend, auf unseren Stühlen.

»Es wird Zeit, dass wir schlafen gehen! Morgen müssen wir um sechs Uhr aus dem Schlafsack raus«, sagte sie, mit der Betonung auf »sechs«.

»Ja, du hast Recht!«, sagte ich, und wir trennten uns am Zeltausgang.

Das, was Schlaf sein sollte, war ein tiefmüder Wachzustand. Für höchstens zwei Stunden hatte ich eine Art Dämmerstadium erreicht, mehr nicht. Jedenfalls hatte ich am nächsten Morgen das Gefühl, mich an jede Minute der Nacht erinnern zu können.

Weder auf dem Sammelplatz noch im Bus hatte ich sie entdecken können. Ich erblickte sie schließlich am Fuße des Berges bei der Materialausgabe. Sie stand neben einem Studenten aus dem letzten Semester, den ich vom Sehen kannte, und unterhielt sich mit ihm. Ihre Heiterkeit, die sich während unseres Beisammenseins am Abend zuvor nicht eingestellt hatte, trug sie nun großzügig zur Schau. Ich weiß nicht, ob sie mich gesehen hatte oder nicht, aber sie zog, ohne ein einziges Mal nach mir Ausschau gehalten zu haben, mit ihm in die Berge.

Ich war eifersüchtig. Obwohl ich nur einen Tag lang mit ihr zusammengearbeitet hatte, hatte sich in mir das Gefühl breit gemacht, einen Anspruch auf sie zu haben. Ich hatte sie zuerst gesehen, sie gehörte mir!

Die Stunden des Tages vergingen zäh. Als ich sie am Abend wieder sah, stand sie vor dem riesigen Suppenkessel Schlange, der Typ hinter ihr. Er war einige Jahre jünger und größer als ich, hatte einen athletischen Körper, grüne Augen und sah gut aus. Wenn sie ihn gut fand, hatte sie allen Grund dazu, und diese Tatsache vergrößerte mein Leid.

Auch am Abend saßen sie beieinander, sangen am Lagerfeuer, obwohl sie bei mir stets den Eindruck erweckt hatte, an der Gesellschaft anderer keine Freude zu haben. Nun sang sie in der Runde Revolutionslieder aus den Siebzigern, in den Armen dieses Mannes, der mit seiner jugendlichen Frische meine neidischen Blicke auf sich zog. Er hatte seine Hände über ihrem Bauch gefaltet und immer mal wieder schauten sie mich lächelnd an, als ob sie mit elterlichem Stolz ihrem gemeinsamen Kind beim Spielen zuschauen würden. Ich hatte mich noch nie so deplatziert gefühlt. Am liebsten wäre ich in die unendlichen Tiefen des Bodens versunken, dorthin, wo die Erde kochte und brodelte, um zu Nichts verbrannt zu werden. Warum tat sie mir das an? Nach einer Stunde standen sie auf und verschwanden Hand in Hand in der Dunkelheit. Wohin, wollte ich mir gar nicht vorstellen.

Am nächsten Tag packte ich meine Sachen, verabschiedete mich von unserem Gruppenleiter und stieg in das erstbeste Fahrzeug, das mich vom Zeltlager fortbrachte. In der

Stadt nahm ich den nächsten Bus in Richtung Süden. Müde und unglücklich schaute ich während der Fahrt aus dem Fenster und dachte immer wieder über die Ereignisse der letzten beiden Tage nach. Der Bus schlängelte sich durch die kargen Berge Südostanatoliens. Ich starrte sie unbeteiligt an, bis die Dunkelheit hereinbrach und nichts mehr zu erkennen war. An einer Häuseransammlung zwischen den Städten Adiyaman und Antep machte der Bus seinen einzigen Halt. Auf dem Rastplatz, der aus einer Tankstelle, einem Restaurant und einem Souvenirgeschäft bestand, schreckte ich aus meinen Gedanken hoch, als Wasser gegen mein Gesicht klatschte. Dicke Tropfen liefen die Fensterscheibe hinunter, bis ein Gummiwischer sie fortschob. Ein paar Tränen meines Unglücks blieben auf meinem Gesicht aber übrig.

In den türkischen Busbahnhöfen warten Menschen selten auf ihre Angehörigen, weil die Dauer der Busfahrten schwer vorherzusehen und eine planmäßige Ankunft kaum möglich ist. An den Ramadan- und Opferfeiertagen bricht der Verkehr vielerorts sogar ganz zusammen. Als der Bus am späten Abend in Antep ankam und die Klappen des Stauraums vom Beifahrer geöffnet wurden, zerrte jeder Fahrgast an seinem Gepäck, mit dem er schnell in der Dunkelheit verschwand.

Ich setzte mich in das Teehaus des Bahnhofs und bestellte mir einen Kaffee mit wenig Zucker. Oben in einer Ecke hing wie üblich ein Fernseher, auf den sechs Männer starrten. Ein türkischer Liebesfilm flimmerte auf dem Bildschirm, und die herzzerreißenden Worte der Hauptdarstellerin hallten durch den großen Raum.

»Ich will ihn nicht heiraten. Ich liebe dich!«

Ich schaute mir die übertriebene Gestik und Mimik der Schauspieler an, die an ihrem Text vorbeispielten. Die schlampige Synchronisation verlieh der trivialen Liebesgeschichte eine ungewollte Komik. Ich dachte an die Flut von Filmen, die in den Siebzigern im türkischen Hollywood, in »Yeşilçam«, wie am Fließband produziert und deren Hauptdarsteller stets von demselben Sprecher synchronisiert worden waren, weil seine Stimme bei den Zuschauern gut ankam.

Ich weiß nicht, wie lange ich in dem Teehaus gesessen hatte. Der Film war zu Ende. Bis auf die Geliebte und den guten Freund, der ihn als der »gute Nebendarsteller« nie im Stich ließ, hatte der Held alle Lebewesen getötet, die in dem Film vorkamen. Der Raum hatte sich schlagartig geleert. Erst durch die Stimme des Schleppers von Koç-Tur wurde mir klar, dass ich dabei war, die einzige Gelegenheit zu verpassen, in jener Nacht von dort fortzukommen. Es gab nur noch zwei Plätze im Bus, und sobald sie belegt wären, würde er abfahren.

»Hatay, nur noch zwei Plätze, Hatay, Iskenderun, Antakya!«

Antakya lag an der syrischen Grenze. Ich wusste zwar nicht, was ich dort sollte, aber genauso wenig hatte ich Grund, in einer anderen türkischen Stadt zu sein. In diesem Land wartete nirgendwo jemand auf mich. Ich bezahlte den Kaffee, nahm meinen Rucksack und stieg in den Bus. Eine nächtliche Reise nach Antakya schien mir eine annehmbare Alternative zu einem Hotelaufenthalt in Antep zu sein. Der Sitzplatz, der mir zugewiesen wurde, befand sich direkt über dem linken hinteren Reifen, aber Schlafen kam ohnehin nicht in Frage.

Am nächsten Morgen stand ich in der Stadt, die einst Antiochia geheißen hatte und in der die erste christliche Gemeinde gegründet worden war. Den Namen Antakya hatte ich schon oft gehört, aber mir nie etwas darunter vorstellen können. In der historischen Stadt verbrachte ich zwei Tage, in denen ich jede Gasse durchlief und mir jedes Gebäude einprägte. Als ich den Bus nach Adana nahm, wusste ich noch nicht, dass dies nur die zweite Station einer abwechslungsreichen Anatolien-Rundreise werden würde, die erst drei Wochen später in einem Bus zurück nach Istanbul enden würde.

Innenansichten eines Polizeireviers

Die ersten Tage in Mardin waren schwer für mich. Was macht man in einer fremden Stadt, in der man keine Aufgaben hat? Abends las ich, bis die Lesestunde innerhalb weniger Tage auf dreißig Minuten zusammengeschrumpft war; ich begann ein Tagebuch zu schreiben, das ich schon nach wenigen Einträgen wieder aufgab, und ich lief. Ich wanderte durch die Stadt, als ob es um Leben und Tod ging, um frei zu sein, um zu vergessen.

Mit dem Laufen begann ich gleich am ersten Tag. Ich bewegte mich im Geflecht der Gassen der Stadt, das einen – wenn man sich gut auskannte – bis zu den entferntesten Punkten der Außenbezirke führte, ohne dass man die Sonne zu sehen bekam. Dabei betrachtete ich die Sandsteinhäuser der Sonnenanbeter und der Christen, bewunderte die Moscheen, Kirchen, Klöster und Medressen, bemitleidete die Anwohner, die zwischen den fauligen Abwässern und dem Hausmüll lebten, der sich an den Gassenrändern anhäufte.

Auf einer meiner Erkundungen entdeckte ich einen verfallenen Platz mit Arkaden, den ehemaligen Markt, der sich am Ende einer unscheinbaren Gasse befand. Überwältigt stand ich in der Mitte des Platzes und bewunderte seine verstaubte Pracht. Die wichtigen Ereignisse früherer Epochen mussten sich hier abgespielt haben. Der Platz war an drei Seiten von Säulengängen umgeben. Hier und da waren Nägel in die Mauern geschlagen worden, an denen Waren baumelten und zum Verkauf präsentiert wurden. Unter jedem Bogen befand sich ein Geschäft, mal nähte dort ein alter Mann mit gichtgekrümmten Fingern einen Sattel, mal lötete jemand an einer grün angelaufenen Messinglampe, mal hämmerte einer die Wut über sein Schicksal an einem Gegenstand heraus. In einer Ecke standen kleine Hocker und Tische bis an die Säulen. Ein geschäftstüchtiger Teeverkäufer nutzte die Arkaden zur Bewirtung seiner Gäste.

Ich setzte mich in die Sonne, lehnte mich gegen eine Säule, bestellte einen Kaffee und dachte an Suzan. Der Grund meines plötzlichen Rückfalls wird darin gelegen haben, dass die Arkaden mich an ein Istanbuler Café erinnerten, in dem ich mit Suzan hin und wieder Wasserpfeife geraucht hatte. Obwohl das Café in Istanbul sich in einer ehemaligen Medresse aus osmanischer Zeit befunden hatte, einer Koranschule, und dieses hier in einem alten Basar, der in einer ganz anderen Epoche in einem ganz anderen Baustil entstanden war. Er ähnelte in nichts dem Ort in Istanbul. Doch war das so wichtig? War nicht ohnehin alles nur das Produkt meiner Einbildungskraft? Hatte ich nicht die erstbeste Frau, der ich begegnet war, ohne ihr Wissen und ihr Zutun zur Idealfrau stilisiert?

Dieser Gedanke hielt mich aber nicht davon ab, dieses Gebäude umgehend zu einer Gedenkstätte zu erheben, zur »Gedenkstätte der Liebe«, oder noch besser »der Liebenden«. Auch wenn ich nicht sicher sein konnte, ob sie mich jemals geliebt hat.

Wieder einmal ging ich Stück für Stück die Details einer vermeintlichen Vergangenheit durch, die jetzt wieder Gegenwart war. Ich holte ihre Gesichtszüge aus meinem Gedächtnis, schaute sie mir genauer an, zweifelte an ihnen, weil sie nicht meinen Entwürfen entsprachen, oder weil sie sich zu schnell auflösten oder ihnen die Schärfe fehlte. Als krönenden Abschluss meiner Gedenkstunde quälte ich mich mit Fragen: Was sie wohl in diesem Moment macht, in jenem Moment gemacht hätte, ob ich ihr jemals wieder begegnen würde? Wenn ja, wie würde ich reagieren, wie würde sie reagieren, was sagen, was wie sagen, warum ausgerechnet das sagen?

All diese nicht beantwortbaren Fragen nahm ich mit auf meine Wege, nutzte sie zur Pflege meiner Melancholie.

Jeden Tag nahm ich mir eine bestimmte Route vor. Mal lief ich am Krankenhaus vorbei bis zum Gipfel des Berges, wo ein

Drahtzaun und das Schild »Militärisches Sperrgebiet« meinem Spaziergang ein Ende setzten, mal umrundete ich den Berg, bis ich meinen Ausgangspunkt wieder erreicht hatte, und mal verlor ich mich im Labyrinth der engen Gassen, um an einem unerwarteten Ort herauszukommen. So vergingen die Tage, bis Mardin schließlich keine Geheimnisse mehr bot und es mich nach neuen Reizen verlangte.

Sobald die Dunkelheit angebrochen war, mied ich die Gassen der Altstadt nach Möglichkeit, aus Angst vor Menschen und Straßenhunden. Aber außerhalb der Sandsteinmauern, die über meinem Kopf zusammenzuwachsen schienen, und den mittelalterlichen Häuser, die nur in den engen Gassen erhalten geblieben waren, bot Mardin nicht viel. Daher begann ich kleine Schlenker jenseits der Hauptstraße zu machen, die mein Herz schneller schlagen ließen, weil ich mir einbildete, überall würden Gefahren lauern. Ich genoss dieses Spiel, bei dem ich die von mir gezogene Grenze so weit überschritt, dass immer ein wenig Adrenalin heraussprang.

Bei einem dieser abendlichen Ausflüge hörte ich plötzlich eine schwache männliche Stimme. Sie kam aus einer dunklen Gasse und klang wie das Jammern eines Hilfesuchenden. Trotz der Angst, die mich schaudern ließ, machte ich einige vorsichtige Schritte in die Richtung, aus der die Laute kamen. Das Ende der Gasse rückte nicht näher, und ich wurde wie an unsichtbaren Fäden tiefer und tiefer in die Dunkelheit hineingezogen. Gleich einem Schlafwandler, die Arme vorneweg, schritt ich vorwärts und befühlte die Mauern, bis meine Fingerspitzen eine Öffnung ertasteten. Ich blieb stehen, atmete schwer und horchte. Ein schwaches, fernes Licht ließ mich durch einen Torbogen die Umrisse eines kleinen Hofes erkennen, der an allen Seiten von Mauern umgeben war. An der gegenüberliegenden Wand befand sich eine große Holztür, durch die das gedämpfte Licht und die schwache Männerstimme sickerten.

Ich konnte nun alles deutlicher hören: Das Wimmern, gedehnt durch Halb- und Vierteltöne, klang wie ein kurdisches Klagelied und wurde immer wieder unterbrochen durch merkwürdige Schluchzer. Es zog mich magisch an. Aus den Mauern ragten Figuren, Symbole und Zeichen, die einer anderen Zeit und einer fremden Welt entstammten. Je mehr ich mich der Holztür näherte, umso klarer wurde der Gesang, dessen Sprache ich aber trotzdem nicht verstand. Es war weder Arabisch noch Kurdisch. Als ich über die Schwelle schritt, war mir, als ob ich ein altes Gemälde betrachtete.

Die Szenerie war nur mit Kerzenlicht beleuchtet. Zu meiner Rechten und zu meiner Linken liefen zwei Säulenreihen parallel zu dem quadratischen Innenraum, in dessen Mitte, um einen Marmortisch herum, ein buntes Spektakel stattfand. Bei dem Tisch handelte es sich um einen Altar und bei dem Gebäude um eine Kirche. Unter einer goldenen Kuppel mit Verzierungen stand der klagende Mann, es war der Priester, in farbenfrohem Gewand zwischen zwei Messdienern und sang mit geschlossenen Augen das traurigste Lied der Menschheit.

In der Mitte des Altars lag eine aufgeschlagene Bibel, daneben stand ein goldenes Gefäß. Etwa ein Dutzend Menschen hatte sich in der Kirche zum Abendgebet versammelt: Männer rechts, Frauen links. Während der Priester sich seinem Gesang hingab, standen die Messdiener mit zwei länglichen Gegenständen, die Speeren ähnelten, wie Wache haltende Soldaten neben ihm. Am Ende jeder Stange war eine runde Silberplatte angebracht, von deren Rand kleine silberne Glöckchen herabhingen.

Als der Priester seinen Gesang beendet hatte, hoben die Messdiener die Stangen über seinen Kopf und drehten sie um ihre Achse. Die Glöckchen klangen hell durch die Kirche. Fünf Frauen, die sich links vom Altar formiert hatten, setzten zu einem Chorgesang an. Ihre Gesichter waren zum Altar gewandt, die weißen Kopftücher bewegten sich im Rhythmus. Der Priester löste den Chor nach einiger Zeit ab, doch mitten in seinen Gesang drangen wieder die Stimmen der Frauen hinein. Das Ritual geriet zu einem Wettkampf, doch schien das Ganze einer göttlichen Ordnung zu unterstehen.

Ich schaute mich um. Hinter mir, in einer Nische, über die sich eine Halbkuppel spannte, stand eine junge Frau und beobachtete mich. Sie hielt ein kleines Kind in den Armen. Ihre schlanke Gestalt, eingerahmt vom Bogen der Nische, ließ sie wie eine Skulptur der Mutter Gottes wirken. Als unsere Blicke sich begegneten, lächelte sie mich an. Sanft deutete sie mit ihrem Kopf auf die Stelle neben sich und gehorsam folgte ich ihrer Aufforderung. Kaum stand ich neben ihr, bog bereits ein Messdiener mit einem Weihrauchgefäß, das er geräuschvoll vor- und zurückschwenkte, um die Ecke. Der Rauch verteilte sich über die Betenden. Erst jetzt begriff ich, dass ich ihm im Weg gestanden hatte.

Schließlich verstummten Chor und Priester, ein Vorhang, auf dem viele kleine Tauben abgebildet waren, wurde zugezogen, der Altar verschwand. Maria verabschiedete sich mit einem höflichen Kopfnicken in meine Richtung und lief mit dem Kind in den Armen zu den anderen Gemeindemitgliedern, die in eine Zeremonie vertieft waren: Reihum schoben sie ihre wie zum Gebet aneinander gelegten Hände zwischen die Handinnenflächen des Gegenüberstehenden und zogen sie langsam wieder zurück. Dabei murmelten sie Worte in einer fremden Sprache. Während ich fasziniert zuschaute, trat ein Mann vor mich, lächelte mich freundlich an und legte meine Hände aneinander, so dass er sie mit seinen umschließen und bis zu den Fingerspitzen streifen konnte.

Ich ahnte, dass sie über mich Bescheid wussten. In einer kleinen abgeschiedenen Stadt wie Mardin, für deren Bewohner ein Fremder stets Unterhaltung bot, kannte wohl jeder jeden.

Obwohl sie wussten, dass ich kein Mitglied ihrer Glaubensgemeinschaft sein konnte, streckten die Kirchenbesucher mir respektvoll ihre Hände entgegen, vielleicht als Zeichen dafür, dass sie in mir nicht den Sonderling erblickten, der in einem alten Haus ziel- und sinnlos vor sich hin lebte. Ich begann diese zärtliche Geste zu genießen und wagte mich schließlich sogar einen Schritt weiter, suchte meinerseits die Hände der anderen. Gedankenverloren war ich vertieft in dieses Ritual und dachte nur noch: »Diese Hand … dann diese und dann diese …«

Zwei schmale Hände zögerten, gaben schließlich nach und legten sich in meine Hände. Kaum hatte ich sie gestreift, da wurden sie zurückgezogen. Ich schaute hoch und stand wenige Zentimeter entfernt von Marias Gesicht, die mich interessiert und etwas amüsiert anschaute. Ihre Wangen liefen rot an. Hektisch nahm sie ihr Kind von der Bank und verließ mit schnellen Schritten die Kirche. Womöglich hatte sie etwas Anstößiges getan, indem sie mir ihre Hände entgegenstreckt hatte. Oder ich? Nein. Wir hatten unsere Hände nur in Unschuld gewaschen.

Mardin wurde zu meinem Forschungsgebiet. Mit seiner Geschichte und Gegenwart beschäftigte ich mich täglich. Die Stadt war eine der ersten christlichen Siedlungen gewesen. Mit siebzehn Kirchen und zwei Klöstern, die teilweise aus dem zweiten Jahrhundert nach Christus stammten, war sie ein Zentrum der frühen Christenheit gewesen, der Aramäer, die noch heute die Sprache Jesu sprechen. Es war für mich schwer vorstellbar, aber noch bis vor sechzig Jahren war der Sitz des Oberhauptes dieser Glaubensgemeinschaft in Mardin gewesen. Doch als immer mehr Christen die Gegend verließen, ging auch der Patriarch nach Syrien, erzählte man mir. Von den einst dreihunderttausend Aramäern in der Region waren inzwischen nur noch wenige Hundert Gemeindemitglieder übrig geblieben. Die vielen Kirchen und Klöster, die leer standen und verfielen, hatten sie als Spuren und Beobachtungsobjekte für Liebesleidende wie mich hinterlassen.

Ich war besonders vom Stadtmuseum fasziniert, einem dreistöckigen Gebäude, von Bögen und Säulen getragen, das einst ein aramäisches Kloster gewesen war. Blumen, Tauben und Kreuze, in den Stein gemeißelt, schmückten die Fassade.

Nach einer Woche gab es in Mardin keine einzige Gasse mehr, die ich nicht durchschritten hatte, und kein einziges historisches Gebäude, das von mir unerforscht geblieben war. Ich begab mich in die Neustadt in der Ebene, wo ich regelmäßig zu Abend aß, weil sich das einzige moderne Restaurant der Stadt hier befand. Danach besuchte ich die umliegenden Klöster wie Deyrülzafaran und Mor Jakup, und schließlich erkundete ich die beiden Nachbarstädte Ömerli und Kızıltepe, die von Mardin etwa zehn Kilometer entfernt liegen.

Als ich meine geographische Erkundung beendet hatte, nahm ich eine Art geregeltes Leben auf. Die Besuche des Kaffeehauses im Zentrum machten zu Beginn einen beträchtlichen Teil meines Alltags aus. Den Tag begann und beendete ich dort mit einem Kaffee, studierte die Tageszeitung oder betrachtete die durchweg männlichen Gäste. Es machte Spaß zu beobachten, wie sie gebannt ihre bunten Steine, die mit Zahlen beschriftet waren, auf ihren Brettern hin und her schoben, sich freuten, wenn ihnen eine bestimmte Zahlenfolge gelang, und wie sie zwischendurch einen Tee auf die »Rechnung des Tisches« für mich servieren ließen. Sie nannten das Spiel Okey. Ich hatte gelesen, dass es in manchen Ländern als Therapie für geistig zurückgebliebene Kinder eingesetzt wurde.

Der Bäcker, der Obsthändler, der Steinmetz, der Bauer und all die anderen, Tag für Tag saßen sie da und lebten ihr Leben vom Vortag aufs Neue. Hin und wieder provozierten sie mich mit ihren Anspielungen, bis der väterliche Kaffeehausbesitzer mich vor ihnen in Schutz nahm: »Lasst doch meinen Jungen in Ruhe!«

Der Bäcker erzählte mir schließlich alles, was man in der Stadt über mich sprach, mit einem bedeutsamen Augenzwinkern, wie ein alter Freund. Doch diese Harmonie fand ein abruptes Ende, als Zivilpolizisten mich an einem Abend in der dritten Woche abholten und erst einen Tag später wieder freiließen.

Der verhängnisvolle Abend war schwül, und als ich mich von einem meiner Spaziergänge auf dem Nachhauseweg befand, eroberte die Dunkelheit bereits die Gassen, das Markttreiben neigte sich dem Ende zu. Von nun an konnte man sich nur noch etwa eine halbe Stunde lang in die Seitengassen wagen. Nach Ablauf dieser Frist war das öffentliche Leben für die meisten Stadtbewohner beendet. Was ab diesem Zeitpunkt geschah, wusste man nur vom Hörensagen. Denn danach wurde die Hauptstraße von Polizisten in kugelsicheren Westen kontrolliert, die dunklen Seitengassen von kurdischen Kämpfern, deren Schatten sich lautlos und geschmeidig von Haus zu Haus bewegten.

Ich passierte den Marktplatz. Die Kunden waren wie immer um sieben Uhr schon verschwunden, die Verkäufer schickten sich an, es ihnen gleichzutun. Ihre restlichen Waren auf Esel und Maultiere geladen, verschwanden sie durch die schmalen Gassen zu ihren Hütten und Lehmhäusern in der Ebene, die sie ihr Zuhause nannten und die meist nur aus einem Raum bestanden, in dem die ganze Familie lebte. Sie ließen jeden Abend eine Müllhalde zurück, gleich einer Markierung ihres Reviers. Kurz bevor sie aufbrachen, boten sie ihre Waren zu besonders niedrigen Preisen an.

»Drei Kilo Mandarinen nur eine Million!«, raunte mir ein alter Mann an jenem Tag zu und bedachte mich mit einem sanften, gütigen Blick. Obwohl ich – im Gegensatz zu anderen Marktbesuchern, die nach günstigen Angeboten Ausschau hielten – mit den Händen in den Taschen einfach nur umherschlenderte, sprach er ausgerechnet mich an. Wehrlos holte ich ein Bündel Geldscheine aus der Tasche, zählte sie ab und legte dem Verkäufer die passende Summe in die offene Hand, deren Innenfläche deutlich heller war als die restliche Haut. Dann kaufte ich noch sonnengetrockneten Frischkäse, den man hier mit scharfem Paprika und Kümmel würzte, Honig, Brot und die Literaturzeitschrift *Öküz*: Der Abschluss eines inzwischen gewöhnlichen Tages. Zu Hause leerte ich die große Tüte Mandarinen auf den Küchentisch und rückte den Stuhl heran. Einige Früchte waren bereits verfault, manche nur weich. Ich begann die weniger guten von den besseren zu trennen und aß dabei die aussortierten. Die guten Mandarinen platzierte ich sorgfältig in einer Schale auf der Tischmitte und bewunderte gerade mein Arrangement vom entferntesten Punkt des Raumes, als es an der Tür klopfte.

»Aufmachen! Polizei!«

Ich fuhr zusammen und ging vorsichtig zur Tür:

»Wer ist da?«

»Polizei!«

Ich hob den Holzriegel aus seiner Halterung und öffnete die Tür. Vier Männer in Zivil standen mir gegenüber.

»Darf ich Ihren Dienstausweis sehen?«, fragte ich.

Es war der klägliche Versuch, ihnen klar zu machen, dass ich als Bürger meine Rechte kannte und eine grobe Behandlung womöglich Konsequenzen haben könnte. Dabei wusste ich, dass sie keinerlei Rücksicht nahmen, wenn sie ihre Befehle auszuführen hatten.

In den neunziger Jahren erlebte die Türkei die große Zeit dieser dunklen Gestalten, die einen »Staat im Staate« bildeten. Während ihrer Dynastie hatte der Wert eines Menschenlebens seinen niedrigsten Preis erreicht. Jene Männer aus den »Tiefen des Staates« waren in der Regel skrupellose Killer, die ihre Zielobjekte auf offener Straße mit einem Genickschuss töteten oder sie an geheime Orte brachten, wo sie mit ihren Opfern willkürlich verfuhren. Sie folterten, quälten und vergewaltigten sie, steckten ihnen Stöcke in den After, oder sogar ganze Colaflaschen, wie manche Zeitungen schrieben.

Ich rief mir eine solche Flasche und ihren nicht zu unterschätzenden Durchmesser vor Augen. Dann dachte ich daran, dass diese Männer ihre Opfer auch in Säurebäder steckten, sie an den Armen aufhingen und tagelang baumeln ließen, und die Colaflasche erreichte plötzlich eine akzeptable Größe. Sie waren der Staat, und alle Mittel standen ihnen zur Verfügung. Auch meine Kenntnisse der Menschenrechte brachten mir in einer südostanatolischen Stadt unter Ausnahmezustand nichts. Wahrscheinlich genauso wenig in einer westanatolischen Stadt.

»Nicht nötig!«, sagte einer der Männer auch schon. Er schien der Chef zu sein. Mit dem Handrücken schob er mich wie einen überflüssigen Gegenstand zur Seite und betrat die Wohnung. Einer der Polizisten blieb neben der Tür stehen, die anderen beiden folgten ihm und begannen im Schrank und in den übrigen Behältnissen zu wühlen. Seit meinem Einzug hatte ich nur wenige Haushaltsgegenstände angeschafft, so dass die Polizisten kaum zu tun hatten, bis sie all meine Besitztümer wenigstens einmal in den Händen gehalten hatten. Die wenigen Bücher, die im Regal standen, schauten sie sich genauer an, blätterten sie durch und stopften einige in einen Sack, den sie mitgebracht hatten. Sie leerten die Schrankschubladen auf dem Fußboden aus und häuften meine Kleidungsstücke, nachdem sie jedes einzelne gefilzt hatten, zu einem kleinen Berg zusammen. Dann ergriff einer der Polizisten meinen Arm und führte mich hinaus. Es hatte keinen Zweck, sich zu wehren.

Auch meinen Mitstudenten Mehmet hatten solche Typen in Zivil vor einigen Jahren am helllichten Tag von der Straße in einen schwarzen BMW gezerrt.

»Ich heiße Mehmet Zeynel, die Polizei entführt mich!«, hatte er geschrien, Passanten versuchten dazwischenzugehen, es gab Zeugen, die Zeitungen schrieben über den Vorfall, seine Eltern starteten mit Hilfe von Menschenrechtsorganisationen eine Suchkampagne, vergebens.

»Lassen Sie mich wenigstens meine Jacke nehmen«, bat ich höflich, während ich hinausgezerrt wurde. Ich flüchtete mich in die Hoffnung, dass sie mich womöglich akustisch nicht verstanden hatten und doch nicht so böse waren, wie manche Blätter sie beschrieben.

Der Renault, der vor meiner Haustür stand, war schwarz. Farbe der Angst. Ein Trost war, dass sie mir die Augen nicht verbunden hatten. Im Wagen nahmen sie mich in die Mitte und schwiegen, ihre Blicke nach vorn gerichtet.

Als wir durch ein Eisentor fuhren, an dem mehrere uniformierte Polizisten Wache hielten, atmete ich auf. Denn bei dem Gebäude, an dem das Schild »Polizei« angebracht war, handelte es sich eindeutig um das Polizeipräsidium der Stadt und nicht um ein geheimes Folterquartier.

Der fensterlose Raum, in den ich geführt wurde, lag im Kellergeschoss. Ich saß auf einem rostigen Metallstuhl vor einem Tisch, hinter dem sich drei Polizisten aufgebaut hatten, die ich noch nicht kannte. An der Decke baumelte eine nackte Glühbirne.

»Bist du ein Spion? Wenn ja, für wen arbeitest du, für welches Land?«, fragte mich der mittlere Polizist, der einen Schnauzer trug. Und nach einer kleinen Pause:

»Wer bist du?«

Die letzte Frage stürzte mich wieder in Selbstmitleid. Wer war ich? Ein Überlebensunfähiger, der an seinen Gefühlen gescheitert war, ein Mann in seinen besten Jahren, aber in andauernder Lebenskrise, ein Treibgut des Lebens.

»Herr Kommissar, ich bin hier, um nicht zu sterben«, sagte ich etwas pathetisch. Ohne zu wissen, welchen Rang er hatte,

hatte ich ihn sichertsheitshalber »Herr Kommissar« genannt. Ich wollte kein Held sein, sondern nur in Ruhe gelassen werden.

Der Beamte mit dem Schnauzer war offenbar der ranghöchste Polizist im Raum. Er blickte den Beamten zu seiner Rechten an und nickte. Ich ahnte bereits, was folgen würde, und zog schnell die linke Schulter hoch, in der Hoffnung, den Schlag abfangen zu können. Die Handinnenfläche traf mich mit voller Wucht am Ohr. Ein Summen übertönte alle anderen Geräusche, der Raum und alles, was sich darin befand, begannen sich zu drehen. Der Schnauzbart stand jetzt direkt vor mir und schrie mich mit verzerrtem Gesicht an. Die hochgezogenen Augenbrauen und die aufgerissenen Augen erschienen mir wie eine Fratze in einer Traumsequenz. Deutlich sah ich seine von Nikotin und Tee gebräunten Zähne: keine Füllung, keine Karies. Nach einer ordentlichen Reinigung würde man ihn zwar nicht unbedingt für Zahnpastawerbung einsetzen, aber für ein Gruppenfoto, mit dem man um den polizeilichen Nachwuchs warb, würde es reichen.

Das Karussell, dessen Achse ich war, verlangsamte sich. Es ging mir in diesem Moment nicht unbedingt schlecht, doch dann löste der Schmerz den Zustand der Betäubung ab und die Polizisten kamen zum Stillstand.

Die braunen Schneidezähne traten durch die ovale Öffnung zwischen den fleischigen Lippen zum Vorschein. Mit gekünstelt hoher Stimme sagte der Schnauzer:

»Ach, der Herr ist hier, um nicht zu sterben. Kann es denn einen besseren Ort zum Sterben geben als diese Stadt? Wenn du mir nicht bald die Wahrheit sagst, bringe ich dich tatsächlich um! Warum bist du hier?«

Er trat einen Schritt zurück, wischte sich mit dem Handrücken den Schweiß von der Stirn und wiederholte seine Worte, dieses Mal etwas leiser:

»Ich frage dich zum letzten Mal, und dieses Mal will ich eine richtige Antwort. Was hat ein in Deutschland studierter Mann in so einer verdammten Stadt wie Mardin verloren?«

Ich weiß nicht, wie viele Stunden sie mich noch zum letzten Mal fragten. Anschließend sperrten sie mich in einen finsteren Raum. Nur ein dünnes Licht drang unter der Türritze hinein, der einzige Orientierungspunkt in der Dunkelheit. Seltsam, wie viel diese kleine Lichtquelle in diesem Augenblick bewirkte.

Außer den Mandarinen hatte ich seit dem Mittag nichts gegessen, hatte lediglich auf der Toilette aus dem Wasserhahn trinken dürfen. Ich hörte ferne Stimmen und Schritte über meinem Kopf. Mal wurde eine Tür zugeknallt, dann der Motor eines Fahrzeugs angelassen. Ich versuchte, das getrocknete Blut auf meiner Oberlippe abzuknibbeln. Vorsichtig entfernte ich einen Teil der Kruste. Weiter oben, ab der Nasenspitze, tat es weh.

Doch das Ganze hatte auch sein Gutes. Immerhin hatte ich seit Stunden nicht mehr an Suzan gedacht. Was mochte sie wohl tun in diesem Moment, in dem ich mehr oder weniger ihretwegen in dieser Zelle saß? Zu meiner Überraschung verspürte ich in dieser kläglichen Situation weder Selbstmitleid noch das alte Ziehen in der Herzgegend, während ich an sie dachte. Ich schlief ein.

Als ich aufwachte, versuchte ich herauszufinden, wie lange ich auf dem nackten Boden gelegen hatte. Bis auf den Hunger hatte ich keine Anhaltspunkte. In der Eintönigkeit des Wartens fiel mir das Denken schwer. Ich starrte gedankenlos in die Dunkelheit, bis ich erneut in einen Dämmerzustand sank.

Als ich abgeholt wurde, war ich zwar froh über die Veränderung meiner Lage, aber ich hatte vor allem Angst vor dem Ungewissen. Doch der Polizist führte mich dieses Mal nicht in den Raum, in dem ich verhört worden war, sondern die Treppe hinauf, wo sich die der Öffentlichkeit zugänglichen Revierräume befanden.

Obwohl ich blinzelte und die Lider zusammenpresste, schmerzte das Tageslicht. Als ich mich endlich an die Helligkeit gewöhnt hatte und die Augen langsam öffnete, sah ich, dass ich dem frisch rasierten Kommissar Schnauzer gegenübersaß, der mich verächtlich anschaute. Er schien nach einer geruhsamen Nacht seine neue Schicht angetreten zu haben.

»Ich gebe dir einen guten Rat, mein Junge: Verschwinde von hier! Nimm den ersten Bus! Es ist mir egal, wohin, aber fahr weg. Wenn du es nicht tust, dann bist du für die Konsequenzen selbst verantwortlich. Und jetzt raus!«

Nur der Fußtritt fehlte. Es war noch früh am Morgen, kaum jemand war auf den Straßen unterwegs. Hungrig und zerschlagen schleppte ich mich vom Polizeirevier in der Ebene hinauf zu meiner Wohnung am Berghang. Meine Nase war so angeschwollen, dass ich kaum noch Luft bekam. Ich schnaufte. Zu Hause fiel ich auf die Couch, als ich aufwachte, war es bereits dunkel geworden.

Ab diesem Tag war alles anders. Im Kaffeehaus, wo ich üblicherweise mittags einkehrte, machten die Gäste nicht mehr die üblichen Witze über meine langen Haare und amüsierten sich auch nicht mehr über mich. Schlagartig hatte sich die Atmosphäre verändert. Sie schlossen mich nicht mehr in ihre Männergespräche ein, noch richteten sie das Wort an mich, sondern schauten schnell weg, sobald unsere Augen sich begegneten. Nicht einmal der Bäcker würdigte mich eines Blickes. So trank ich meinen Kaffee in den drauffolgenden Tagen allein an einem Tisch und wurde das beklemmende Gefühl nicht los, von den Männern permanent beobachtet zu werden. Hinzu kam, dass sie sich in meiner Gegenwart nun auf Arabisch und Kurdisch unterhielten, Sprachen, die ich nicht verstand. Nur der Kaffeehausbesitzer schien aufrichtiges Mitleid mit mir zu haben und es zu bedauern, mich vor den anderen nicht weiterhin in Schutz nehmen zu können, weil keiner mehr seine sarkastischen Witze mit mir machte.

Es begannen Wochen der Isolation und einer Distanz, die ich mir nicht erklären konnte. Erst nach einem Gespräch mit dem Bäcker begriff ich, dass alle annahmen, ich sei ein Spitzel geworden. Denn andernfalls hätte die Polizei mich nicht wieder laufengelassen, sondern wie jeden anderen Staatsbürger wochenlang eingesperrt und misshandelt.

Nach jenem Gespräch verließ ich meine Wohnung nur noch, um das Nötigste für den Haushalt zu besorgen. Den Mittagskaffee trank ich in der Folgezeit zu Hause und verbrachte die meiste Zeit lesend auf der Couch. Ich analysierte meine Situation immer wieder aufs Neue und die Ereignisse der letzten Tage zementierten meinen Entschluss. In dieser Stadt würde ich bleiben, auch wenn alles sich gegen mich verschworen zu haben schien.

Der Winter und der »Kontrabass«

Im Winter kann Istanbul eine der traurigsten Städte der Welt sein. Man fühlt sich wie ein hilfloser kleiner Vogel, dessen Käfig mit einem grauen Tuch zugedeckt wird. Dunkle Tage reihen sich aneinander, feuchte Kälte dringt bis auf die Knochen. Gigantischen Monstern gleich beugen sich die dunklen Schatten der Moscheen mit ausgestreckten Minaretten über die Passanten.

Nachdem ich aus der »Grünen Mobilmachung« ausgestiegen war, hatte ich mich drei Wochen lang ziellos durch Anatolien treiben lassen und war nun wieder zurück in der so genannten Zivilisation. Busse rochen nach ungewaschenen Körpern, Kleider glänzten fettig, Blicke starrten ins Leere. Die Stadtbewohner schlichen unter dem Nieselregen schweigend aneinander vorbei. Überall in den Straßen Istanbuls war spürbar: Hier führte jeder seinen eigenen Überlebenskampf. Es war, als hätten sich fünfzehn Millionen einsame Gestalten an einem regnerischen Tag unabhängig voneinander dazu entschlossen, die größte türkische Metropole zu gründen.

Mein gewohntes Leben wieder aufzunehmen, gelang mir nur schwer. So manches, was mir vorher kaum aufgefallen war, störte mich jetzt: die überfüllten Busse, das Gedränge in den Straßen, das pausenlose Gehupe. Hinzu kam, dass die Universität wegen der Neujahrsferien geschlossen war. Istanbul bestand für mich aus einigen wenigen Cafés und Kneipen. Als die meisten meiner Kommilitonen verreist waren, um Silvester bei ihren Familien zu verbringen, erschien mir die Stadt wie zwangsevakuiert.

Ohne soziale Kontakte vergingen die Tage in Zeitlupe. Silvester, das längst zum Sinnbild meiner Einsamkeit geworden war, verbrachte ich ein weiteres Mal allein. Wohin hätte ich gehen sollen? Den einzigen Menschen, den ich Familie nannte, meine Mutter, hatte ich in Deutschland zurückgelassen. Mit regelmäßigen Telefongesprächen gelang es mir, ihre mütterliche Sehnsucht hinzuhalten, bis ich sie wieder besuchen würde.

Am Silvesterabend nahm ich um elf Uhr den Sammelbus zum Taksim-Platz, auf dem sich bereits eine dichte Menschenmenge versammelt hatte. Die Zufahrtstraßen waren verstopft mit hupenden Fahrzeugen, die einen brachten damit ihre Freude über das kommende Jahr zum Ausdruck, die anderen ihren Ärger über das Verkehrschaos. Der Busfahrer ließ uns in einer Seitenstraße des Tarlabaşı Boulevards aussteigen, und ich drängelte mich bis zur Platzmitte durch die Menge.

Um Punkt zwölf Uhr wurden die Gesichter um mich herum von den bunten Lichtern des staatlichen Feuerwerks erhellt. Über Lautsprecher wurde der Versammlung ein frohes neues Jahr und ein glückliches Leben gewünscht. Die Menschen johlten und pfiffen. Wildfremde umarmten und küssten einander ausgiebig, bevor sie wieder auseinander gingen und sich vermutlich nie mehr begegnen würden.

Bereits in den ersten Minuten des Jahres 1993 saß ich wieder im Sammelbus zur asiatischen Seite, der nicht abfuhr, weil zwei Plätze noch nicht belegt waren. Das Lachen und Singen der sich auflösenden Menge erfüllte die Straßen und drang durch die Scheiben des Busses. Obwohl es nur wenige Minuten dauern konnte, bis der Bus sich gefüllt hätte, wollte ich sofort weg und rief:

»Die beiden Plätze gehen an mich!«

Als der Fahrer losfuhr konnte er zu meiner Freude zur Haltestelle Çiçekçi, was man ins Deutsche mit »Blumenverkäufer« übersetzen würde, eine Abkürzung nehmen, weil niemand vorher aussteigen wollte.

Die folgenden zwei Tage verbrachte ich in meiner Wohnung. In zahllosen Rückblicken flimmerten die Bilder des vergangenen Jahres über den Bildschirm. Oft handelte es sich um

Sportereignisse und die Höhepunkte aus der Welt der Schönen und Reichen. Wenn die Bilder in Zeitlupe und mit dramatischer Musik unterlegt waren, dann bedeutete dies, dass man eines Journalisten wie Ugur Mumcu gedachte, der die mafiosen Verwicklungen türkischer Politiker mit dem Drogenhandel untersucht hatte und bei einem Bombenanschlag ums Leben gekommen war. Oder es handelte sich um einen staatskritischen Professor oder einen bekannten oppositionellen Politiker, der sich allzu sehr mit der Kurdenfrage befasst hatte und auf offener Straße von Unbekannten erschossen worden war. Für Hunderte von einfachen Bürgern, die im vergangenen Jahr getötet worden waren, reichte die Sendezeit nicht.

Auch ich ließ die Bilder meines vergangenen Lebensjahrs Revue passieren und fragte mich, was ich in diesem Land wollte. Doch wohin sonst hätte ich gehen sollen? Rastlose Gedanken endeten in Sackgassen, meine Fragen konnte ich mir nicht beantworten, und ich landete immer wieder dort, wo ich losgegangen war.

Dann waren die Semesterferien endlich vorbei, und mit Eifer verfolgte ich die Vorlesungen. Als ob das Ende aller meiner Sorgen vom Gelingen der anstehenden Prüfungen abhinge, stürzte ich mich ins Studium, lernte Tag und Nacht und hatte kaum noch Augen für etwas anderes. Wäre Suzan nicht erneut in mein Leben getreten, hätte ich mein privates Glück durch Fleiß und Beständigkeit beim Besuch der Vorlesungen durchaus erzwingen können. Es kam aber anders.

Zehn Tage nach Beginn des Lehrbetriebs setzte sie sich in der Mensa mir direkt gegenüber. Sie tat so, als ob sie von meiner schlechten Laune im Camp und meiner vorzeitigen Abreise nichts mitbekommen hätte.

»Hallo!«, sagte sie freundlich und schaute mir tief in die Augen. Als ich ihren Blick erwiderte, merkte ich, dass sie nicht so ahnungslos sein konnte, wie sie vorgab. Lag Trauer in ihrem

Blick? Oder eher Mitleid mit dem Narr, der ich war? Schließlich wischte ein aufrichtiges Lächeln jegliche Anhaltspunkte für Spekulationen aus ihrem Gesicht. Sie legte die neueste Ausgabe von *Öküz* auf den Tisch.

»Möchtest du den Brillenmann haben?«, fragte sie und sah mich dabei an wie eine Mutter, die zu ihrem Kind sagt: »Wenn du ihn nicht willst, dann bekommt ihn dein Bruder!«

»Ja«, sagte ich verlegen.

Sie zog die Seite mit der Geschmeidigkeit einer Zauberin heraus und überreichte sie mir theatralisch. Danach aßen wir schweigend weiter und lasen, oder taten so als ob.

Kaum hatte sie sich zu mir gesetzt, waren alle bösen Gedanken verschwunden. Eigentlich war zwischen uns nichts vorgefallen. Das war wohl auch der eigentliche Grund dafür, warum ich mich im Camp in meinem Ehrgefühl so verletzt gefühlt hatte: Zwischen uns gab es nichts.

Nun saßen wir uns gegenüber, und über den Rand der Zeitschrift hinweg bewunderte ich ihre Schönheit, während sie mir hin und wieder direkt ins Gesicht schaute. Meine Blicke hielten den ihren nicht stand und suchten Schutz in der Kolumne des Brillenmanns.

»Heute Abend gehe ich in den ›Kontrabass‹. Kommst du mit?«, fragte sie.

Der »Kontrabass« war an den Wochenenden eine Diskothek, an Arbeitstagen eine Art Kneipe. Kurz nach meiner Ankunft in Istanbul war ich ein Mal dort gewesen, ein Mal zu viel.

Ich mag den »Kontrabass« nicht!, sagte ich jedoch nicht. Mit kaum verhohlener Freude brachte ich heraus:

»Warum nicht!«

Um zehn Uhr stand ich in meinem einzigen Jackett und einer gebügelten Stoffhose vor dem »Kontrabass« und zwei breitschultrigen Türstehern. Mit ihren gestutzten Schnauzern, die sich an einen Kinnbart anschlossen, ihren weißen Handschuhen und halblangen Mänteln sahen sie wie ein Zwillingspaar aus. Überhaupt ähnelten Anfang der neunziger Jahre die meisten Türsteher von Istanbul den Bodyguardentwürfen der Hollywoodregisseure. Ich formte meine Lippen zu einer Begrüßung, dabei blieb es auch. Einer der Männer kam mir zuvor:

»Ohne Damenbegleitung dürfen Sie hier nicht rein!«

Ohne Damenbegleitung kam man in Istanbul nicht nur nicht in den »Kontrabass«, der eine schmuddelige Spelunke war, sondern in überhaupt keine Musikkneipe oder Diskothek. Auch in so genannten anarchistischen Jugendkneipen, in denen alles westlich sein sollte, nahm man sich vor anatolischen Singles in Acht. Denn die »freien« Mädels, in der türkischen Gesellschaft rar, waren nirgendwo vor ihnen sicher.

Der zweite Türsteher, der mich von oben bis unten gemustert hatte, unterstrich die Aussage seines Kollegen. In seiner Stimme lag sogar eine gewisse Verachtung. Sein Gesichtsausdruck schien zu sagen:

»In diesem Aufzug kommst du auch mit einer Dame nicht rein!«

»Suzan ...«, stammelte ich. Bevor ich den Satz fortsetzen konnte, fiel mir der andere Türsteher ins Wort.

»Ach, Sie sind das. Warum sagen Sie das nicht gleich!« Er gab die Tür frei und bat mich hinein: »Bitte sehr! Sie werden schon erwartet!«

Ich schob mich durch die Kneipengäste, die mit ihren Bierflaschen in einem langen Gang standen und sich unterhielten, und betrat einen großen dunklen Raum. Dort konnte man nicht nur wenig sehen, sondern außer der Hardrockmusik auch kaum etwas hören.

Suzan stand schon an der Theke und unterhielt sich mit dem zerzausten Barkeeper. Abwechselnd schrieen sie einander ins Ohr und schienen sich dabei gut zu amüsieren, denn nach jedem Satz schüttelten sie sich vor Lachen, suchten Halt am

Kragen des anderen oder stützten die Stirn an dessen Schulter. Alles, was sie taten, schien schon einmal erlebt worden zu sein, alles trug die Züge einer vertrauten Freundschaft. Beiläufig nahm Suzan die Zigarette ihres Gesprächspartners und zog daran. Ich beneidete den Mann um seine Arbeit und um seine Freundschaft zu Suzan. Hier war sie zu Hause.

Viele Gäste des »Kontrabass« waren Satanisten oder Punks, doch hatten sie wenig Ähnlichkeit mit ihren Berliner Gesinnungsgenossen. Die meisten der schwarz gekleideten, langhaarigen Jugendlichen hatten entweder einen Aufenthalt im Westen hinter sich oder stammten aus wohlhabenden Familien. Die langen Haare der dunkel gekleideten Männer, die sich gern »Anarchisten« nannten, hatten durchgehend Shampooglanz und waren sehr gepflegt. Den Irokesen der Punks ersetzte in den meisten Fällen eine rosarote oder grüne Linie, die von einer wasserlöslichen Farbe herrührte, die sich von der Stirn bis in den Nacken zog. So konnten sich die »Punks a la turca« spätestens am Montag mit sauber gewaschenen und gelgeformten Haaren wieder in die türkische Gesellschaft eingliedern, ohne negativ aufzufallen.

Istanbul lag zwischen Orient und Okzident. Während die Haarfärbemittel aus dem Westen stammten, waren die Schlagstöcke der Sicherheitskräfte, die auf die Schädel der jugendlichen Protestler prallten, Erzeugnisse des anatolischen Hochlands. Nicht selten nahmen die Polizisten bei Razzien die Mitglieder dieser Gemeinden willkürlich mit und verprügelten sie auf dem Revier bis zum Sonnenaufgang. Der Hass gegen die so genannten Satanisten wurde von der türkischen Presse immer wieder angestachelt, so dass nationalistische Jugendliche regelrecht Jagd auf sie machten.

Auch wenn vieles im »Kontrabass« nachgeahmt schien, war manches echt: zum Beispiel die DDR-Fahne an der Wand und auch die Junkies in der Ecke. Nach der Konversation mit dem

Barkeeper hatte sich Suzan zu ihnen gesellt und mit einer Fixerin ein angeregtes Gespräch begonnen. Als sie mich bemerkte, kam sie auf mich zu und begrüßte mich freudig mit zwei Wangenküssen.

»Bist du schon lange da?«, fragte sie und lotste mich ohne eine Antwort abzuwarten in die gegenüberliegende Ecke. Wir hatten außer der Begrüßung noch kein Wort gewechselt, da drückte uns der Barkeeper schon zwei Bierflaschen in die Hand, obwohl der »Kontrabass« ein Selbstbedienungsladen war. Dabei blinzelte er Suzan freundlich zu, mich würdigte er keines Blickes, bevor er wieder hinter der Theke verschwand.

»Gefällt dir der Laden?«, fragte Suzan.

»Ja!« Meine Verlogenheit störte mich kaum.

Obwohl sie sich zuvor angeregt unterhalten hatte, war sie nun sehr still. Schweigend nahmen wir kleine Schlucke aus unseren Flaschen, bis sie mich erneut fragte:

»Warst du schon mal hier? Oft kann es nicht gewesen sein. Denn ich habe dich hier noch nie gesehen!«

»Stimmt, ich war nur ein einziges Mal hier!«, gestand ich.

»Und?«

»Nett. Aber ich glaube, das hier ist nicht so ganz meine Welt«, sagte ich vorsichtig.

»Ich bin gerne hier!«, sagte sie zu ihrer Bierflasche. Danach schwiegen wir erneut. Wie zu einem Kind, das man vor einen Zeichentrickfilm setzte, sagte sie mir mit einer sanften Stimme ins Ohr:

»Ich muss mich mal um Aslı kümmern. Es geht ihr nicht besonders gut. Ich bin aber gleich wieder zurück!« Dann verließ sie mich. Aslı war wohl die langhaarige junge Drogenabhängige, mit der sich Suzan vorhin so munter unterhalten hatte.

Obwohl sie bald zurückkommen wollte, schien sie mich sofort vergessen zu haben. Sie vertiefte sich in diverse Gespräche und belohnte mich für mein geduldiges Warten mit keinem

Blick. Eine halbe Stunde war inzwischen vergangen, als sie mit einem der Junkies aufstand und zur Hintertür des Ladens ging. Mit seiner linken Hand öffnete der Mann Suzan die Tür, während er mit der rechten ihre schmale Taille umschlang und sie an sich presste. Es war sichtlich mehr als der Versuch, sich zu zweit durch die Türöffnung zu zwängen, und die Vertrautheit zwischen den beiden hatte wohl bereits einen Namen. Die Tür fiel ins Schloss, und mein Magen zog sich zusammen. Ich war zurückgeblieben mit Fragen, die mich quälten. Wer war dieser Junge, und was machten sie da draußen?

Ich war eifersüchtig, gekränkt und wütend, doch auf keines dieser Gefühle hatte ich ein Anrecht. Ich kannte sie kaum, aber je mehr ich sie kennen lernte, umso rätselhafter wurde sie für mich. Ich konnte nicht glauben, dass jene Studentin, die sich an der Universität von allen sozialen Aktivitäten fernhielt und durch überdurchschnittlichen Eifer hervorstach, mit dieser Person identisch war, die ich im »Kontrabass« erlebte und die ein Privatleben am Rande der Vernunft und der Gesellschaft führte.

Nach einer Viertelstunde kam sie mit ihrem Begleiter zurück und setzte sich wieder zu den Junkies, ohne auch nur einen Blick in meine Richtung zu werfen. Ich weiß nicht, wie lange sie in der dunklen Ecke der Kneipe verbracht hatten, aber nach einiger Zeit begannen sie zu tanzen. Außer dass ich mir Bier holte, bewegte ich mich keinen Zentimeter von der Stelle. Ich stand an dem Stehtisch wie angewurzelt und trank. Anstatt alles hinter mir zu lassen und zu gehen, machte ich mich zum Zuschauer eines Krimis, dessen tragischer Held ich selbst war. Ich wollte und konnte diesen Ort nicht verlassen, bevor ich nicht wusste, wer mein Mörder war und welches Ende dieser Abend nehmen würde.

Während ich jedes Detail ihrer Handlungen registrierte, gab es mich für sie nicht, zumindest schien es so. Dafür gab es die Fixerin Aslı, mit der Suzan sich nun in die allerdunkelste Ecke zurückzog. Dort nahmen ihre Zärtlichkeiten die Ausmaße einer lesbischen Beziehung an. Die Küsse wanderten über Wangen, Augen, Stirn, die Hände streichelten Rücken, Hals und Haare, zwischendurch tanzten sie, hüpften und schüttelten sich.

Inzwischen waren mehr als eineinhalb Stunden vergangen, und ich hatte mich satt gesehen. Als ich mich anschickte, den Heimweg anzutreten, kam sie unerwartet mit zwei Flaschen Bier schweißgebadet auf mich zu.

»Na, amüsierst du dich gut?«, lallte sie freundlich, als ob sie nur für wenige Minuten weg gewesen wäre. Ihre Augen waren gerötet und hatten sich zu zwei kleinen Schlitzen verengt.

»Ja, sehr sogar!«, sagte ich leicht gereizt.

Sie schaute mir lächelnd in die Augen, zog mich mit einer sanften Bewegung am Nacken zu sich und drückte mit ihren weichen Lippen einen Kuss auf meine rechte Wange. Dann stellte sie sich auf die andere Seite des Stehtisches, um mich erneut schweigend zu fixieren. Ich tat nichts und ließ mir gefallen, dass sie mich wie einen Gegenstand mit ihrem Blick durchbohrte.

»Ich … ich habe dein Bier ausgetrunken«, stotterte ich schließlich. Sie lächelte, setzte sich auf den Hocker und schaute den Tanzenden zu.

Unvermittelt fragte sie mich, ob wir tanzen wollten. Auf der Tanzfläche hielt sie ihre Augen geschlossen und dümpelte wie ein Fischerboot im seichten Wasser. Das konnte man kaum noch als Tanzen bezeichnen. Sie bewegte sich um ihre eigene Achse und suchte nach festem Stand. Wahrscheinlich hatten Alkohol und Haschisch ihr heftig zugesetzt. Dass ich während des zweiten Liedes die Tanzfläche bereits verlassen und wieder in meiner Ecke Platz genommen hatte, bemerkte sie gar nicht. Schließlich kam auch sie an unseren Tisch zurück, mit dem sie nur durch ihre Bierflasche verbunden zu sein schien, nahm große Schlucke und schaute mich lächelnd an. Dann schienen ihre Blicke ins Leere zu gehen. Nach einer Weile starrte sie nur noch auf den Boden. Die aufgedrehte Person, die ich früher am Abend getroffen hatte, war verschwunden. Hier stand nun die Frau, von der ich annahm, dass sie sie selbst war. Und diese Frau war traurig, einsam und unnahbar fern. Zurück auf der Tanzfläche wirkte sie inzwischen wie ein leckgeschlagenes Fischerboot, das bereits halbvoll gelaufen war und gerade noch so an der Wasseroberfläche zu bleiben vermochte.

Hinter dem Taksim-Platz nahm ich den Sammelbus nach Kadıköy. Ein Sitzplatz blieb lange unbelegt. Die Zeit bis zur Abfahrt nutzte ich, um über die letzten Stunden nachzudenken. Nach zwanzig Minuten raste der Bus wie ein Pfeil auf den leeren Straßen Istanbuls zur asiatischen Seite, ein Genuss, in den die Stadtbewohner nur des Nachts kamen. An der Haltestelle Çiçekçi stieg ich aus. Wäre ich über den Karacaahmet-Friedhof gelaufen, hätte ich eine Viertelstunde gespart, aber mir fehlte der Mut dazu. So lag ich erst gegen vier Uhr im Bett.

»Las Vegas« und der Gouverneur

Verglichen mit Istanbuls Kneipenszene ist das Nachtleben in Mardin so lebhaft wie ein Friedhof. In der Einhunderttausend-Einwohner-Stadt kann man nicht einmal in einer gewöhnlichen Kneipe seinen Bierdurst löschen. Denn nach den hiesigen Gepflogenheiten ist öffentlicher Alkoholausschank in weiten Teilen der Region verboten. Das Verleiten zur Sünde ist genauso schlimm wie die Sünde selbst.

Als ich mich in der Stadt umsah und bemerkte, dass Kneipen nirgends zu sehen waren, fragte ich mich, ob in dieser Gegend überhaupt kein Alkohol konsumiert wurde. Bald fand ich aber heraus, dass hier mehr getrunken wurde als in jeder modernen westtürkischen Stadt, allerdings nur privat oder in geschlossener Gesellschaft. Wenn es darum ging, Hindernisse zu überwinden, um in den Genuss von Alkohol zu kommen, war der Mensch wie überall in der Welt auch in Mardin einfallsreich genug.

Die öffentliche Einschränkung des Alkoholkonsums in Mardin stellte für mich keine Minderung der Lebensqualität dar, da ich mir aus Alkohol nie viel gemacht habe. Getrunken hatte ich meistens nur, weil andere es getan hatten. Der einzige Grund, weshalb ich einmal eine angebrochene Flasche Wein zu Hause komplett geleert hatte, war, dass ich das fehlende Nudelholz durch diese ersetzen wollte, um Plätzchenteig auszurollen.

Seit meiner Vernehmung im Polizeipräsidium waren inzwischen vier Tage vergangen, in denen ich mich selten draußen hatte blicken lassen. Obwohl das kleinstädtische Leben nach meinem bisherigen Metropolendasein schon einengend auf mich gewirkt hatte, empfand ich meinen Rückzug aus der Öffentlichkeit bereits nach wenigen Tagen wie einen kleinen Tod. Ich verspürte keineswegs das Bedürfnis, mit jemandem zu reden, ihm zuzuhören oder etwas mitzuteilen. Worüber sollte ich mich mit den Leuten auch unterhalten? Über die schlechte Ernte? Über die Verwandten, die nach dem Ersten Weltkrieg plötzlich in Syrien lebten? Oder über den Krieg gegen die Kurden, dessen bloße Bezeichnung als »Krieg« schon als Straftat geahndet wurde?

Was ich vermisste, waren die Bilder des Alltags, deren Details ich speicherte, mit Sinn und Gedanken versah und nach Gebrauch wieder dorthin stellte, von wo ich sie genommen hatte. Mir fehlten die unendliche Ebene nach Süden, die Berglandschaft nach Norden und die Sandsteinhäuser über dem Kopf. Und der Lauf im Hamsterrad, ohne irgendein Ziel.

Aber auch am vierten Tag nach meiner Vernehmung lag ich wie gelähmt auf der Couch, dachte an Suzan, an die Gegenwart und die Zukunft und las. Erst bei Sonnenuntergang ging ich auf die Terrasse, wo ich ein weiteres Mal den Gedichtband Murathan Mungans las, jenes Dichters aus Mardin. Nichts in seinen Gedichten schien mit der Stadt, in der er geboren worden war, zu tun zu haben, oder vielleicht doch:

»Entweder bist du im Kreis, oder du bleibst außerhalb!«

Ich jedenfalls fühlte mich in diesen Tagen wie ein Ausgestoßener, wie ein Stiefkind Mardins. Ich merkte, wie viel Raum die so genannten Nichtigkeiten des banalen Alltags in meinem Leben ausmachten, vermisste die Gassen, die Menschen auf dem Markt und das verrauchte Kaffeehaus. Mir fehlten die Fragen, die nicht um einer Antwort willen gestellt wurden: »Kannst du dir vorstellen, ein Mädchen aus Mardin zu heiraten?«, »Hast du jemals mit einer Araberin geschlafen?«, »Hast du überhaupt schon mal mit einer Frau geschlafen?« Ich wollte wieder das zahnlose Gelächter hören und sehen, gequält über sie lächeln, meine Zeitung lesen, ignoriert werden und die Cafégäste beobachten, unauffällig und aus dem Augenwinkel.

Am Abend des vierten Tages nahm meine selbst auferlegte Isolation ein zwangsläufiges Ende. Es gab nichts mehr zu essen.

Ich entschied mich, das Haus zu verlassen und irgendwo in der Stadt zu essen. Die neugierigen Blicke der Nachbarn begleiteten mich auf meinem Weg ins Zentrum. Ich lief die Arkaden entlang, über den nun verlassenen Marktplatz. Fast alle Läden hatten geschlossen, und ich war darauf gefasst, am Busbahnhof eine Kuttelsuppe essen zu müssen.

Mit dem Wort »Kuttelsuppe« schlich sich Suzan erneut in meine Gedanken. Viel gehörte nicht dazu. Ich erinnerte mich daran, dass sie Kuttelsuppe *işkence* nannte, also »Folter« und nicht *işkembe*, wie sie eigentlich hieß. Auch für mich war sie keine Delikatesse, und wir konnten jene Leute nicht verstehen, die selbst noch im Rausch des Alkohols die Mühe nicht scheuten, mitten in der Nacht ein Taxi nach Ortaköy zu nehmen, um dort in den Genuss der angeblich besten Kuttelsuppe Istanbuls zu kommen.

Auf dem Hauptplatz erblickte ich einen Dreiradschubwagen, auf dessen Einquadratmeterfläche ein ganzer Imbiss untergebracht war. Vielleicht musste ich doch keine Kuttelsuppe essen. Ein alter Mann spießte ungeschickt Fleischstücke auf, die er aus einem schmutzigen Plastikbehälter herausholte. Er sah müde aus, womöglich arbeitete er tagsüber noch woanders. Ein junger Mann – der Nase nach zu urteilen, sein Sohn – fächerte den Kohlen, die er sorgfältig unter dem Fleischspieß in einer Linie platziert hatte, Luft zu. Seine Handbewegung war geschmeidig, und es gelang ihm, die wenige Glut nicht davonzufegen. In dieser baumlosen Landschaft war jedes Stück Kohle viel wert. Ohne ein Wort zu wechseln, bereiteten sie zwei Kunden, die außer mir die einzigen Menschen auf der Straße waren, ihr Essen zu. Sie schienen diese Tätigkeit noch nicht lange auszuüben. Ich vermutete, dass sie Kriegsflüchtlinge aus dem Osten des Landes waren, wo abgelegene Dörfer von der türkischen Armee niedergebrannt worden waren und ein erbitterter Kampf geführt wurde. Ungeschickt rollte der alte Mann das

Fladenbrot, das er zuvor mit Zwiebeln, Gewürzen und Fleisch gefüllt hatte. Während ich die Hauptstraße entlang schlenderte, aß ich den Kebab, um die kurze Zeit des noch verbleibenden Tageslichts für einen kleinen Rundgang zu nutzen. Mit der Dämmerung kamen die Polizisten, die mit Maschinengewehren an den Straßenecken herumstanden oder hin und her gingen, als ob sie die Kälte aus ihren Knochen vertreiben müssten.

Auf dem Rückweg gönnte ich mir einige kleine Abstecher durch die Seitengassen und entdeckte dabei eine Pizzeria. Trotz der fortgeschrittenen Stunde – es muss inzwischen acht Uhr gewesen sein – war sie mit Jugendlichen gefüllt, von denen einige sogar weiblichen Geschlechts waren. Meine Füße verselbständigten sich in Richtung Eingang, meine Hand drückte die Klinke, das Schild mit der Aufschrift »Welcome« schlug gegen die Scheibe. Ich stand für einige Sekunden unentschlossen in der Tür und setzte mich dann an einen Tisch in der Ecke. Alle Gäste waren in Gespräche vertieft, niemand nahm Notiz von mir, wenigstens schien es so. Eine solche Aktivität um diese Uhrzeit passte nicht zu dem Bild, das ich mir von der Stadt gemacht hatte. Ich befürchtete sogar, dass ich auf einer Privatfeier gelandet war, auf der ich nichts zu suchen hatte. Schließlich erlöste mich der junge Kellner von meinen Zweifeln.

»Was wünschen Sie zu trinken?«

Fast alle Gäste tranken Cola, also bestellte ich auch eine Cola. Der Kellner zögerte und warf dem Mann hinter der Kasse einen fragenden Blick zu, während er mit einem feuchten Lappen über den Tisch ging.

»Ich mach das schon!«, sagte der Mann hinter der Kasse, erhob sich von seinem Chefsessel und servierte mein Getränk höchstpersönlich. Er stellte das Glas mit der Cola auf den Tisch und fragte, ob er sich zu mir setzen dürfe. Nach den ereignislosen Tagen war mir jede Abwechslung willkommen.

»Bitte schön!«, sagte ich und deutete auf den Stuhl. Nachdem er Platz genommen hatte, begann er zu sprechen:

»Entschuldigen Sie das merkwürdige Verhalten. Das Zögern des Kellners hängt damit zusammen, dass die meisten Gäste in ihrer Cola einen Schuss Whiskey haben. Da Sie das erste Mal hier sind, wusste er nicht, wie er reagieren sollte. Wenn Ihnen aber danach ist, bekommen Sie selbstverständlich auch Whiskey.«

Ich lächelte und sagte: »Nein, danke!«

»Ich wusste, dass Sie irgendwann einmal hier landen würden, wie der Fuchs im Pelzgeschäft!«, sagte der Mann. »Darf ich mich vorstellen? Ich bin Schicho, der Besitzer dieses Ladens!« Er streckte seine Hand aus. Erstaunt drückte ich sie. Er gestand, dass er mich bereits vom Sehen und von den Erzählungen mancher Stadtbewohner kannte. Zwar sei er seit dem ersten Tag meines Aufenthalts neugierig auf mich gewesen, habe es aber vorgezogen, abzuwarten. Schließlich würde jeder Fremde eines Tages den Weg zu seiner Pizzeria finden.

Danach erzählte er einiges über die Stadt und ihre Bewohner.

Ich weiß nicht, wie lange wir miteinander gesprochen hatten, aber für meine Verhältnisse war es erfreulich lang, so dass wir uns nach einiger Zeit duzten. Schicho gefiel mir mit seiner überschwänglichen Art zu erzählen derart, dass ich in die Unterhaltung einfiel. Ein solch entspannendes Gespräch hatte ich seit Wochen nicht geführt. In Wirklichkeit war es eher ein Monolog von Schicho, der sich hauptsächlich um Istanbul drehte, wohin er als mittelloser fünfzehnjähriger Bauarbeiter gegangen und von wo er als wohlhabender Akademiker zurückgekommen war. Dort habe er sein Abitur gemacht und Soziologie studiert. Dann legte er eine der wenigen Gesprächspausen ein, seufzte und fügte hinzu, dass er in Istanbul glücklich gewesen sei. Aber er habe nicht anders gekonnt, Mardin habe ihn wie ein Magnetfeld zurückgezogen. Zwei Jahre zuvor war er in seine Geburtsstadt zurückgekehrt und hatte hier, in dieser »anatolischen Einöde«, eine Pizzeria eröffnet, die vor allem die Studenten der Stadt füllten.

Der Name und das Schild »Las Vegas Pizzahaus«, das in leuchtenden Farben über der Tür hing, seien ein »satirischer Ausdruck für das eintönige Dasein in dieser Stadt«, erklärte er. Für eine kleine Minderheit sei die Pizzeria tatsächlich die »einzige Oase in einer Wüste mit dem Namen Mardin«, erklärte er mir, für die Mehrheit jedoch der Hort »ausschweifenden Lebens, der Hurerei«. Danach pustete er drei Mal in Richtung Tische und imitierte die Frommen, die glaubten, sich auf diese Weise vor dem Satan zu schützen.

»Mein Glück und deren Pech ist aber, dass in meinem Laden auch viele Polizisten zu Mittag essen.« Das sei der einzige Grund, warum »die Bärtigen« – womit er die streng Religiösen meinte – seinen Laden nicht längst auf den Kopf gestellt hätten.

Inzwischen war es zehn Uhr geworden, und wir waren nur noch zu zweit. Sowohl der Kellner als auch die jugendlichen Gäste hatten das Restaurant längst verlassen. Als ich mich ebenfalls verabschieden wollte, sagte er:

»Warte mal, ich mache die Lichter aus. Eine kurze Strecke können wir gemeinsam gehen. Obwohl die Ausgangssperre erst um zwölf beginnt, wird man in Mardin bereits um neun wie ein Krimineller behandelt. In meiner Gegenwart brauchst du dir aber keine Sorgen zu machen. Mich kennt hier jeder Polizist.«

Ich wusste damals nicht, ob Schicho von meiner Festnahme gehört hatte, aber irgendwie schien er zu bereuen, das Thema Polizei überhaupt angeschnitten zu haben.

»Und die Polizisten? Stellen sie für Sie kein Problem dar?«, hakte ich nach.

Schicho schaute mich mit großen Augen an. Erst nachdem er verstanden hatte, worauf ich hinauswollte, lachte er herzlich:

»Nein, nein. So etwas können die Stadtbewohner gar nicht über mich denken. Dafür kennen sie mich allzu gut.«

Er drehte sein Glas um die Achse, bis aus seinem Lachen ein Lächeln wurde, das auf seinem Gesicht einfror.

»Du darfst es den Menschen nicht übel nehmen, wenn sie sich jetzt dir gegenüber reserviert verhalten. Schließlich leben wir im Ausnahmezustand, und man weiß nicht, von wo die Gefahr kommt. Vielleicht weißt du es noch gar nicht: Täglich werden hier Menschen denunziert, von der Polizei abgeholt, und manche von ihnen verschwinden sogar auf Nimmerwiedersehen.«

Er schaute mir freundlich ins Gesicht und sagte:

Ich bin mir aber sicher, dass du nicht zu jenen gehörst, von denen eine Gefahr droht.«

Wir schlenderten unter den schwach leuchtenden Laternen die Hauptstraße entlang, auf der lediglich einige Straßenhunde unterwegs waren.

»Mardin ist an Sommerabenden am schönsten, besonders wenn eine leichte Brise über die Ebene stadtwärts zieht.« Dabei machte er eine Handbewegung, als ob er eine imaginäre Decke über sich ziehen würde.

»Wenn die Ausgangssperre irgendwann einmal aufgehoben wird, würde ich dir gerne meinen Lieblingsplatz in der Stadt zeigen, den vor der Medresse. Dort kann man sitzen wie auf einem Felsvorsprung am Meer. Dort kann man fern von der Stadt und den Menschen das schönste Bier der Welt trinken.«

Vor meiner Haustür verabschiedete er sich mit einem festen Händedruck.

»Ich erwarte dich morgen! Geniere dich nicht und komm!«, sagte er und verschwand. Das Echo seines Lachens folgte ihm in die Dunkelheit.

Tatsächlich trank ich meinen Mittagskaffee, der sich fortan auf ein scheußlich schmeckendes wasserlösliches Heißgetränk reduzierte, am nächsten Tag in der Pizzeria. Ich wurde Stammkunde im »Las Vegas«. Wenn auch nicht jeden Tag, so war ich doch jeden zweiten Tag dort anzutreffen: Abends aß ich hin und wieder mal eine Pizza, deren Teig so dick war wie ein Fladenbrot. Ich blieb oft bis Ladenschluss und lauschte Schichos Erzählungen, die sich immer wieder um die Armut in seiner Kindheit drehten. Höhepunkt und Ende seiner Geschichten war stets die Istanbuler Zeit. Er flüsterte, wenn er Spannung erzeugen wollte, sprach laut und heiter, wenn die Geschichte eine komische Wende nahm. Aber obwohl er lachte und mich zum Lachen brachte, konnte er nicht überspielen, dass die Vergangenheit schwer auf seiner Gegenwart lastete. Als Krönung des Abends tranken wir immer einen ungetarnten Whiskey, bevor Schicho mich nach Hause begleitete. An der Gabelung, deren kleinerer Arm zu meinem Haus führte, hielt Schicho an, schaute mir in die Augen und sagte:

»Nimm die animalischen Instinkte der Einwohner Ernst und sei vorsichtig in dieser Stadt! Hier weiß man wirklich nicht, woran man ist.« Danach fügte er lächelnd hinzu: »Schlaf gut!«

Im Bett dachte ich lange über Schichos Worte nach und kam zu dem Schluss, dass er es mit mir nur nett meinte. Ich wusste seinen Rat zu schätzen.

Mit der Zeit entwickelte sich zwischen Schicho und mir eine Zweckfreundschaft. Für mich wurde das »Las Vegas« zu einer Art Ventil, durch das meine bedrückende Einsamkeit ein wenig Erleichterung erfuhr und ich konnte den Wirt jederzeit zu mir unerklärlichen Dingen in Mardin befragen, während Schicho in mir einen würdigen Repräsentanten Istanbuls gefunden hatte, mit dem er über die »Stadt seiner Vergangenheit« sprechen konnte, die in seinem Leben allgegenwärtig war. Er war ein Nostalgiker, auch wenn das Thema Politik in unseren Gesprächen von Mal zu Mal wichtiger wurde, und Schicho sich immer deutlicher als der verbitterte kurdische Intellektuelle herauskristallisierte.

Seit meiner Entlassung aus dem Polizeirevier waren inzwischen drei Wochen vergangen, in denen ich mich möglichst unauffällig verhalten hatte. Bevor ich jedoch die Früchte dieser wohlüberlegten Strategie ernten konnte, geschah etwas Unerwartetes.

Für einen Tag im späten Herbst herrschten in Mardin immer noch außergewöhnlich hohe Temperaturen, so dass die meisten Türen der Stadt nur angelehnt waren. Das einzige Hindernis auf dem Weg zu mir war mein Gartentor, das allenfalls optischen Schutz bot. Dahinter spielte sich mein selbst auferlegtes Exilleben abseits des öffentlichen Blicks ab.

Ich hörte richtig, es klopfte nicht am Gartentor, sondern an der Wohnungstür direkt hinter meinem Rücken. Erschrocken drehte ich mich um und stand einem Mann gegenüber, der mich aus einem zerknitterten, etwas zu groß geratenen Anzug schuldbewusst anschaute. Trotz seines sonderbaren Aussehens dachte ich als erstes an die örtliche Polizei, die mir geraten hatte, die Stadt so schnell wie möglich zu verlassen. Doch meine Befürchtung schien unbegründet zu sein. Der Mann sagte:

»Entschuldigen Sie, das Gartentor war offen, und ich habe mir erlaubt, einfach einzutreten.«

Ungeachtet seiner Höflichkeit war ich auf der Hut: Jemand in Anzug und Krawatte konnte in diesen Zeiten nichts Gutes bedeuten. Als ob er meine Gedanken erraten hätte, sprach er schnell weiter:

»Der Herr Gouverneur schickt mich, um sie abzuholen. Er hat mich gebeten, Ihnen auszurichten, dass es nicht lange dauern werde.«

»Worum geht es?«, fragte ich ihn.

»Es handelt sich um eine Privatangelegenheit«, setzte er seinen auswendig gelernten Text fort.

Der Mann, der Fahrer des Gouverneurs, wie ich später erfuhr, führte mich zu einem Mercedes, den er am Eingang der Gasse mit eingeschalteten Warnblinkern stehen gelassen hatte. Um den Wagen herum, dessen schwarzes Kennzeichen ihn als Staatskarosse auswies, hatte sich ein Ring von neugierigen Passanten gebildet, die ihn fachmännisch musterten und miteinander auf Arabisch und Kurdisch flüsterten. Dabei fiel immer wieder das Wort *vali*, das auch im Türkischen »Gouverneur« bedeutet.

Nachdem ich auf der Rückbank Platz genommen hatte, fuhr der Wagen unter den verwunderten Blicken der Nachbarn davon. Zwischen dem eingerollten Fähnchen, das über dem vorderen rechten Kotflügel angebracht war und wie ein Regenschirm aussah, und der nackten Fahnenstange auf der linken Seite bahnte sich der Mercedesstern seinen Weg durch die Stadt. »Eine Privatangelegenheit«, hatte der Fahrer ausdrücklich gesagt, eine »inoffizielle Kleinigkeit«. Ich fragte mich, was ich mit dem Gouverneur eines der turbulentesten Distrikte des Ausnahmezustandsgebiets, dem ranghöchsten Staatsdiener in der Region, privat zu tun haben könnte? Zwar machte sich in mir keine Angst breit, dafür aber eine unermessliche Neugierde.

Der Dienstwagen schlängelte sich den Berg zur Neustadt hinunter und steuerte das größte aller Betonhäuser in der Ebene an. Als wir in Sichtweite kamen, wurde das eiserne Tor von dem Wache haltenden Polizisten eilig geöffnet. Der Mercedes fuhr bis zum prunkvollen Eingang des Gebäudes vor, während sich das Tor hinter uns schnell wieder schloss. Kaum war der Wagen zum Stillstand gekommen, sprang der Fahrer heraus, öffnete mir die Tür und bat mich höflich, ihm zu folgen.

Auf der einen Seite genoss ich diese zuvorkommende Behandlung, auf der anderen Seite war ich skeptisch und fragte mich, womit ich all dies verdiente. Vor wenigen Wochen war ich in einem ähnlichen Gebäude verprügelt, verspottet und beschimpft worden, nun empfingen mich andere Mitarbeiter derselben Firma wie eine wichtige Persönlichkeit. Doch wie ein Waggon seiner Lokomotive folgte ich dem Fahrer. Wir stiegen eine marmorne Treppe hinauf, liefen durch Gänge und durchquerten mehrere Räume, in denen mehrere Angestellte emsig ihrer Arbeit nachgingen. Am Ende des Ganges blieben wir vor einer geschlossenen Tür stehen, die mit ihrer Größe und ihrer reichen Verzierung der Person dahinter Tribut zollte. Eine Blondine, die neben der Tür hinter ihrem Schreibtisch saß und deren Schminke für mehrere Personen gereicht hätte, forderte mich auf:

»Sie werden erwartet. Gehen Sie einfach durch!«

Trotzdem öffnete der Fahrer die Tür nur einen Spalt weit und streckte nur seinen Kopf hinein. Sein Hinterteil in der zerknitterten Hose blieb im Raum der Sekretärin, die mit der Ernsthaftigkeit einer Wahrsagerin einige Papiere auf der Tischplatte hin und her schob, ohne mich eines Blickes zu würdigen. Erst nach zustimmenden Worten der Person im anderen Raum riss der Fahrer die Tür auf und bat mich herein.

Ich betrat das Arbeitszimmer des Gouverneurs, der hinter einem großen Schreibtisch und vor einigen Fahnen, darunter auch die türkische Nationalflagge, saß und auf ein Blatt Papier schrieb. Wegen der Großzügigkeit seines Amtszimmers wirkte er wie ein Zwerg. Neben der Tür stand ein Mann, wie ich später erfuhr, sein Leibwächter, und vor dem Tisch wartete ein Angestellter in strammer Haltung, Anzug und Krawatte. Mit etwa Mitte vierzig war er für einen Gouverneur noch relativ jung. Sein regungs- und ausdrucksloses Gesicht vermittelte den Eindruck, als ob er durch eine Computeranimation älter gemacht worden wäre. Der Fahrer und ich reihten uns hinter dem Wartenden ein. Das geräuschvolle Schreiben beendete der Gouverneur mit einer schnellen Handbewegung, die auf eine Unterschrift hindeutete. Danach klappte er die Mappe zu und händigte sie dem Beamten aus, während er sich mir zuwandte und sagte:

»Bitte, setzen Sie sich doch!« Er deutete auf den Ledersessel vor seinem Arbeitstisch. Als wir auf gleicher Augenhöhe waren, blickte er mich einige Sekunden lang an.

»Ich hoffe, ich habe Ihre Tagesplanung mit meiner kurzfristigen Einladung nicht durcheinander gebracht.«

Er bat den Leibwächter und den Fahrer höflich hinaus. Nachdem die Tür ins Schloss gefallen war, sagte er zu mir:

»Ich kann Sie sehr gut verstehen. Auch ich habe damals Ankara Hals über Kopf verlassen, um nicht zu sterben.«

Ich schaute ihn erstaunt und fragend an. Als Antwort klopfte er mit dem Zeigefinger auf die Mappe, die vor ihm auf dem Tisch lag.

»Ich habe mir erlaubt, Ihre Vernehmungsprotokolle und den Polizeibericht über Sie zu lesen.« Weil ich nicht wusste, wie ich reagieren sollte, sah ich ihn weiterhin wie versteinert an, bis er das Thema wechselte:

»Was möchten Sie trinken? Einen Kaffee vielleicht?«

Das Anbieten von Kaffee ist in der Türkei ein Zeichen der Wertschätzung eines Gastes, wohingegen Tee jedem angeboten wird. Durch diese versöhnliche Geste wollte er mir wohl zeigen, wie wichtig ich ihm als Gast war. Doch noch immer fragte ich mich, was hier vor sich ging, und vor allem, was der Gouverneur mit mir vorhatte.

»Wenn es keinen Umstand macht, würde ich gerne einen Tee nehmen!«

»Unser Kaffee wird aber auf regionale Art zubereitet. Ich würde Ihnen raten, sich diese Gelegenheit nicht entgehen zu lassen«, sagte der Gouverneur.

Nach kurzem Zögern gab ich schließlich nach: »Dann nehme ich ihn mit wenig Zucker bitte!«

Während der Gouverneur durch die Gegensprechanlage zwei *mırra* bestellte, starrte ich meine Bücher an, die die Polizisten beschlagnahmt hatten und die jetzt an der linken Kante seines Schreibtisches aufgestapelt waren. Ich fühlte mich angesichts meiner privaten Gegenstände, die auf seinem Tisch herumlagen, irgendwie entblößt. Der Gouverneur bemerkte meinen Blick auf die Bücher:

»Sie können sie wieder mitnehmen!«, sagte er.

Er hielt den Band mit dem Titel »Die Versager« hoch.

»Wenn Sie mir erlauben, würde ich aber dieses Buch gerne für ein paar Tage behalten.«

Ich schwieg.

»Nur wenn Sie damit einverstanden sind.«

»Kein Problem!«, sagte ich.

»Es ist lange her, dass ich es gelesen habe. Ich möchte gerne noch einmal hineinschauen. Oğuz war ein guter Freund von mir.« Er verstummte für einige Sekunden, starrte nachdenklich auf das Buch, das zwischen seinen Armen auf dem Tisch lag, und fuhr fort:

»Wie Sie vielleicht wissen, ging er unerwartet von uns.«

Oğuz Atay war ein bekannter Schriftsteller in den siebziger Jahren gewesen. Ein Gesicht der linken Studentenbewegung, die er enttäuscht verlassen hatte, um sich fortan in einer zynischen Sprache mit seiner Generation auseinander zu setzen. In seinen Büchern ließ er die Romanhelden sterben, bis er schließlich selbst starb. Ein Gehirntumor brachte ihn mit dreiundvierzig ins Grab.

»Er hat uns abgebildet«, sagte der Gouverneur. »Er war der Chronist unseres Untergangs.«

Ich erwiderte nichts, und der Gouverneur nahm nach einer kurzen Pause seinen Monolog wieder auf.

»Jeder Mensch, der solche Bücher liest«, er deutete auf den Stapel, »ist mir ein willkommener Gast.«

Langsam ertrug ich die Rolle des schweigsamen Zuhörers nicht mehr und kam dem Gouverneur – wenn auch nur aus Höflichkeit – entgegen:

»Jetzt machen Sie mich aber auf Ihre Bibliothek neugierig«, tastete ich mich vorsichtig voran.

»Ich will nicht angeben, aber ich glaube, das eine oder andere Buch zu besitzen, das Sie durchaus interessieren könnte. Oğuz hat zwar nicht viel geschrieben, aber von ihm habe ich zum Beispiel bis auf dieses hier«, er tippte auf »Die Versager«, »alle anderen in meinem Regal.«

»Ich habe sie zwar nicht«, erwiderte ich, »aber bis auf ›Die gefährlichen Spiele‹ habe ich alle gelesen.« Erst nachdem ich den Satz zu Ende gesprochen hatte, merkte ich, dass ich ihn lieber hätte nicht sagen sollen.

»Das werden wir ändern«, sagte er. »Ich bringe es Ihnen gleich morgen vorbei … ich meine, wenn es Ihnen passt.«

»Ich kann es auch am Montag hier abholen!«, sagte ich schnell, weniger weil ich am Samstag so viel vorgehabt hätte als vielmehr, um das Ausmaß meines Fehlers eingrenzen zu können. Selbst, wenn meine Skepsis unbegründet sein sollte, störte mich der verwirrende Gedanke, vom Gouverneur der Provinz mit Lesestoff beliefert zu werden. Doch alle Mühe war vergeblich:

»Nein, nein! Es wird mir eine Freude sein!«, erwiderte er entschieden. »Der Fahrer wird mir den Weg zu Ihnen beschreiben.«

Als ob er fürchten würde, dass ich ihm die Lieferung frei Haus ausreden könnte, wechselte er schnell das Thema.

»Ich war auch in Berlin, allerdings vor der Wiedervereinigung. Ich habe dort meinen Onkel besucht, der übrigens immer noch da wohnt. Ich muss sagen, mir gefiel der heruntergekommene Osten wesentlich besser.«

Meine Akte schien er gründlich gelesen zu haben.

»Was sind Ihre nächsten Pläne?«

»Ich weiß es noch nicht«, sagte ich. »Vorerst wollte ich hier bleiben. Es sei denn, man zwingt mich, die Stadt zu verlassen.«

»Da brauchen Sie sich keine Sorgen zu machen. Sie können bleiben, solange Sie wollen. Schließlich leben wir in einem demokratischen Land.« Er lachte lauthals über seinen eigenen Witz.

Ich zog es vor, lieber keine Reaktion zu zeigen, denn diese Unterhaltung mit dem Gouverneur in seinem Regierungspalast konnte ich in meinem Bild vom türkischen Staat nicht unterbringen.

Ich verbrachte über eine Stunde in der Residenz. Der Gouverneur ließ in dieser Zeit alle Anrufer und Besucher warten und redete mit mir über Gott und die Welt, als ob ihm die Sprache neu geschenkt worden wäre: über die historische Bedeutung der Region, über die Vielfalt der Religionen und der Völker in Obermesopotamien und sogar über den Krieg. Er wusste, wo das Siegel des sumerischen Königs Gilgamesch ausgegraben worden war, wo sich der heilige Felsen der Yeziden befand und wer ihr letzter Medizinmann gewesen war.

»Wenn Sie Interesse haben, kann ich Ihnen gerne die Ortschaften zeigen, in denen noch Yeziden leben«, bot er mir an.

Allmählich legte ich meine Scheu ab und überließ mich bereitwillig der Konversation, ohne meine Skepsis gegenüber dem Gouverneur kleiner werden zu lassen. Ich verdrängte sie nur hin und wieder und ließ mich von meinem gebildeten Gesprächspartner in den Bann seines anregenden Redeschwalls ziehen.

Schließlich fragte er mich, ob sein Fahrer mich wieder nach Hause bringen solle.

Ich bedankte mich und sagte, dass ich es vorziehen würde, zu laufen.

»Ich kann Sie gut verstehen. Der Wagen fällt überall sofort auf. Deshalb mache ich auch nur in unumgänglichen Situationen Gebrauch vom Fahrdienst.«

Er begleitete mich zu Tür und sagte beiläufig:

»Dann bis morgen!«

Ich lächelte und verließ den Gouverneurssitz, vorbei an den wachhabenden Polizisten wie jemand, dem Gerechtigkeit widerfahren war.

Auf dem Weg nach Hause ging ich verschiedene Möglichkeiten und Gefahren durch, die aus dieser erzwungenen Bekanntschaft resultieren könnten, suchte nach dem Sinn des Ganzen, drehte und wendete die Gespräche, wie ich wollte, doch vergeblich. Ich konnte mir nicht erklären, worauf diese Bekanntschaft hinauslaufen sollte. Vielleicht sollte sie auch auf nichts hinauslaufen. So blieb mir nichts anderes übrig als abzuwarten und zu hoffen, dass das nächste Treffen mit dem Gouverneur etwas mehr Licht in die Sache bringen würde.

Erwachen

Nach der »Kontrabass«-Nacht begegnete ich Suzan eine Woche lang nicht mehr. Ich besuchte trotz Anwesenheitspflicht die Vorlesungen kaum noch, weil mein Studium sich dem Ende zuneigte. Als die Bilder aus dem »Kontrabass« gerade zu verblassen begannen, trafen wir uns zufällig in der Mensa. Als sie mich von ihrem Platz aus anlächelte, setzte ich mich zu ihr. Eine Zeit lang tauschten wir freundliche Worte aus und redeten über dies und jenes, als ob es die »Kontrabass«-Nacht nie gegeben hätte. Vielleicht hatte Suzan sie tatsächlich längst vergessen, wahrscheinlich war sie nur eine von zahllosen gewesen, die sie dort in wechselnder Begleitung verbracht hatte.

In den folgenden Wochen sahen wir uns öfter, verabredeten uns, aßen oder tranken zusammen. An diesen Tagen war sie oft der einzige Grund, warum ich noch die Universität besuchte. Der Dienstag, an dem sie zwischen ihren Vorlesungen eine zweistündige Lücke hatte, wurde für mich zum schönsten Tag der Woche. In diesen zwei Stunden saßen wir an unserem Ecktisch in der Kantine und unterhielten uns über Gott und die Welt.

Etwa zwei Monate nach der »Kontrabass«-Nacht fragte sie mich, ob ich zu der Lesung von Küçük Iskender mitgehen wolle. Ich nahm ihr Angebot mit großer Freude an, weil ich manche Gedichte dieses jungen Dichters sogar auswendig kannte. Oft hatte ich das Gefühl, dass seine mitunter genialen Sätze direkt aus einer Heroinspritze kamen. Doch solange sie so gut waren, war es mir egal, wo sie herkamen. Dass Suzan sich für einen homosexuellen, drogenabhängigen Dichter interessierte, passte zu dem Bild, das ich mir inzwischen von ihr gemacht hatte.

Aufgeregt und ungeduldig erwartete ich unsere Verabredung, doch schon wenige Minuten nach sieben zerbrach das Gerüst der Hoffnung, das ich mir emsig zusammengezimmert hatte. Zu meiner maßlosen Enttäuschung erschien sie mit einem jungen Mann, Arm in Arm.

»Schau, ich habe jemanden mitgebracht!«, sagte sie fröhlich. »Kennt ihr euch?«

»Ich glaube nicht«, erwiderte ich, worauf der groß gewachsene Mann Ende zwanzig mir seine Hand entgegenstreckte und sich höflich vorstellte.

»Ich heiße Erol!«

Obwohl ich mich den ganzen Tag lang auf jede Minute mit ihr gefreut hatte, war ich nun froh darüber, dass die Dichterlesung gleich beginnen würde und wir für eine Unterhaltung keine Zeit hatten. Worüber hätten wir sprechen sollen? Außerdem war meine Enttäuschung über die unerwartete Wendung des Abends so groß, dass ich sie nicht hätte verbergen können.

Den Gedichten Küçük Iskenders konnte ich kaum folgen. Meine Gedanken drehten sich um Suzan, ihren Begleiter und die Frage, in welcher Beziehung sie wohl zueinander standen. Die Beiden wiederum schienen die Veranstaltung zu genießen, hörten gespannt zu, lachten, wenn der Dichter witzige Textstellen vortrug, wurden nachdenklich, wenn Tiefsinn gefordert war. Bis zum Ende der Lesung gelang es mir, mit eiserner Offiziersdisziplin die Miene eines Unbeteiligten aufrecht zu erhalten. Nach dem letzten Gedicht eilte Suzan nach vorne und gab dem Dichter als Zeichen ihrer Zuneigung einen Kuss auf die Wange. Draußen fragte sie uns:

»Wollen wir irgendwo noch was trinken?«

»Gerne«, sagte Erol. Mit einem »Warum nicht!« unterstrich ich meinen Anspruch auf den Abend und auf Suzan. In der Nevizade Sokak setzten wir uns in eine Bierkneipe. Immerhin waren wir uns in einem Punkt einig: Raki wollte keiner trinken.

Schnell stellten sich meine Bedenken, die Erol betrafen, als unbegründet heraus. Er war zwar ein netter junger Mann, zeigte sich jedoch desinteressiert an Suzan und den Themen, die Suzan interessierten. Je weiter der Abend fortschritt, desto sicherer schied er als ernstzunehmender Nebenbuhler aus. Ich hätte nicht gedacht, dass es mir eine Quelle der Freude sein könnte, dass jemand sich mit der Undergroundliteratur des Landes nicht auskannte, keinen Zugang zu schwarzem Humor fand und auf dem Karrieretrip war. In mir wuchs der Verdacht, dass Suzan ihn nur deshalb mitgenommen haben könnte, um mich zu beeindrucken.

Als ob Erol meine Vorurteile bestätigen wollte, verabschiedete er sich kurz nach elf.

»Ich muss den letzten Bus kriegen, sonst komme ich von Beyoğlu nicht mehr weg.«

Nur zu, dachte ich. Da saßen wir nun zu zweit, lächelten uns wie zwei Verschwörer an und nippten an unserem Bier.

Nein, es geschah weder an diesem Abend, noch an den darauf folgenden Abenden irgendetwas zwischen Suzan und mir. Nichts Körperliches. Aber jedes Mal, wenn wir uns fürs Kino, zum Trinken oder Essen verabredeten, freute ich mich auf das Zusammensein mit ihr. Obwohl ich wusste, dass ich zu später Nachtstunde allein den Sammelbus nach Hause nehmen würde. Für mein Glück reichte mir schon die Gewissheit, dass sie in dieser Zeit, die sie mit mir verbrachte, nicht in den Armen eines anderen lag.

Suzan wurde zum festen Bestandteil meines Lebens. Wir trafen uns jeden zweiten, dritten Tag durch einen mehr oder weniger großen Zufall an der Universität oder aber verabredeten uns, um irgendetwas zu unternehmen. Für sie hatte ich immer Zeit. Und sie gab mir das Gefühl, dass sie das Zusammensein mit mir genoss, immerhin stammten die meisten Vorschläge zur Abendgestaltung von ihr.

Wochen vergingen, Wochen der Freundschaft, des geschwisterlichen Einhakens und des scheinbar erwartungslosen Daseins zu zweit. Der Sommer neigte sich dem Ende zu. Bald würde ich meine Abschlussklausuren schreiben und das Studentenleben beenden, das ich als mir fremde dritte Person Singular verbracht hatte. Was sollte ich nach dem Studium tun? Die meisten meiner Kommilitonen, die die Universität verließen, leisteten im Anschluss ihren Militärdienst. Denn wenn Hochschulabsolventen als einfache Soldaten dienten, leisteten sie anstatt achtzehn lediglich acht Monate Dienst. Dafür kämpften sie aber, wenn sie bei der Auslosung Pech hatten, in den kurdischen Bergen an vorderster Front gegen die »separatistischen Terroristen«. Dank meines Status als Deutschländer und des Freikaufs vom Militärdienst, der meine Mutter zehntausend Mark gekostet hatte, musste ich mir diese Sorgen nicht machen.

Die Abschlussprüfungen fanden Anfang August statt, Ende September hingen die Noten bereits an der Pinnwand. Doch selbst mit der besten Note hatte ich kaum Chancen auf einen Job als Germanist. In einem Land wie der Türkei, in dem Deutsch als Sprache der ungebildeten Gastarbeiter galt, konnte ich nicht einmal auf eine Beschäftigung als Lehrer in einer Sprachenschule hoffen. An den staatlichen Schulen wurden die Schüler nachgerade gezwungen, die Sprache von Schiller, Goethe und Kafka zu lernen, um die Deutschlehrer nicht in die Arbeitslosigkeit entlassen zu müssen. Die Fremdsprachen wurden ausgelost: Wer Pech hatte, bekam Deutsch als Pflichtfach.

Deshalb war ich auf dem Weg zur Universität, wo ich meine Abschlussnote in Erfahrung bringen wollte, mit einer gewissen Gleichgültigkeit unterwegs. Als ich dort ankam, sah ich eine große Menschenmenge vor dem Außentor versammelt, obwohl noch Sommerferien waren. Eine Demonstration fand statt, aber dieses Mal ging es nicht um die Aufhebung des Kopftuchverbots in den Vorlesungssälen. Bereits im letzten Semester hatte sich die Mehrheit der strenggläubigen Studentinnen fürs Perücketragen entschieden, anstatt auf dem Schleier zu bestehen und ihr Studium zu gefährden. Heute waren die Linken an der Reihe. Studenten hielten ihre Fäuste in die Höhe und gaben ihrer Wut ein Ventil. Trotz meines Studentenausweises wurde ich am Tor von der Polizei gründlich gefilzt. Als ich die Wachen passiert hatte, brach hinter mir die Hölle los. Schilder mit dem Foto eines ergrauten Mannes tauchten in der Menge auf und ab wie Schiffe bei Unwetter, wurden kurzzeitig von Polizeiknüppeln verdeckt und kamen bald wieder zum Vorschein. Die Polizei war zum Angriff übergegangen. Auf den Schildern stand: »Musa Anter, hingerichtet ohne Gerichtsurteil am 17. September 1992«. Solche Morde, bei denen die Opfer von Gestalten in Zivil abgeholt und außerhalb der Städte mit Genickschüssen getötet wurden, gehörten inzwischen zum Alltag. Die Täter wurden gedeckt, Angehörige der Ermordeten, die Gerechtigkeit verlangten, inhaftiert und Demonstranten verprügelt. Die Polizisten schleiften die verletzten Studenten an den Haaren, Armen und Jacken über den Boden und prügelten sie in die wartenden Polizeibusse hinein. Wenn sie voll waren, fuhren sie mit heulenden Sirenen davon, und der Platz wurde bald von Stille und Zivilpolizisten beherrscht.

Das Wort »befriedigend« stand neben meinem Namen wie eine Berufsbezeichnung, als ob meine Professoren wussten, dass mein Dasein von Selbstlosigkeit geprägt war. Dabei hätte ich es dringend nötig gehabt, auch selbst befriedigt und beglückt zu sein, befreit von der Wurzellosigkeit der Vergangenheit und der Ungewissheit der Zukunft.

Mit lässiger Gleichgültigkeit registrierte ich meine Benotung. In diesem Moment war die Erleichterung darüber, dass ich mein Studium hinter mir hatte, größer als meine Karrieresorgen. In der Mensa traf ich Suzan, die traurig auf ihr Teeglas starrte. Die neue Ausgabe von *Öküz* lag gefaltet am Rande des Tisches. Ich setzte mich neben sie.

»Ist alles in Ordnung?«, fragte ich sie.

Als ob sie auf mein Erscheinen gewartet hätte, umarmte sie mich, presste ihr Gesicht an meinen Hals und heulte los. »Diese verdammten Arschlöcher. Diese Arschlöcher!«, schluchzte sie mir ins Ohr.

»Wer?«, fragte ich sie.

»Die Mehrheit der Menschheit. Alle, besonders die, die in diesem Moment draußen unsere Kommilitonen verprügeln, Schriftsteller erschießen, Professoren einsperren und uns unglücklich machen.«

Ich reichte ihr die Serviette von meinem Tablett.

»Hast du gesehen, wie brutal sie waren? Eine von meinem Jahrgang haben sie sogar bewusstlos geschlagen«, schniefte sie, ohne ihren Kopf von meiner Schulter zu heben. Solange sie das nicht tat, durfte sie alles sagen.

So saßen wir eine Weile da, ich streichelte vorsichtig ihren Arm und ihre Schulter, und hoffte, dass ihre Tränen nie aufhören würden zu rollen. Doch irgendwann trat Stille ein, und wir verabredeten uns für den Abend.

Gegen sieben Uhr trafen wir uns vor dem französischen Konsulat in Beyoğlu. Zur Feier der Beendigung meines Studiums lud ich sie zum Essen ein, danach gingen wir ins Weinhaus »Pano«. Dort trank ich mehrere Gläser Rotwein, für meine Verhältnisse nicht wenig. Obwohl die Unterhaltung sich um das System, die brutalen Polizeieinsätze und das Leben in Istanbul drehte, filterte ich daraus eine gewisse Romantik.

Ansichtssache

Wie angekündigt stand der Gouverneur am nächsten Tag in Strickjacke, Jeans und Turnschuhen vor meiner Tür. Mit dem Anzug und der Krawatte war auch sein formelles Gebaren verschwunden. Ich bat ihn herein; er lief auf den einzigen Stuhl zu, rückte ihn ans Fenster und nahm Platz.

»Darf ich hier rauchen?«

»Nur zu!«, sagte ich.

Er zündete sich eine Zigarette an und schaute mit zusammengekniffenen Augen auf die Ebene von Mardin hinab, die sich bis an den Horizont ausbreitete. Ich beobachtete ihn aus dem Augenwinkel, während ich die Zeitungen und Bücher, die auf dem Boden verstreut lagen, neben der Couch aufstapelte.

»Das schönste Meer der Welt!«, sagte er über die Ebene deutend, auf der die abgeernteten Getreidefelder in verschiedenen Gelbstufen ein kubistisches Muster bildeten. Gierig zog er an seiner Zigarette, sein Blick wanderte in die Weite.

»Jahrtausende lang hat diese Erde Hochkulturen ernährt, die der Menschheitsgeschichte ihren Stempel aufgedrückt haben«, nahm er das Gespräch wieder auf. »Hethiter, Sumerer, Assyrer, Römer, Byzantiner, Seldschuken. Das erste Rad hat man hier gebaut, die ersten Siedlungen der Menschheit gegründet, die ersten Bewässerungskanäle angelegt.«

»Bewässerungskanäle?«, fragte ich ihn ungläubig.

Der Gouverneur nickte langsam:

»Ja, Sie haben richtig gehört! Die ersten Bewässerungskanäle wurden zweihundert Kilometer nordöstlich von hier angelegt, von den Urartäern, die als einziges Volk der damaligen Weltmacht der Assyrer Paroli bieten konnten. Sage und schreibe vor viertausend Jahren hatten sie um den Vansee herum kilometerlange Wasserwege angelegt und die unfruchtbare Gegend in einen Garten Eden verwandelt.«

Als Zeichen meiner Verwunderung und Anerkennung seines Wissens schob ich die Unterlippe vor und hob die Augenbrauen. Bevor jedoch der Gouverneur erneut ansetzen konnte, fragte ich schnell dazwischen:

»Möchten Sie einen Tee trinken? Er ist noch warm.«

»Warum nicht!«

Als ich mit dem Tee ins Wohnzimmer zurückkehrte, zog er »Die gefährlichen Spiele« aus seiner Jackeninnentasche und reichte mir den Band.

»Hier! Lesen Sie es, nehmen Sie es aber nicht allzu ernst. Es ist eindeutig nichts für einen Menschen, dem gerade die Liebe davongelaufen ist.«

»Verraten Sie mir nicht den Inhalt!«

Der Gouverneur lachte und sagte:

»Da kann man nicht viel verraten. Wie in jedem seiner Bücher geht es auch hier um die Liebe, den Tod und die Einsamkeit.«

Obwohl ich es vorher nicht geplant hatte, fixierte ich die Augen des Gouverneurs und stellte ihm eine Frage, die mich selbst erstaunte:

»Was wollen Sie von mir?«

Verlegen schaute er sich um, seine Blicke wanderten in die Ecken meines Wohnzimmers, bis sie zögerlich zu mir zurück fanden.

»Sie werden es mir vielleicht nicht glauben, aber ich wollte Sie nur kennen lernen, mit Ihnen reden. Etwas anderes habe ich nicht im Sinn.«

Er hatte Recht, es war mir unmöglich, ihm zu glauben. Warum sollte er mich kennen lernen wollen? Und warum mit mir reden?

»Worüber wollen Sie mit mir sprechen?«, fragte ich ihn hilflos.

»Über ›Die Versager‹ zum Beispiel«, sagte er.

Von seiner Offenherzigkeit war ich so überrascht, dass ich kurz glaubte, es mit einem geistig verwirrten Menschen zu tun zu haben.

»Es schmeichelt mir, dass Sie in mir einen Gesprächspartner sehen!«, sagte ich vorsichtig. »Hoffentlich enttäusche ich Sie nicht!«

»Glauben Sie mir, es bedeutet mir viel, dass ich mit jemandem über Bücher sprechen kann, über das Leben, über die Menschen und über das Land«, sagte er mit einer leidenden Stimme. »Außer einem Oberst habe ich in dieser Stadt niemanden, mit dem ich mich unterhalten kann. Auch wenn der offen für vieles ist, ein Offizier bleibt ein Offizier.«

Der Gouverneur zündete sich eine neue Zigarette an. Schweigend streckte er mir die Schachtel entgegen.

»Nein danke! Ich rauche nicht.«

»Sie können sich nicht vorstellen, wie tot diese Stadt ist«, fuhr er fort. »Der bislang einzige Mensch, der hier mein ungeteiltes Verständnis genoss, war ein Familienvater, der mitten in der Nacht mit seiner Schrotflinte die läutende Alarmanlage eines gegenüberliegenden Schmuckgeschäfts über den Haufen geschossen hat. Auf dem Polizeirevier, in ärmellosem Unterhemd, gestreiftem Pyjama und den Schlappen seiner Frau wirkte er weitaus lebendiger als der Ladenbesitzer in seinem Anzug. Natürlich muss man sich gegen Diebstahl schützen, doch ich frage Sie: Was hat eine Alarmanlage in so einer Stadt verloren? Können Sie mir das erklären?«

Es war keine Frage, sondern eine Antwort.

»Noch einen Tee?«

Hektisch schaute der Gouverneur auf seine Uhr.

»Ich wäre gerne länger geblieben, muss mich aber leider jetzt auf den Weg machen. Denn eine Familie mit zwei kleinen Kindern warten mit dem Essen auf mich. Ich bin bei meinem Freund dem Oberst zum Essen eingeladen.«

Bevor der Gouverneur vom Sessel aufstand, sagte er in befehlsgewohntem Ton:

»Wenn Sie aber am Samstag in einer Woche Zeit haben, würde ich mich freuen, Sie zum Essen einzuladen. Etwa dreißig Kilometer von hier, auf der Schnellstraße in den Irak, befindet sich das beste Restaurant der Gegend, ein Fernfahrerrestaurant. Sein Lamm aus dem Ofen ist unübertrefflich.«

Ich nahm sein Angebot dankend an.

»Dann hole ich Sie am frühen Nachmittag zu Hause ab.« Schnell fügte er hinzu: »Selbstverständlich nicht mit dem Dienstwagen!«

»Verrückter Mann!«, murmelte ich, nachdem der Gouverneur die Tür hinter sich zugezogen hatte. Auch wenn er mir irgendwie sympathisch war, wollte ich seine Bekanntschaft weiterhin mit Vorsicht genießen.

In den kommenden Tagen wurde »Las Vegas« für mich zu einem Zufluchtsort, Schicho zu einem erzählwütigen Gesprächspartner. Er erzählte mir detailliert die politischen Hintergründe in der Region, die man mit bloßem Auge nicht sehen könne, meinte er. Er war ein gnadenloser Regimekritiker. Manche Einzelheiten übertrieb er so sehr, dass ich das Gefühl bekam, einem jener Menschen gegenüberzusitzen, die in jeder harmlosen Kleinigkeit Verschwörungstheorien suchten. Er schimpfte über die Politiker in Ankara und die Armee und sagte, dass die Ministerpräsidentin der übelste Mensch sei, den das Land je hervorgebracht habe. Viele hochrangige Offiziere der türkischen Armee seien ihre Handlanger, die für sie die Drecksarbeit erledigten.

»Kannst du dir vorstellen, dass das Rohopium, das aus Afghanistan über den Nordirak ins Land geschmuggelt wird, mit staatlicher Hilfe nach Europa gelangt? Bis zu den Händlern und Dealern sichern türkische Staatsdiener seinen Weg ab.«

Ich schaute ihn skeptisch an und nippte an meinem Whiskey-Cola.

»Das Ganze wird von Armeeoffizieren gelenkt, die sich wie kurdische Kämpfer verkleiden und unabhängig von regionalen Instanzen agieren. Ihre Befehle erhalten sie direkt von den Generälen in Ankara. Sie bezeichnen sich als Spezialeinheiten und fahren in der Regel weiße Renaults. Sie sind nicht nur für den Drogentransport zuständig, sondern auch für die Beseitigung der Opposition im Ausnahmezustandsgebiet.«

»Findest du nicht, dass du ein bisschen übertreibst?«, sagte ich zu Schicho etwas besänftigend und bemerkte zu spät, dass meine Interpretation seinen Ärger heraufbeschwor.

»Weißt du überhaupt, was sich hier abspielt?«, fragte er mich laut und gereizt und blickte mir fest in die Augen. »Weißt du, dass hier Menschen wie du verschwinden, ohne dass irgendjemand die Frage stellt, wohin und wer das getan haben könnte? Wenige Tage später löscht man das Wissen, dass es dich gegeben hat, für immer aus dem Gedächtnis. Nicht etwa, weil die Leute dem Schicksal der anderen gegenüber gleichgültig sind, sondern weil Leid in dieser Gegend ein fester Bestandteil des Daseins ist und alles andere dominiert. Fast jede kurdische Familie hier hat mindestens einen Toten, Verwundeten, Verschwundenen oder Inhaftierten zu beklagen. Allein in den letzten zwei Jahren wurden im Distrikt Mardin zweiundzwanzig Menschen von angeblich Unbekannten mit Genickschüssen getötet, von Unbekannten, die die Polizei nie hatte ermitteln können, die aber ausnahmslos weiße Renaults fuhren. Alle wissen, dass diese Morde auf das Konto dieser ›Spezialisten‹ gehen«, sagte er und deutete mit dem Zeigefinger in die Höhe: »Befehl von oben!«

»Wer sollen diese Befehlshaber sein?«, fragte ich den anscheinend gut informierten Wirt. »Ich kann mir nicht vorstellen, dass der gesamte Staat hinter diesen schmutzigen Geschäften steht.«

Schicho lächelte gequält und sagte:

»Das stimmt. Nicht alle, aber viel zu viele. Die ehrlichen Staatsdiener in Ankara sind nicht stark genug, um hier reinen Tisch zu machen. Es gibt in dieser Gegend ein Sprichwort: ›Der Richter hat sich an meiner Mutter vergriffen, an wen soll ich mich jetzt wenden?‹«

Danach lachte er hemmungslos, bevor er fortfuhr:

»Und das ist noch nicht alles! Viele kurdische Kämpfer, die von der türkischen Armee gefangen genommen werden, werden wieder freigelassen, wenn sie bei Drogengeschäften mitmachen oder für diese Spezialabteilungen als Killer arbeiten. Oft werden sie damit beauftragt, die eigenen Leute zu erschießen: Politiker, Schriftsteller, Journalisten. Sie sind Gefangene in einer Mordmaschinerie. Die Offiziere, die diese Geheimoperationen, Drogen- und Waffengeschäfte leiten, werden nach einer bestimmten Zeit befördert und oft sogar zum Generalstab nach Ankara versetzt. Da kannst du mal sehen was aus unserem Land geworden ist, das seine Entstehung einst dem siegreichen Kampf gegen die Imperialisten verdankt hat.«

»Sind die Verhältnisse hier wirklich so schlimm, wie du sie darstellst?«

»Vielleicht noch schlimmer. Freiwillig bleibt hier keiner, der über seinen Horizont hinaus denken kann. Es sei denn, er ist genau so verrückt wie ich. Viele politisch Engagierte, die geblieben sind, wurden bereits in Gefängnisse gesteckt. Der Rest ist ein Haufen eingeschüchterter, einfacher Menschen, die ihre gesamte Kraft und Konzentration darauf verwenden, nicht aufzufallen.«

Noch eine ganze Stunde sprach Schicho über die Machenschaften der staatlich unterstützten kriminellen Banden in der Region, bevor er nach seinem dritten Whiskeyglas wieder bei seinem Lieblingsthema Istanbul landete. Er pries das Biertrinken unter der Galata-Brücke beim Sonnenuntergang, die

Köftes von Sultanahmet und *imambayıldı*, die gefüllten und gebackenen Auberginen im Nizam-Restaurant in Beyoğlu.

Als wir gegen Mitternacht die Pizzeria schlossen und gemeinsam in Richtung meines Domizils schlenderten, sagte er:

»Wer weiß. Vielleicht treffen wir uns eines Tages am Bosporus. Dann zeige ich dir mein Istanbul.«

Auch die übertriebene Betonung des Wortes »mein« täuschte nicht über die Trauer in seiner Stimme hinweg, als ob er gesagt hätte:

»Dort werden wir uns leider nie begegnen.«

Mit gemischten Gefühlen ging ich das Gespräch mit Schicho bis zur Morgendämmerung in Gedanken durch. Hin- und hergerissen zwischen Herz und Verstand fragte ich mich, was der Gouverneur von mir wollte. Wollte er mich als V-Mann für den Staatsdienst anwerben, für solche schmutzigen Geschäfte, die Schicho beschrieben hatte? Sollte ich zu einem der Informanten gemacht werden, die laut Schicho alle irgendwann einmal als Killer endeten? Sollte ich Mordaufträge erledigen?

Ich dachte an die beiden Begegnungen mit dem Gouverneur und redete mir ein, dass es sich bei ihm womöglich tatsächlich nur um einen vereinsamten Intellektuellen handelte, der in der Kulturwüste von Mardin nach einem Freund suchte. Ja, so musste es sein und nicht anders.

Am nächsten Samstag stand der Gouverneur vor meiner Tür in einer sportlichen Kleidung. »Wollen sie sich vorher setzen und etwas trinken?«, fragte ich ihn.

»Trinken können wir woanders. Vorher möchte ich Ihnen eine Gegend zeigen, die mir sehr am Herzen liegt. Ich würde Ihnen raten, wenn Sie welche haben, Turnschuhe anzuziehen.« Als Zeichen des Aufbruchs klatschte er mit beiden Händen auf seine Knie und stand auf.

Unterwegs bot mir der Gouverneur das Du an. Ich bedankte mich höflich, machte jedoch von seinem Angebot keinen

Gebrauch. Nicht etwa, weil ich es als aufdringlich empfand, sondern weil ich mehr Respekt vor ihm hatte, als ich mir eingestehen wollte. Eine Mischung aus Hochachtung und Vorsicht hinderte mich daran, das »Du« über die Lippen zu bringen, während er mich von nun an unbeirrt duzte.

Der weiße »Tofaş«, in dem wir unterwegs waren, hüpfte auf dem unbefestigten Weg auf und ab. Ich umklammerte den Griff am Wagendach und zog mich bei jedem Schlagloch, das wir überfuhren, in die Höhe, um meine Wirbelsäule zu entlasten. Trotzdem hatte mein Knochengerüst große Schwierigkeiten, den Körper aufrechtzuerhalten.

»Die türkischen Autos sind zwar ohne Komfort, aber dafür werden sie von Menschen entworfen, die sich mit den Gegebenheiten unseres Landes auskennen«, meinte der Gouverneur munter. »Bevor ich dieses Fahrzeug hatte, habe ich auf diesen Straßen innerhalb von fünf Jahren zwei ausländische Geländewagen zu Schrott gefahren. Außerdem vermuten die Leute in so einer Klapperkiste alles andere als einen Gouverneur, und ich kann ungehindert meine Exkursionen unternehmen.«

Auch wenn ich gewollt hätte, hätte ich darauf nichts sagen können, weil ich meine ganze Kraft darauf verwendete, auf meinem Sitz zu bleiben. Der Weg stieg an und wurde noch holpriger. Schließlich hielt der Gouverneur unter dem einzigen Baum weit und breit.

»Da wären wir!«

Wir stiegen aus und blieben im Schatten des Baumes stehen. Lange schauten wir auf ein Dorf, das oben auf einem Hügel lag. Während ich mit offenem Mund und großen Augen fasziniert auf diese architektonische Meisterleistung starrte, stand der Gouverneur neben mir wie ein Bildhauer, der mit kritischem Blick sein Werk musterte.

Der Hügel war steil, rund und oben flach, als habe ein scharfes Messer die Spitze gekappt. An der Spitze dieses Gebildes, das wie ein Vulkan wirkte, ragten gelbliche Steinhäuser empor, deren hohe Mauern wie die Verlängerung des Berges aussahen.

»Ein ehemaliges aramäisches Dorf. Heute leben nur Kurden hier«, erklärte der Gouverneur. »Es ist gebaut wie eine Festung, damit sich die Bewohner vor feindlichen Angriffen schützen konnten. Denn vor etwa tausend Jahren, als die heiligen christlichen Stätten wie Jerusalem und Damaskus in die Hände der Muslime fielen, ist das Volk der Aramäer zum Freiwild geworden, und das ist es noch heute!«, fügte er hinzu.

Wir stiegen den Hügel langsam hinauf und umkreisten das Dorf. Hunde bellten. Die Frauen, die neugierig zu uns hinunterblickten, sprachen uns nicht an und verbargen ihre Gesichter hinter Tüchern. Anscheinend waren die Männer nicht im Dorf.

Der Gouverneur hatte nur Augen für die Architektur. Alle zehn, zwanzig Schritte blieb er stehen und musterte mit zusammengekniffenen Augen jedes einzelne Haus, bevor er seinen Gang um den Hügel herum schweigend fortsetzte.

Nach einer halben Stunde liefen wir zum Bach hinunter, der sich plätschernd seinen Weg durch die Senke suchte.

»Gestern war einer Ihrer Sätze: ›Ich habe Ankara verlassen, um nicht zu sterben.‹ Was meinten Sie damit? Was war damals vorgefallen?«

Schon befürchtete ich, eine Wunde berührt zu haben, weil der Gouverneur lange schwieg.

»Ich erlebte auch einmal eine unglückliche Liebe«, sagte er nachdenklich. »Ich meine nicht jene zu meiner Frau, sondern die, die ich erst gar nicht ausgelebt habe.«

Er machte noch einige Schritte und ließ sich auf einem Felsen nieder. Ich setzte mich neben ihn. Die Fortsetzung der Geschichte erzählte er nun nicht mehr mir, sondern dem Bach, und zupfte dabei an einem Grashalm.

»Meine Frau und ich haben uns bereits im ersten Semester an der Universität kennen gelernt. Gleich nach Abschluss des Studiums haben wir geheiratet. Alles lief so, wie es in der gehobenen Klasse üblich ist. Ich begann im selben Jahr als Verwaltungsbeamter zu arbeiten, sie bekam eine Stelle als Abteilungsleiterin im staatlichen Elektrizitätswerk. Es fehlte uns an nichts. In dieser Zeit war mein größter Wunsch, dass mir ein TRT-Fernsehjournalist in der Fußgängerzone von Çankaya die Frage stellte, was ich von dem Showmaster Halit Kıvanç halte. Wie gerne hätte ich ihn zurückgefragt: ›Wer ist denn Halit Kıvanç?‹«

Er lachte zynisch, indem er die Luft durch die Zähne stieß.

»Lange Zeit glaubten meine Frau und ich, miteinander glücklich zu sein. Dazu gehören natürlich auch Kinder, und sie setzte die Pille ab. Es schien nur eine Frage der Zeit zu sein, dass sie schwanger wurde. Im vierzehnten Jahr unserer Beziehung begann jedoch das Fundament unseres Glücks heftig zu wackeln. Meine Frau wurde nicht schwanger, und ich lernte eine dreizehn Jahre jüngere Studentin kennen, die in unserem Department ein Praktikum machte. Hals über Kopf verliebten wir uns ineinander, besser gesagt sie sich in mich. Ich war überwältigt von ihrer jugendlichen Frische, ihrer Lebenslust und ihrem unkonventionellen Stil. Schließlich geriet mein Leben zunehmend aus der Bahn. Ich führte mit meiner Frau weiterhin ein geregeltes Oberklassedasein, schlief aber mit der Studentin. Hast du den Film ›Im Jahr des Drachen‹ gesehen?«

»Nein! Was hat er mit Ihrer Geschichte zu tun?«

»In dem Film spielt Mickey Rourke einen Polizisten mittleren Alters, der mit einer gleichaltrigen netten Frau verheiratet ist. Dann lernt er eine junge Reporterin kennen, mit der er eine Liebesaffäre beginnt. Bevor es jedoch zu einer dramatischen Trennung von seiner Ehefrau kommt, wird sie von der Mafia, die Mickey Rourke hartnäckig bekämpft, getötet. Also steht einer von den Kinobesuchern gesegneten Liebesbeziehung mit der Reporterin nichts mehr im Wege.«

»Na und?«, fragte ich ihn.

Er schüttelte den Kopf und fuhr fort: »Meine Frau brachte aber niemand um, und ich hatte nicht den Mut, sie zu verlassen. So machte ich heimlich die Prüfung für die Gouverneurslaufbahn, bestand und reiste kurze Zeit später nach Anatolien ab. Ohne meine Frau. Von Anfang an war mir klar, dass sie Ankara mit einer ländlichen Kleinstadt nicht ums Sterben tauschen würde. Mit der Hauptstadt verließ ich auch die Studentin und habe die beiden Frauen, übrigens die einzigen in meinem Leben, seitdem nie wieder gesehen. Die Scheidung regelte mein Anwalt.«

»Eine traurige Geschichte«, sagte ich.

»Nicht unbedingt«, entgegnete er. »Die Studentin führte mir vor Augen, dass ich mit meiner Frau nicht mehr glücklich war. Es wäre nur eine Frage der Zeit gewesen, bis wir uns wegen unterschiedlicher Interessen, die wahrscheinlich altersbedingt waren, an den Kragen gegangen wären. Zuletzt waren wir kaum noch einer Meinung. Ich hatte keine Lust auf Bierkneipen und Livemusik-Bars, Ausflüge waren mir auch zu anstrengend. Ich wollte einfach in ihrem Studentenzimmer herumliegen, Wein trinken, lesen und sie liebkosen, was sie übrigens nach wenigen Monaten satt zu haben schien. Also verließ ich Ankara. Wenn ich geblieben wäre, würde ich in meiner Ehe bis heute die Zeit totschlagen und sie mich.«

Nach einer kleinen Pause fragte er mich:

»Und du? Was war es bei dir?«

Ich sagte erst einmal nichts, maß meine Liebe zu Suzan an jener des Gouverneurs zu der Studentin und zu seiner Frau und kam zu dem Entschluss, dass er beide nicht so geliebt haben konnte wie ich Suzan. Zwar fand ich die lässige Art, wie er über seine Frauen geredet hatte – beiläufig und emotionslos –, durchaus nachahmungswürdig, wusste aber gleichzeitig, dass ich niemals in der Lage sein würde, Suzan in meinem Inneren zu entmachten.

»Bei mir war die Liebe fast tödlich. So sehr habe ich sie geliebt«, sagte ich. »So sehr …« Meine Stimme versagte, ich räusperte mich. Dem Gouverneur schien die unerwartete Wende des Gesprächs unangenehm zu sein, er legte schweigend seinen Arm um meine Schultern und zog mich mit einem Ruck an sich, als ob er mir beim Aufstehen helfen wollte:

»Alles geht vorbei! Es wird Zeit zu essen!«, sagte er. Mit langsamen Schritten liefen wir am staubigen Ufer des kleinen Baches entlang und versuchten, dem Müll auszuweichen, den die Dorfbewohner dort entsorgt hatten.

»Nichts ist wichtig genug, um zu sterben!«, nahm er das Gespräch wieder auf. »Am Ende stehen wir allein da, fast immer.«

Wir verließen den Ort und fuhren schweigend auf der Landstraße, bis der Gouverneur seine rechte Hand vom Lenkrad nahm, sie auf meinem Kopf platzierte und sie hin und her bewegte wie einen Waschlappen.

»Heeey, Kopf hoch!«

Wir schauten uns kurz an, ich lächelte gequält, als Zeichen dafür, dass er sich um mich keine Sorgen zu machen brauche und es mir gut gehe.

Die E 90 in der Ebene von Nusaybin, die einzige größere Asphaltstraße weit und breit, führt entlang der syrischen Grenze bis in den Irak. Das Restaurant, das der Gouverneur angekündigt hatte, war eine unscheinbare Hütte an einem Rasthof für Lkw-Fahrer, die ihren Lebensunterhalt hauptsächlich mit dem Schmuggeln von Diesel aus dem Irak bestritten. Der Restaurantbesitzer empfing uns bereits vor der Tür und führte uns zu einem freien Tisch in der Ecke des Raumes. Die freundliche Behandlung verdankten wir keineswegs der Stellung meines Begleiters, der seine Identität hütete wie ein Staatsgeheimnis, sondern unserem verhältnismäßig zivilisierten Aussehen. Fast alle Tische waren mit tief gebräunten unrasierten

Männern besetzt, deren Kleider von Ölflecken übersät waren. Gierig und gleichgültig gegenüber ihrer Umgebung bissen sie in ihre Fladenbrote. Beim Kauen traten die Backenmuskeln aus ihren mageren Gesichtern hervor. Übermüdet und hungrig hatten sie nur für ihre Teller einen Blick übrig, ihre Hände arbeiteten pausenlos und rhythmisch. In ihre Münder schoben sie das Essen hinein und schlangen es beinahe unzerkaut hinunter, um für einen neuen Bissen Platz zu schaffen.

Die berühmte Spezialität des Hauses – und das einzige Gericht auf der nicht existierenden Speisekarte – war die gefüllte Lammrippe. Ihre Zubereitung war einfach: Ein Stück Rippenwand wurde mit Reis und Nüssen gefüllt, zu einer Kugel zusammengenäht und im Holzofen geschmort.

Nach etwa zehn Minuten erschien der Kellner mit einem großen verzinnten Kupferteller, den er in der Mitte des Tisches platzierte. Auf dem Reis lag die gefüllte Rippe. Der Gouverneur rief den Restaurantbesitzer zu sich und flüsterte ihm etwas ins Ohr. Der nickte zustimmend.

»Möchtest du auch ein Glas Raki trinken?«, fragte mich der Gouverneur.

Ich verneinte. Der Kellner brachte ein buntes Glas, dessen Inhalt man kaum erkennen konnte. Während der Gouverneur seinen beinahe heimlich servierten Schnaps trank, versuchte ich, den feinen Geschmack des Lamms nach jedem Bissen noch ein wenig am Gaumen zu bewahren. Denn wie versprochen, wurde hier, in dieser schmuddeligen Hütte, erstaunlich gutes Essen serviert. Das zarte Lammfleisch schmeckte nicht nur nach Fleisch, sondern auch nach Butter, Nüssen und eigenartigen Gewürzen. Zum Erstaunen des Gouverneurs bestellte ich Ayran.

Der Gouverneur mischte zwar seinen Raki nicht mit Wasser, griff aber nach jedem Schluck Anisschnaps zum Wasserglas. Je mehr er nippte, umso gesprächiger wurde er. Als die

Sonne gesunken war und er das dritte und letzte bunte Glas geleert hatte, zeigte der Alkohol Wirkung. Er nuschelte und wurde sentimental.

Er sagte, dass sein Verwaltdungsdistrikt voller Spezialeinheiten sei, die unabhängig von ihm agieren und dabei »ganze Menge Scheiße« bauen würden.

Ich war mir sicher, dass der Gouverneur damit den Drogenhandel meinte. Damals hatte ich die Schilderungen Schichos für übertrieben gehalten, jetzt glaubte ich, sie von einem Staatsbeamten bestätigt zu bekommen.

»Haben Sie darüber nachgedacht, in Ankara die ›richtigen Leute‹ aufzusuchen und ihnen die Situation in Ihrem Verwaltungsdistrikt zu schildern?«

»Ach was!«, sagte der Gouverneur und wischte meine Frage beiseite. »Alle wissen doch Bescheid!«

Nachdem der Gouverneur einen letzten Schluck genommen hatte, stützte er seinen Kopf auf die rechte Faust. Er starrte müde auf den Tisch.

»Ich bin nur ein ohnmächtiger Zuschauer. Du wirst es mir vielleicht nicht glauben, aber selbst der kleinste Angestellte einer Spezialabteilung aus Ankara hat mehr Macht als ich.«

Er zündete sich eine Zigarette an und schwieg und ich hoffte, er würde nicht noch einmal ansetzen. Zahllose Fragen schossen mir durch den Kopf, ich konnte das alles kaum glauben. Die Polizeibeamten, die mich verhaftet hatten, fielen mir wieder ein. Wussten sie, was hier geschah? Waren sie am Drogenhandel beteiligt? Oder gehörten sie sogar zu diesen Spezialeinheiten? Eilig bestellte ich zwei *mırra*. Bis der Kaffee serviert wurde, schwiegen wir.

Ich streckte meine rechte Hand aus, die zu meiner eigenen Überraschung auf seiner linken Schulter landete. Ich ließ sie eine Zeitlang dort ruhen, während der Gouverneur weiter auf die Tischplatte starrte. Ich klopfte fast zärtlich auf seine Schulterpolsterung und sagte:

»Geben Sie sich nicht die Schuld! Wenn diese Männer tatsächlich so mächtig sind, wie Sie behaupten, dann können Sie ohnehin nichts ausrichten.«

So saßen wir eine Weile da.

»Es ist spät geworden! Wollen wir zurückfahren?«, sagte ich.

Wie ein Schachspieler, der seine Niederlage einsieht, nickte der Gouverneur. Trotz seines Alkoholkonsums setzte sich der Gouverneur mit der Selbstverständlichkeit desjenigen, der so etwas nicht zum ersten Mal tut, ans Lenkrad. Ohne ein Wort zu wechseln, fuhren wir nach Mardin zurück.

Als ich am späten Abend auf meiner Couch lag, setzten sich Zeitungsberichte, die mir in Istanbul noch allzu obskur erschienen waren, mit Schichos Geschichten und den Andeutungen des Gouverneurs wie ein Puzzle zusammen. Mir fielen Artikel ein über kurdische Kämpfer, die bei linken Tageszeitungen Schutz gesucht hatten, weil man sie als Killer habe anheuern wollen. Von der Polizei waren sie als »geistig verwirrt« bezeichnet worden, manche waren spurlos von der Bildfläche verschwunden, keiner wusste wohin. Ich dachte an die Leichen, die unter Brücken gefunden wurden, fast alle auf die gleiche Weise ermordet: Hände am Rücken gefesselt, Schüsse aus naher Entfernung in den Hinterkopf.

Dann dachte ich wieder an den Gouverneur, zu dem ich widersprüchliche Gefühle hegte. War er ein einsamer Irrer? Oder war er ein kämpferischer Idealist, ein aufrichtiger Demokrat? Mal rührend und schutzlos, mal sich seiner Stellung als höchste Instanz in dieser Provinz nur zu bewusst, war er mir ein Rätsel.

Eine Nacht mit Suzan

Nach Beendigung des Studiums verspürte ich eine Leere, die ich nicht zu füllen vermochte. Es machte mir Angst, auf Suzan angewiesen zu sein, die zum Zentrum meines Lebens geworden war. Meine Gefühle für sie bereiteten mir einige schlaflosen Nächte.

Wohin mit mir? Meine Jugend, die sich nun unweigerlich ihrem Ende zuneigte, wurde zu einer unerträglichen Last für mich. Wenn ich nicht mit Suzan zusammen sein konnte, versuchte ich die Einsamkeit mit Ablenkungen zu ersticken. Aber wo? Das lässige europäische Nachtleben gab es hier nicht. Jeder Film, der mich in meine europäische Vergangenheit entführte und Stürme in mir auslöste, drängte mich auf die Straße, aber die Erwartungen blieben unerfüllt. Nirgendwo war eine normale Kneipe zu finden. Nirgendwo Abenteuer, keine Überraschungen, keine Hoffnung. In den schmuddeligen »Meyhanes« saßen stets nur hoffnungslose Alkoholiker und jugendliche Trunkenbolde, die ihr Leben mit ein paar Schlägereien anzureichern trachteten.

Ich suchte Suzan zwar nicht auf, aber die kleinste Nachricht von ihr drängte mich in ihre Nähe, sie zu sehen, mit ihr zu sprechen. Und sobald sie in mein Leben trat, wurde ich zu einer Marionette auf einer fremden Bühne, sie meine Meisterin. Sie ließ mich Bewegungen und Verrenkungen machen, wie es ihr gefiel, zog an meinen Fäden, wie immer sie wollte, ich gehorchte.

Eine Ausstellungseröffnung war der äußere Grund unserer Zusammenkunft an jenem Abend, danach gingen wir noch in eine Kneipe. Auch wenn wir uns fast ausschließlich über Fotokunst unterhielten und darüber, warum in der Türkei niemand Fotografien kaufte, um sie an seine Wand zu hängen, war es für mich ein gelungener Abend. Sie und ich allein an einem Tisch, was wollte ich mehr.

Als wir das Weinhaus »Pano« verließen, lag der Verkehr auf der Hauptverkehrsstraße von Beyoşlu, der Sıraselviler, lahm. Passanten und Anwohner ließen das Hupkonzert mit größter Gelassenheit über sich ergehen. Wie an jedem Samstag hatten die Taxifahrer beide Fahrtrichtungen mit ihren Fahrzeugen versperrt, eine Reihenfolge bei der Beförderung gab es nicht. Jeder nahm, was er kriegen konnte, und fuhr in rasendem Tempo davon, um bald auf der Sıraselviler in der Schlange stehen zu können.

Ein früherer Bürgermeister von Istanbul wollte dem Hupen ein Ende setzen, indem er hohe Geldstrafen verhing. Mit dem Ergebnis, dass das Gehupe von übelsten Beschimpfungen und lautem Geschrei abgelöst wurde, so dass man das Verbot eiligst wieder aufhob.

Susan hakte sich bei mir ein, und wir liefen an den Bars, Hotels und Geschäften entlang. Bevor wir den Taksim-Platz erreichten, fragte sie mich:

»Wollen wir ein Glas auf meinem Balkon trinken?«

»Warum nicht!«, sagte ich und war über die Gelassenheit in meiner Stimme überrascht.

»Schätze dich glücklich, du wirst einer der wenigen Männer sein, die meine Wohnung zu sehen bekommen«, sagte sie.

Vom Taksim-Platz aus stiegen wir die Kazancı Yokuşu hinunter, die sich zwischen zwei Hügeln in Richtung Bosporus hinabschlängelte. Unten angekommen bogen wir nicht nach Cihangir, wo die Künstler und Akademiker wohnten, sondern nach Gümüşsuyu ab. Das Viertel war berüchtigt. Zwar lebten hier noch manche Istanbuler Mittelschichtfamilien, nachts gehörten die Straßen jedoch den Transvestiten, die hier sowohl wohnten als auch ihrem Gewerbe nachgingen. In der Mitte einer Seitenstraße, die ich selbst tagsüber nicht betreten hätte, machte sie Halt. Während ich mich verstohlen umblickte, strahlte Suzan eine erstaunliche Lässigkeit aus. Unter der einzigen leuchtenden Laterne weit und breit holte sie aus ihrem Rucksack ihre Hausschlüssel heraus und öffnete die Eingangstür eines kastenförmigen Betonhauses. Das Licht im Treppenhaus funktionierte nicht. Wir stiegen die Treppe im Schein einer Taschenlampe hinauf, die Suzan anscheinend immer bei sich trug. Auf unserem Weg nach oben erfasste der Lichtkegel mehrere gebrauchte Kondome. Später erzählte sie mir, dass die Transvestiten aus der dritten Etage ihre Kunden im Haus empfingen.

Ganz oben, im sechsten Stockwerk, war sie zu Hause.

»Pass bitte auf, dass die Katze nicht entwischt!«

Ich ging hinter ihr in Stellung, während sie die Tür aufschloss. Suzan hob die Katze hoch, die in der Türspalte miaute, und legte sie auf ihre linke Schulter. Während sie mit einer Hand die Katze streichelte, stieß sie mit der anderen die Tür weit auf. Wir betraten ihre Wohnung. Von einem schmalen Korridor gingen vier Türen ab, die in die Küche, ins Bad, ins Schlaf- und ins Wohnzimmer führten.

Suzans Wohnsituation war luxuriös. Die meisten Studenten begnügten sich mit einem Zimmer in einer Wohngemeinschaft oder in einem Studentenwohnheim, oft teilten sie es sogar mit Kommilitonen. Eine eigene Wohnung wie diese – auch wenn sie sich im Transvestitenviertel befand – konnten sich nur wenige leisten.

Suzans Reich war unaufgeräumt und roch nach Katzenklo. Auf dem Boden verstreut lagen Schallplatten, CDs, Klamotten, Zeitschriften und Bücher. Ein Regal gab es nicht. Die meisten Bücher lehnten an der Wand.

Während ich mit meinen Beobachtungen fortfuhr, verschwand Suzan in der Küche, hinter ihr die Katze, die mit aufgerichtetem Schwanz erwartungsvoll maunzend hinter ihr herlief. Wahrscheinlich gab Suzan ihr dort Futter, denn die Katze verstummte. Sie kehrte mit einer Weinflasche ins Wohnzimmer zurück, wo ich auf dem einzigen Sessel Platz genommen hatte.

»Die Transvestiten von Gümüşsuyu sollen keine Engel sein. Viele Leute sind in diesem Viertel schon erstochen worden. Du musst hier wegziehen. Such dir eine Wohnung in einem sicheren Viertel«, sagte ich fürsorglich.

»Nicht im Imperativ bitte!«, sagte sie gereizt. An diesem Abend erfuhr ich, dass sie am liebsten Konjunktiv-II-Sätze hörte.

Mit einer solchen Überreaktion hatte ich nicht gerechnet. Als ich sie etwas verdutzt anblickte, fügte sie hinzu:

»Rette mich doch aus diesem Sumpf.« Dann verschwand der ernste Blick, und sie brach in Gelächter aus. Nun war ich verärgert, und mir war gar nicht zum Lachen zumute. Als ihr Lachen verebbte, trat Stille ein. Ich kam mir mit meiner Sorge um sie eher albern vor und spürte, wie ich rot anlief. Sie hatte mich in eine Position gerückt, in der ich eine lächerliche Figur abgab.

Suzan drückte mir ein Weinglas in die Hand und zog mich auf den Balkon, der eigentlich eine Terrasse war. Dort setzten wir uns auf zwei nebeneinander stehende Stühle. Unwillkürlich fragte ich mich, mit wem sie das letzte Mal hier gesessen hatte. Auch die Katze gesellte sich zu uns und schien auf Suzans Schoß ihren Stammplatz einzunehmen.

Wir starrten auf den Bosporus, der in der Ferne glitzerte. Dieser Blick über die Dächer und das Wasser entschädigte für alles, was unten in den Seitengassen von Beyoğlu zu erwarten war. Nach einigen Minuten beugte sie sich zu mir und streichelte sanft über meine Haare. Ihre fröhlichen Gesichtszüge waren der Reue gewichen.

»Entschuldige bitte!«, sagte sie ernst. »Es war nicht böse gemeint. Ich finde es wirklich süß von dir, dass du dir Sorgen um mich machst.«

Der Bosporus glitzerte wie ein gesprungener Spiegel. Unzählige kleine silberne Bruchstücke setzten sich zu einem Mosaik zusammen, das ein beeindruckendes Panorama von der Halbinsel bis zum Marmarameer bot. Scheinwerfer erhellten Hagia Sophia, Topkapı und Yeni Camii. Es sah aus als hätten wir das Titelbild einer Tausendundeine-Nacht-Ausgabe vor uns.

Ich saß fern von allem Getöse neben Suzan und genoss den Frieden, bis die nächtliche Stille von einer aggressiven Stimme gestört wurde:

»Gib mir mein Geld, du Arschloch!«

Die Stimme kam aus einem der unteren Stockwerke des Hauses und hallte in der Dunkelheit. Ich schaute Suzan fragend an, die völlig ungerührt da saß.

»Janet hat schon wieder Probleme mit einem Freier.«

Die Stille kehrte wieder zurück. Nach einer Weile lehnte Suzan sich sanft an mich und legte ihren Kopf auf meine Schulter. Wir saßen da, als ob ihr Kopf nie woanders gelegen hätte. Ich weiß nicht, wie lange, zwanzig, vielleicht auch dreißig Minuten, aber eins steht fest: Sie gehören zu den glücklichsten meines Lebens. Bis die Stille der Nacht, einem seidenen Tuch gleich, das Suzan und mich umhüllte, von immer lauter werdenden Schnarchgeräuschen in Stücke gerissen wurde. Sie kamen eindeutig von Suzan. Ich war erschüttert, dass dieses süße kleine Geschöpf solch gemeine Töne hervorbringen konnte.

Aber bald meldete sich so etwas wie ein Beschützerinstinkt, meine Empörung legte sich. Ich versuchte, das Beste aus einer Situation zu machen, für die ich mir anderes erhofft hatte. Ich redete mir ein, dass Suzan mir jenes Urvertrauen entgegenbrachte, das man nur dem Nächsten gegenüber empfand. Das Glück hatte ich fest an den Schultern gepackt, und ich hatte nicht vor, es wieder loszulassen. Istanbul war nicht länger eine Metropole, in der ich mich verloren hatte, sondern das Zuhause meiner Liebe. Ich saß nicht mehr auf dem Balkon eines Betonhauses im Transvestitenviertel, meine Gedanken kreisten über die Altstadt von Istanbul: über die Kabataş-Moschee, die Selimiye-Garnison, den Haydarpaşa-Bahnhof, den Topkapı-Palast, und die Hagia Sophia, um wieder am Galata-Turm anzukommen, wo ich meinen Ausflug begonnen hatte.

So verbrachte ich eine weitere halbe Stunde mit Suzan im Arm und hatte Angst, dass sie aufwachen könnte. Ich genoss die Minuten und kam mir dabei doch hinterhältig vor. Ich nutzte ihre Abwesenheit aus, um ein Glück auszuleben, das sie mir im Wachzustand nicht zuteil werden ließ.

Allmählich machte sich die nächtliche Frische bemerkbar und väterliche Gefühle gewannen die Oberhand.

»Vielleicht solltest du ins Bett gehen!«, sagte ich.

»Mmmm.«

»Ich fahre dann nach Hause.«

»Mmmm.«

Ich half ihr auf die Beine. An meine Schulter gelehnt, lief sie mit geschlossenen Augen auf die Matratze zu, ließ sich langsam hinabgleiten und deckte sich halb zu, ohne die Augen zu öffnen. Schon war sie in tiefen Schlaf gesunken. Ich setzte mich neben die Matratze auf den Boden, umklammerte meine Knie und schaute ihr zu.

Meine Augen blieben an einem Notizblock hängen, der auf dem kleinen Tisch neben der Matratze lag. Etwas war darauf gekritzelt. Ich nahm ihn und versuchte, das Geschriebene zu entziffern. Es war ein Gedicht in deutscher Sprache. Manche Wörter waren durchgestrichen, manche nachträglich eingefügt worden:

Die Hauptdarstellerin:

Eine ~~Hure~~ Frau, die in einem Einfamilienfriedhof ihr Leichentuch zerrissen hat

Ort:
Eine Heimat, die man ~~irgendwoher~~ …
Irgendwoher vergessen hat
Leben:
Eiszeit
Ich:
~~Eine Fehlbesetzung~~
Frierendes Kind, das sich mit Fleisch und Knochen umhüllt
Ziel:
Die Hoffnung, jene verwehrte Wärme…
vielleicht eines Tages…
Wer weiß…
~~Scheiße~~

Ich mag seit langem keine Gedichte mehr. Es gab eine Zeit, da beneidete ich diese Sprachjongleure, die mich mit ihren Worten beeindruckten. Mit Wörtern, die dort auftauchten, wo ich sie am wenigsten erwartete. Doch nun war ich zweiunddreißig Jahre alt und gefeit gegen Überraschungen.

Aber das, was ich hier in den Fingern hielt, war kein Gedicht. Es war eher eine Schrifttafel, die Archäologen Einblick in eine unbekannte Welt ermöglicht. Ich las die Zeilen viele Male und brannte mir die Worte ins Gedächtnis ein. Das Geschriebene war für mich eine Brücke zu Suzans Wesen, zu dem ich keinen Zugang hatte. Jetzt war ich ihr ein Stück näher gekommen und hatte zu meiner Überraschung das Gefühl, dass sie dadurch nur noch rätselhafter und mysteriöser geworden war. Sie war eine ernsthafte Studentin, die sich an der Universität allen gemeinschaftlichen Unternehmungen entschieden entzog, eine fröhliche »Kontrabass«-Besucherin, die in einem Transvestitenviertel wohnte, eine Existentialistin, intensiv lebend, aber unerreichbar fern für mich.

Ich schaute mir die durchgestrichenen Wörter genauer an, denn sie waren aussagekräftiger als der Rest. In ihnen steckten Verzweiflung, Verlorenheit, vor allem ein Stück Suzan. Warum sah sie sich als Hure? Warum als Fehlbesetzung im Leben? Was mich aber besonders berührte, war, dass sie in deutscher Sprache geschrieben hatte. Mir ging es ähnlich. Wenn ich etwas Intimes niederschrieb, dann merkwürdigerweise immer auf Deutsch.

Ich verließ Suzans Wohnung in der Morgendämmerung. Für eine Taxifahrt zur asiatischen Seite hatte ich nicht das nötige Geld, deshalb lief ich über die Istiklâl vom Taksim-Platz aus bis zum Ende, vorbei am Eingang der alten U-Bahn, die den Hügel von Beyoğlu mit der Küste verbindet. Ich stieg die Stufen nach Karaköy hinab und setzte mich dort auf eine Bank. Es war ein kühler Herbstmorgen, der Winter war im Anmarsch. Die Möwen kreischten und kreisten über dem Goldenen Horn, hin und wieder fuhr ein Auto über die Galata-Brücke, und der Muezzin der Yeni-Moschee rief die Gläubigen zum Morgengebet. Ein junger Mann schob eine hochbeladene Sackkarre vor sich her. Er hielt vor jeder Mülltonne, durchstöberte sie und stopfte Gegenstände wie Flaschen, Dosen und Plastiktüten in den Behälter auf seiner Karre. Die Straßen, die Lawinen von Fahrzeugen bald in den Vorhof der Hölle verwandeln würden, waren ungewohnt verlassen. Zu Füßen der Selmiye-Moschee, die sich in all ihrer Pracht über mir erhob, kam ich mir klein und unbedeutend vor. Diese Stadt hatte das Zeug, zu meinem Glück und zu meinem Verderben zu werden, dachte ich im Pathos dieser besonderen Nacht.

Um etwa viertel vor sieben versammelten sich die Fahrgäste vor dem Jetonschalter, um sieben Uhr legte die Fähre ab. Die Sonne ging auf der anatolischen Seite über dem Schwarzen Meer auf, ich saß den ersten Sonnenstrahlen zugewandt auf dem Deck und fuhr nach Hause, nach Üsküdar.

»Frischer Tee!«, schrieen die Verkäufer und führten in den Passagiersälen und auf Deck ihre überfüllten Tabletts spazieren, bis der Inhalt der Gläser kalt und ungenießbar war.

Möwen begleiteten uns. Um die frühen Morgenstunden waren sie besonders eifrig. Manche Menschen behaupten, die Passagiere hätten sie verdorben, da sie für Almosen in der Luft Pirouetten drehten. Ihre Verdauungsorgane scheinen sich im Laufe der Zeit den Sesamkringeln angepasst zu haben, die sie im Flug schnappen. Es ist nur eine Frage der Zeit, bis ein Wissenschaftler die neue Möwenunterart entdeckt: die Istanbulmöwe, »Larus konstantinopolus«.

In diesem Moment beneidete ich die Möwen. Ich lebte inzwischen so lange in dieser Stadt, und kein bisschen hatte ich mich an sie anpassen können. Selten fühlte ich mich hier zu Hause, meine Empfindungen schwankten. Mal schien sie mir wie eine moderne orientalische Metropole, mal wie der Hinterhof und die Müllhalde Europas.

Newroz und die Reise zum Yezidendorf

In den nächsten Monaten wurde mir Mardin zu so etwas wie einer Heimat. Regelmäßig besuchte ich das »Las Vegas«, lauschte den Erzählungen Schichos und zählte die Pflastersteine der Stadt Tag für Tag aufs Neue.

Der Winter verging, es wurde Frühling. An einem sonnigen Samstag Ende März ging ich auf die Straße, um die ersten Sonnenstrahlen zu genießen. Es duftete nach Frühling. Ich machte mich auf meinen gewohnten Rundgang, doch ungewohnte Klänge, die von Pauken und Oboen herzurühren schienen, lockten mich in die Neustadt. Dort erwartete mich eine Menschenmenge, wie ich sie noch nie zuvor in Mardin erlebt hatte. Einladend traten Polizisten in kugelsicheren Westen zur Seite, um mir Durchlass zu gewähren. Neugierig durchschritt ich die etwa vierzig Meter breite Pufferzone zwischen den Menschen und der Polizeibarriere, mir war als würde ich von jedem Paukenschlag in die Luft gewirbelt. Als ich bei den gelb-rot-grün gekleideten Menschen, die wie eine einzige kurdische Fahne zu der Musik flatterten, angekommen war, dämmerte mir, dass Newroz war, das kurdische Neujahrsfest. Der Rhythmus fuhr in meine Beine, meine Bewegungen fanden den Takt. Beim Anblick der Tanzenden überkam mich plötzlich Euphorie, ich fühlte Leben in mir. Wie die Wellen eines stürmischen Meeres bewegten sich die Menschen auf und nieder, kommandiert und gelenkt von den Paukenschlägen eines alten Mannes, der nur für die Fußbewegungen der Tänzer einen Blick übrig hatte. Um mich herum sah ich glückliche Gesichter, manche grüßten mich mit einer Herzlichkeit, wie sie mir hier noch nie entgegengebracht worden war. Der Besitzer des Kaffeehauses umarmte und küsste mich wie ein Vater. Frauen hatten sich bei Frauen eingehakt, Männer bei Männern. Nur in einer kleinen Gruppe von Jugendlichen tanzten Mädchen und Jungen gemeinsam, manche maskiert, manche mit einem Victory-Zeichen. Ich lief durch die Menge, betrachtete die Frauen in ihren bunten Kleidern, kleine Jungs mit Spielzeuggewehren und Kampfanzügen und junge Frauen, die ihre Tücher unerlaubterweise nach hinten verschoben hatten, hier und da waren sogar Haarlocken zu sehen.

Vorbei an der tanzenden Menschenmenge verließ ich die Neustadt und machte in der weiten Ebene von Mesopotamien einen langen Spaziergang. Die grünen Felder rochen nach Frühling. Selbst die Dorfmilizen, die mit ihren Kalaschnikows auf dem Rücken ihren Rundgang machten, erschienen mir sympathisch. Ich war irgendwie glücklich darüber, auf diesem Flecken der Erde zu sein.

Auf dem Rückweg ging ich am »Las Vegas« vorbei und erzählte Schicho von meinen Beobachtungen. Schicho sagte nachdenklich, dass die Newroz-Feierlichkeiten in der Stadt nicht immer so friedlich gewesen seien. Vor einem Jahr waren auf demselben Platz, auf dem heute Tausende Menschen fröhlich tanzten, Schüsse gefallen.

»Wer hat geschossen?«, fragte ich Schicho.

Anfangs widerwillig schilderte mir Schicho die Ereignisse des letzten Jahres.

»Zuerst umzingelten die Soldaten die Menge. Es war die gefürchtete Antiterroreinheit!«, sagte er. »Kurz darauf haben sie gezielt auf die Menschen geschossen. Ein paar Jugendliche sind zu Boden gefallen. Der Platz der Freude verwandelte sich innerhalb von Sekunden zum Ort des Schreckens. Schreiende, blutende Menschen rannten kreuz und quer über den Platz und suchten Deckung. Sobald jemand zu Boden fiel, stolperten die Nachfolgenden, wie bunte Stoffhäufchen auf einem orientalischen Basar lagen sie auf dem Pflaster.«

Selbst ein Jahr danach konnte man in Schichos Augen das Entsetzen jenes Tages ablesen, als ob die Ereignisse von damals jetzt, in diesem Moment stattfinden würden.

Als Großstadterprobter habe er gebrüllt:

»Nicht provozieren lassen, ruhig bleiben! Keine Panik!«, doch keiner habe auf ihn gehört, jeder sei um sein Leben gerannt.

Dann schilderte Schicho mit einer freudigen Stimme den Auftritt der Guerilla:

»Wie aus dem Nichts sind plötzlich maskierte kurdische Kämpfer aufgetaucht, die sich zwischen den Fliehenden und den Soldaten postierten und aus Gewehren und Pistolen zurückschossen. Leblose Körper waren auf dem Platz zurückgeblieben, während die Menge sich hinter den Bewaffneten Stück für Stück zurückzog.« Auch er habe den schützenden Wall aus Zementsäcken bei einer Baustelle ver-lassen.

»Sobald ich das Gefühl hatte, nicht mehr im Zentrum des Geschehens zu sein, bin ich über den alten Friedhof geflohen. Die Gassen und die Hauptstraße waren menschenleer, die wenigen Bewohner, die nicht auf dem Newroz-Fest gewesen waren, hatten sich in ihren Häusern in Sicherheit gebracht. Als ich endlich meine Tür hinter mir geschlossen hatte, glaube mir Ercan, zitterte ich noch mindestens eine Stunde lang am ganzen Körper, vor Angst, vor Wut, vielleicht auch aus Ohnmacht. Die Schreie der Menschen hallen bis heute in meinen Ohren, und die Verletzten werden sich in meiner Erinnerung auf dem Boden wälzen, ohne je zu sterben.«

Danach schwieg er und nahm als Ausdruck des offiziellen Endes seiner Erzählung einen Schluck von seinem Tee.

»Merkwürdig, in Istanbul habe ich davon kaum etwas mitgekriegt«, sagte ich.

»Kein Wunder«, erwiderte Schicho. »Die Ereignisse sind in den Montagszeitungen nur nebenbei erwähnt worden. ›In Mardin nahmen Terroristen Menschen als Schutzschild und schossen auf Sicherheitskräfte‹, hieß es. Es wurde lediglich von zwei Toten und neun Verletzten berichtet, obwohl die Opferzahl wesentlich höher lag. Es werden aber wohl noch viele Menschen sterben müssen, bis die Befehlshaber in Ankara einsehen, dass sie hier nichts verloren haben.«

Besorgt um Schicho schaute ich mich in der Pizzeria um. Bis auf zwei junge Männer an einem Tisch war sie leer. Die Augen auf sein Glas gerichtet fuhr Schicho fort:

»Die Armee glaubt, den Aufstand mit Waffengewalt beenden und die Kurden unterwerfen zu können, wie damals in den zwanziger, dreißiger Jahren. Eins kapieren sie aber nicht: Die Zeiten haben sich geändert, und die Kurden kämpfen nicht mehr mit Schwert und Schrotflinte gegen sie.« Nach einer Pause fuhr er fort: »Abgesehen davon schaut ganz Europa der Türkei zu, wie sie einem Volk seine Sprache und seine Kultur verbietet. Welch eine Schande!«

»Was wäre für dich die Lösung des Kurdenproblems?«

»Die Selbstverwaltung!«, sagte er, ohne eine Sekunde zu zögern.

Ich schaute ihn verwundert an.

»Ja, die Selbstverwaltung«, wiederholte er.

»Keine Unabhängigkeit?« fragte ich.

»So ein Quatsch. Niemand möchte hier die völlige Unabhängigkeit, nicht einmal die Guerilla. Ein Kurdistan ohne Meeresverbindung und ständig angewiesen auf Syrien, Irak und die Türkei wäre gar nicht überlebensfähig.«

»Du glaubst, die Selbstverwaltung würde der kurdischen Guerilla für eine Waffenniederlegung reichen.«

»Ich glaube schon. Wenn die Türken schlau wären, würden sie sie den Kurden geben. Denn so wären sie die Verantwortung los. Jemand, der sich selbst in den Finger schneidet, weint nicht. Die Kurden würden sich selbst um ihre Angelegenheiten kümmern und nicht mehr die Türken. Vielleicht würden sie wenige Monate nach der Verleihung der Autonomie Ankara anbetteln, ihnen zu helfen, weil sie mit ihren Problemen nicht fertig werden, aber ich denke, sie wären trotzdem zufrieden. Immerhin wären sie zum ersten Mal in ihrer Geschichte eine richtig anerkannte Nation.«

»Was bedeutet das schon, wenn man nicht einmal den hungrigen Magen füllen, menschenwürdig leben und als Individuum frei sein kann?«

»Es bedeutet sehr viel. Auch du bist Kurde. Würde es dich nicht stolz machen, die eigene Sprache zu sprechen und die eigene Kultur auszuleben?«

»Ich glaube nicht!«, sagte ich kaltschnäuzig. »Stolz war ich bislang nur auf meine anatolische Mutter, die innerhalb eines Monats Lesen und Schreiben gelernt hatte, um als Gastarbeiterin nach Deutschland gehen zu können. Abgesehen davon bin ich weder Kurde, noch Türke. Am wenigsten bin ich wohl Deutscher, auch wenn ich immer noch unkontrolliert auf Deutsch schimpfe.«

Nachdem ich meinen löslichen Pulverkaffee ausgetrunken hatte, nahm ich Abschied von Schicho und schlug gedankenvoll den Heimweg ein.

Als ich am Samstag nach Newroz dem Gouverneur die Tür öffnete, wusste ich: ein Ausflug stand bevor. An den Türrahmen gelehnt, in T-Shirt, Jeans und Turnschuhen, wedelte er mit einer Wolljacke in der Luft und sagte:

»Was für ein schöner Frühlingstag! Bist du ausgehfertig?«

Ohne eine Antwort abzuwarten, nahm er meine Jacke vom Sessel und warf sie mir zu.

»Los! Der Frühling in einer wilden Natur wartet auf uns.«

Ich fragte ihn nicht, ob er sich kurz setzen und einen Tee trinken wollte, denn dieses Mal wollte ich so schnell wie möglich aus dem Haus, weil ich die letzten Tage wieder einmal fast ausschließlich im Haus verbracht hatte.

Langsam schlängelten wir uns aus Mardin heraus. Ab Ömerli ließ der Gouverneur während er pfiff und sang das

Fahrzeug die gerade Straße nach Midyat im Leerlauf hinunterrollen. Ich schaute schweigend aus dem Fenster. Obwohl mir eine innere Stimme sagte, dass ich Distanz zu ihm halten sollte, hielt ich es nicht länger aus und fragte ihn:

»Ich habe gehört, dass es letztes Jahr beim Newroz-Fest eine Schießerei gegeben hat. Man hat mit erzählt, dass die Soldaten ohne Vorwarnung in die Menschenmenge gefeuert hätten.«

Er pfiff einige Sekunden weiter, bevor er sagte:

»Es war ein Befehl des Generalstabs.«

»Was?«

»Die gewaltsame Auflösung unerlaubter Feierlichkeiten. Damit habe ich nichts zu tun. Ich war damals genauso ahnungslos wie jeder andere Bürger auch, man hatte mich über die Operation nicht informiert. Im Nachhinein teilten mir damals die verantwortlichen Offiziere mit, die illegale Demonstration sei zu einem bewaffneten Protest ausgeartet.«

»Man hat mir auch davon erzählt«, rief ich. »Die Menschen sollen einfach nur getanzt haben. Auch wenn sie keine Versammlungserlaubnis hatten, ist das doch kein Grund, in die Menge zu schießen.«

»Machtdemonstration«, erwiderte der Gouverneur knapp.

»So viele Tote und Verletzte für eine Machtdemonstration?«, fragte ich ungläubig.

»Eins darfst du nicht vergessen: Wir befinden uns hier in der ungesicherten Zone. Überall brodelt es, und die Armee hat in der gesamten Region nur dort die Kontrolle, wo sie schwere Waffen einsetzt. Überall können sie aber nicht sein. Und vielleicht sollten sie es auch nicht. Denn ich glaube nicht, dass man das Kurdenproblem militärisch lösen kann.«

Ich schwieg und war mir nicht sicher, wie ich reagieren sollte. Sollte ich dem Gouverneur erzählen, was ich von der ganzen Sache hielt? Ich zog es vor, lieber Vorsicht walten zu lassen. Stattdessen fragte ich ihn:

»Weiß man in Ihrer Behörde, wie Sie über die Kurdenfrage denken?«

»Nein, selbstverständlich nicht!«

»Warum vertrauen Sie Ihre Gedanken ausgerechnet mir an?«

»Eigentlich wegen des Buches ›Die Versager‹ sagte er. Ich empfinde Menschen, die solche Bücher lesen, wie Blutsverwandte. Was meinst du, wie viele Menschen es in dieser Stadt gibt, die das gelesen haben? Ich werde es dir sagen: höchstwahrscheinlich gar keinen! Wenn doch, dann wird es sich vermutlich um einen kurdischen Intellektuellen handeln, mit dem ich ohnehin nicht verkehren darf. Nicht dass mir das jemand verbieten könnte, aber stell dir die Schlagzeilen vor: ›Der Gouverneur von Mardin unterhält enge Kontakte zu kurdischen Separatisten‹. Die einzige Alternative, die mir einen solchen Skandal erspart, ist, mit niemandem zu sprechen. Aber ich frage dich, wie lange dauert es, bis sich ein Mensch zu Tode geschwiegen hat? Seit sechs Jahren, seit dem Tag, an dem ich in diesen Distrikt versetzt wurde, besteht mein Leben daraus, mich zu kontrollieren und einzuschränken.«

Der Gouverneur schien von seiner immer lauter werdenden Stimme selbst überrascht und schwieg eine Zeit lang, bevor er leiser fortfuhr:

»Abgesehen davon wärst du der letzte Mensch, der mir irgendwelchen Schaden zufügen könnte. Selbst wenn du wolltest.«

Nun lächelte er:

»Glaube mir, ich weiß, wem ich was anvertraue. Wenn ich meine politischen Meinungen öffentlich preisgeben würde, wäre ich keinen Tag länger im Amt.«

Mir fielen all die Professoren, Politiker und Schriftsteller ein, die wegen solcher Sätze in Haft saßen. Dabei erschien mir die Ablösung des Gouverneurs von seinem Amt nicht einmal als eine Strafe. Oder wäre sie das für ihn? Normalerweise saßen Beamte aus Ankara in einer solchen Region nur ihre Zeit ab, um mit einer Beförderung und einer neuen Aufgabe in den westlichen Provinzen zu landen. Doch er verwaltete bereits seit sechs Jahren die Provinz Mardin. In der Zeit hatten andere Beamte schon ihre zweite Versetzung hinter sich.

»Warum sind Sie immer noch in Mardin?«, fragte ich ihn.

Der Gouverneur schaute mich überrascht an und antwortete mit einem Lachen:

»Warum nicht? Es ist doch eine schöne Stadt. Warum bist du noch in Mardin? Auch du könntest die Stadt jederzeit verlassen, womit du übrigens einigen skeptischen Polizeibeamten eine große Freude tun würdest.«

»Bei mir ist es etwas anderes«, gab ich zu. »Ehrlich gesagt, ich habe mir nicht viel dabei gedacht. Ich dachte, Mardin sei eine südostanatolische Stadt wie jede andere auch, abgelegen und verträumt.«

Der Gouverneur, der nun nicht mehr lachte, sondern nachdenklich aussah, sagte leise:

»Am Anfang war es bei mir eine Flucht, inzwischen habe ich hier ein richtiges Zuhause gefunden. Zwischen den Betonhäusern der westlichen Metropolen kann ich nicht mehr leben. Wo hat man so viele bunte Bilder auf einem Fleck?« Er deutete mit seiner rechten Hand auf die Kleinstadt Nusaybin, an der wir gerade vorüberfuhren.

»So viele Kulturen, Völker und Religionen gibt es nirgendwo sonst auf der Welt«, sagte er.

»Die Götter müssen sich hier sehr wohl gefühlt haben.«

Bei Cizre ließen wir die Ebene Obermesopotamiens rechts liegen und bogen in Richtung Berge ab. Unweit von der Hauptstraße hielt der Gouverneur den Wagen an einem breiten Fluss an, der sich den Hang gemächlich und massig in Richtung Irak hinunterschlängelte.

»Da wären wir. Auf keinen Fall sollten wir weiterfahren. Siehst du die Berge?« Er deutete auf die Gebirgskette hinter uns, deren Gipfel von Schnee bedeckt war.

»Ein großer Teil der kurdischen Kämpfer hält sich dort auf, auch wenn unser Staat behauptet, sie kämen über die syrische und irakische Grenze ins Land, um hier ihre Terroranschläge zu verüben.«

»Und was tun wir hier?«, fragte ich ängstlich.

»Hier sind wir in Sicherheit, tagsüber jedenfalls«, fügte er hinzu.

Wir setzten uns an den Fluss, der Gouverneur beobachtete eine Zeit lang die Strömung, bevor er weitersprach:

»Der Tigris, die Hauptader Mesopotamiens. Schau, wie friedlich und dennoch unbezähmbar er ist! Hier und da versucht man ihn mit Staudämmen zu würgen, doch sobald der Schnee schmilzt, folgt er seinen eigenen Gesetzen. Wehe dem, der die Schleusen nicht öffnet!«

»Ist es nicht riskant, so viele Dämme in einer unsicheren Region zu bauen? Wer weiß, wie lange man diese Gebiete noch kontrollieren wird.«

»Was willst du machen?«, antwortete der Gouverneur. »Hier sind die einzigen großen Flüsse im Land, die Strom liefern können. Für die Agrarwirtschaft spielen sie, auch wenn manche Politiker etwas anderes behaupten, kaum eine Rolle, aber eines Tages, wenn das Südostanatolienprojekt mit zweiundzwanzig Staudämmen abgeschlossen ist, soll ein Viertel des Strombedarfs der Türkei von zwei Flüssen gedeckt werden.«

Mitten in dieser baumlosen Landschaft wirkte der Tigris wie gemalt. Trotz der grünen Gräser und bunten Blumen, die am Ufer emporschossen, hatte man das Gefühl, der Fluss sei nachträglich hier angelegt worden.

»Warum wächst auf den Hügeln kein einziger Baum?«, erkundigte ich mich.

»Abgeholzt in den letzten Jahrhunderten. Kannst du dir vorstellen, dass hier vor achthundert Jahren ein Waldgebiet war? Nach den Reiseberichten des osmanischen Philosophen Evliya Çelebi gab es von Ost- bis Westanatolien kaum eine Lichtung.«

»Heute ist es umgekehrt. Bäume wachsen bestenfalls entlang der Flüsse«, sagte ich.

In einem Restaurant, das oberhalb des Flusses unter Platanen gebaut war, aßen wir Lachsforellen, die der Wirt in kleinen Becken am Fluss züchtete. Nach einem kleinen Spaziergang machten wir uns mit der Abenddämmerung wieder auf den Weg nach Mardin.

Es vergingen zwei Monate, bis wir unseren nächsten Ausflug machten.

»Weißt du etwas über die Yeziden?«, fragte er mich, als wir im Auto durch Kızıltepe rollten.

»Nur wenig«, antwortete ich.

Wegen einer Sonne und eines Pfaus, die in meine Hauswand eingraviert waren, hatte ich mich gleich zu Beginn meines Aufenthalts mit der Glaubensgemeinschaft der Yeziden beschäftigt. Mein Wissen resultierte allerdings nur aus Gesprächen mit Schicho und allgemeinen Lexikoninformationen. Mehr hatte ich noch nicht herausbekommen. Ich ließ den Gouverneur erzählen, in der Hoffnung, etwas mehr über die Gemeinde meines ehemaligen Hausbesitzers zu erfahren.

»Manche Muslime nennen sie ›Satanisten‹«, sagte er. »›Sonnenanbeter‹ werden sie von denen genannt, die ihnen etwas freundlicher gesonnen sind. Allgemein sind sie aber bekannt als ›Yeziden‹, auch wenn sie sich selbst mitunter als ›Schemsi‹ bezeichnen, nach ihrem Sonnenengel Scheich Schemseddin.«

Der Gouverneur schien sich über die kleine Glaubensgemeinschaft gut informiert zu haben. Überhaupt erstaunte es mich, wie viel er über die Kulturen in seinem Verwaltungsdistrikt wusste.

»In der Bibliothek der Kırklar-Kirche entdeckte ich vor einiger Zeit ein Buch, das ein Interview mit einem yezidischen Scheich enthält«, fuhr er fort. »Das Gespräch wurde im letzten Jahrhundert von einem assyrischen Mönch festgehalten. Eine der wenigen Quellen, die verlässliche Informationen über die Yeziden preisgeben. Du wirst es vielleicht nicht glauben, aber selbst Aussagen von Mitgliedern derselben Gemeinde decken sich nicht. Eine verworrene Sache.« Er schüttelte den Kopf.

»Die modernen Yeziden behaupten entgegen der Meinung der Traditionalisten, dass es nur einen Gott gebe, und dieser habe sieben Engel auf die Welt geschickt, von denen Tausi-Melek, der die Gestalt eines Pfaus hat, der Höchste sei.« Der Gouverneur lächelte und fuhr fort: »Was jener yezidische Geistliche in dem Interview erzählte, ist nicht weniger erstaunlich. Obwohl ich mich seit Jahren mit dieser Glaubensgemeinschaft befasse, habe ich noch nie Derartiges gehört. Er behauptet, dass sie als Volk nur von Adam abstammen. Nach einem Streit mit Eva habe er ihr beweisen wollen, dass er auch allein Nachkommen schaffen könne. Um das zu beweisen, habe Adam seine Spermien in einen Tonkrug ergossen und gewartet. Und siehe da, bei der Öffnung des Gefäßes neun Monate später haben ihm ein Mädchen und ein Junge entgegengelächelt. Und der Scheich behauptet, dass Adam die beiden Babys mit seinen eigenen Brüsten gestillt habe. Das sei auch die Erklärung dafür, warum Männer heute Brustwarzen haben.« Inzwischen schüttelte sich der Gouverneur vor Lachen und fuhr kichernd fort: »Dem Jungen habe Adam den Namen Yezda gegeben, und genau dieser Junge sei später der Stammesvater der Yeziden, des auserwählten Volkes, geworden.«

Mein Reisebegleiter beruhigte sich allmählich und sagte dann etwas resigniert: »Ein eigenartiges Volk. All diese Geschichten glauben sie wirklich.«

»Warum auch nicht«, sagte ich. »Sie sind schließlich nicht besser oder schlechter als die Geschichten, in denen behauptet wird, dass Jesus über das Wasser gelaufen sei, oder dass der Erzengel Gabriel die Koranverse vom Himmel auf die Erde hinuntergebracht habe.«

Der Gouverneur stockte und schaute zu mir herüber, nach einigen Sekunden setzte er jedoch mit neuem Elan wieder an:

»Nach yezidischem Glauben gab es vor siebentausend Jahren eine große Sintflut. Erst danach soll alle tausend Jahre ein Engel in Gestalt eines Menschen vom Himmel auf die Erde hinab gestiegen sein, um das Volk der Yeziden anzuführen. Ihr dritter Engel soll »Scheich Schemseddin« gewesen sein, der Engel der Sonne, den die Yeziden besonders verehren.«

»Warum halten sie viele Menschen für Satanisten?«

»Weil aus ihrer Sicht Satan ›der alles Schaffende‹ ist. Nach yezidischem Glauben wird er auf der Erde vom Pfau verkörpert, der daher auch das heilige Tier der Yeziden ist. Gott und Satan leben zwar in ewiger Zwietracht, aber immer als Mitglieder derselben Familie, die sich eben manchmal nicht so gut miteinander vertragen.«

»Eine merkwürdige Geschichte!«, sagte ich.

»Die Yeziden hatten ja auch siebentausend Jahre Zeit, um sie zu dichten«, erwiderte der Gouverneur. Während er weitererzählte, bog er von der Asphaltstraße ab, und wir fuhren nun auf einer unbefestigten Straße in Richtung Norden, wo eine Hügelkette den Horizont bildete. Nach wenigen Minuten Fahrtzeit auf dem löchrigen Weg, noch bevor wir die erste Erhöhung erreicht hatten, ragte aus der Ebene von Nusaybin das yezidische Dorf, das wir ansteuerten, wie eine antike Ruine hervor. Wir fuhren an Stein- und Lehmhäusern vorbei, deren Bewohner sie vor vielen Jahren verlassen zu haben schienen. Die meisten Lehmdächer waren eingefallen, und jene, die ihrem Schicksal noch standhielten, waren von Gestrüpp überwuchert.

Manche Mauern waren im Laufe der Jahre zu kleinen Bodenerhebungen hinuntergeregnet worden, nur ein paar Steine zeugten von Menschenhand. Erst in der Dorfmitte fanden wir Häuser mit Fenstern und intakten Dächern. Auch wenn es schwer zu glauben war: In diesen Behausungen, deren Architektur sich seit dem Neolithikum kaum geändert zu haben schien, lebten Menschen.

Wir hielten vor dem einzigen Betonhaus. Ein Mann wurde vom Motorengeräusch herausgelockt und hieß uns überschwänglich willkommen. Der Gouverneur stellte ihn mir als Bürgermeister des Dorfes vor.

»Wie geht es Ihnen?«, fragte er, als Zeichen, dass er den Besucher sofort erkannt hatte. »Lange haben Sie sich hier nicht blicken lassen.«

Seine lässige Redeweise ließ vermuten, dass er nicht wusste, wen er vor sich hatte. Mir reichte er höflich die Hand, während er sagte:

»Ihre Schwiegermutter liebt Sie!«, was soviel bedeuten sollte wie: »Sie haben Glück!«

»Wir sind gerade dabei, mit den Arbeitern eine Essenspause zu machen. Seit heute Morgen schuften wir auf den Linsenfeldern«, erklärte er, während er uns zum Haus führte. Im Hof lag ein Haufen Linsengestrüpp, von dem sich die Spatzen zwitschernd bedienten. Manche jagten nach ihren Artgenossen, doch wohl kaum aus Futterneid.

»Wir wollen Sie nicht stören!«, sagte der Gouverneur halbherzig, aber der Bürgermeister wehrte die Widerrede entschieden ab.

Der Eingang des Hauses mündete in einen großen Wohnraum, in dessen Mitte sechs Männer und vier Frauen im Schneidersitz im Kreis saßen und von vier großen metallenen Platten aßen. Außer den Matten, die in einer Ecke des Raumes aufeinander gestapelt waren, und den Sitzkissen gab es keine Möbel. Sobald wir den Raum betreten hatten, ging ein Raunen durch den Kreis. Trotz der Bitte des Gouverneurs, sitzen zu bleiben, standen alle Anwesenden auf und zollten uns Respekt, indem jeder von ihnen uns die Hand reichte, auch die Frauen. Die Männer gaben uns zusätzlich Wangenküsse. Es war eine archaische Atmosphäre, die uns umgab. Ich dachte in diesem Moment an die Tierfilmdokumentationen aus dem deutschen Fernsehen, in denen das Sozialverhalten der Beobachtungsobjekte mit immer denselben Worten beschrieben wurde: »Mit ihren Begrüßungsritualen legen sie die Rangordnung innerhalb des Rudels fest und stärken die familiären Bindungen.«

Der Gouverneur und ich nahmen zwischen den Dorfbewohnern Platz. Das Essen war einfach. Auf zwei Platten gab es Bulgur mit Huhn und auf den anderen beiden Hirtensalat. Sobald wir angefangen hatten zu essen, verstummten alle. Außer dem Klirren der Löffel auf den metallenen Platten war nichts mehr zu hören.

Nach dem Essen überreichte der Gouverneur dem Bürgermeister eine Tüte, die er neben seiner Jacke abgelegt hatte.

»Wir haben etwas Nachtisch mitgebracht.«

»Das war doch nicht nötig!«, sagte der Bürgermeister und nahm das Geschenk mit großen Augen entgegen.

In den Genuss der Baklavas kam ich leider nicht. Innerhalb von Sekunden waren sie verschwunden, dafür bekam ich reichlich Tee. Nach dem Essen begleiteten wir die Dorfbewohner zu den Feldern und vertieften uns dabei in ein Gespräch mit dem Bürgermeister.

»In drei Tagen hätte ich mehr Zeit für Sie. Dieses Mal müssen Sie Ihre Wanderung ohne mich machen«, sagte er sich entschuldigend.

»Das ist schade, aber wir werden zurechtkommen!«, erwiderte der Gouverneur.

Wir liefen durch die abgeernteten Linsenfelder und erreichten schließlich einen Acker, auf dem die Sträucher zwar schon geschnitten, aber noch nicht verladen worden waren. Die Arbeiter waren gerade dabei, sie auf den Traktoranhänger zu werfen. Es entging mir nicht, dass der Gouverneur die Unterhaltung mit dem Bürgermeister suchte. Er schien schon einmal in den Genuss eines längeren Gesprächs gekommen zu sein, und nun, um mich einzubeziehen, erklärte er, an mich gewandt:

»Der Bürgermeister hat große Sorgen!«

Zum zweiten Mal innerhalb von fünf Minuten fragte er den Bürgermeister, ob er inzwischen verheiratet sei. Der gab sich schließlich geschlagen:

»Für die Gemeinde ist es sicherlich gut, dass ich im Dorf geblieben bin, innerlich bereue ich aber meine Entscheidung«, sagte er. »Inzwischen bin ich zweiundvierzig Jahre alt und habe immer noch keine Frau gefunden. Fast alle yezidischen Frauen im heiratsfähigen Alter haben unsere Gegend verlassen.«

Er gab dem Arbeiter, der auf der Ladefläche die Sträucher verteilte, kurze Anweisungen, weil der Anhänger schon gefährlich schwankte. Danach wandte er sich wieder zu uns:

»Unser Volk stirbt aus! Auf vier Länder verteilt, zählen wir nicht einmal eine halbe Million. Wie soll man da eine Frau finden. Eine Heiratswillige habe ich in Syrien getroffen, aber sie möchte nicht in der Türkei leben. Es soll yezidische Frauen im Irak geben, aber wie soll ich eine davon hierher bringen?«, fragte er ratlos.

Er sei sogar inzwischen bereit, eine Muslimin zu heiraten, obwohl das nach yezidischem Glauben verboten sei. Die »Verunreinigung« des auserwählten yezidischen Volkes nähme er gerne in Kauf.

»Aber glauben Sie mir, selbst die ärmsten Muslime wollen ihre Töchter keinem ›Satanisten‹ zur Frau geben!«, gestand er.

Ein kurdischer Arbeiter, der mit einer beladenen Heugabel auf den Anhänger zulief, blieb neben uns stehen. Er schien unsere Unterhaltung verfolgt zu haben. Lächelnd neckte er den Bürgermeister mit einem Satz, den er wohl schon einige Male angebracht hatte:

»Lieber Bürgermeister!«, sagte er. »Wenn du dich beschneiden lässt und zum Islam konvertierst, kriegst du meine Schwester sofort!«

Der Bürgermeister schwieg und schaute auf das abgeerntete Feld. Dachte er etwa ernsthaft über den Vorschlag nach? Sein Schweigen betonte die Ernsthaftigkeit seiner Sorgen, die eigentlich auch mich hätten beschäftigen müssen: Auch ich lebte ohne eine Frau vor mich hin, doch das spielte in meinem Leben kaum eine Rolle. Ich hatte meine Sexualität in Istanbul bei Suzan gelassen, gemeinsam mit einigen Büchern und Musikkassetten.

Ich fragte mich, wie der Bürgermeister all die Jahre mit seinen Bedürfnissen fertig wurde. Russische Prostituierte waren damals auf ihrem Eroberungszug noch nicht bis Ostanatolien vorgedrungen, und türkische Prostituierte gab es in solch abgelegenen Gegenden erst recht nicht. Hatte er eine heimliche Beziehung zu einer verheirateten Dorfbewohnerin? Nein, das war absolut unwahrscheinlich. Denn im Falle der Enthüllung würde nicht nur seine Vorhaut dran glauben müssen.

Ich hatte nie daran gedacht, dass die Quantität des anderen Geschlechts für Menschen zu einem existentiellen Problem werden könnte und mir fielen die letzten Dinosaurier, Mammute, der tasmanische Tiger und andere ausgestorbene Arten ein.

Eine der ältesten Glaubensgemeinschaften war dabei, von der Bildfläche zu verschwinden. Dabei hatte das Volk der Yeziden einst ganz Obermesopotamien bevölkert. Obwohl sie auf wundersame Weise die Verbreitung von Christentum und Islam überlebt hatten, waren hier Ende des zwanzigsten Jahrhunderts nur wenige Tausend Gemeindemitglieder übrig geblieben. Sie verließen die Siedlungsgebiete ihrer Väter in Richtung Europa, wo sie inzwischen stärker vertreten waren als in der ursprünglichen Heimat. Jene, die blieben, rückten einander näher, um den feindlichen Attacken zu trotzen und um ihr Schicksal hinauszuzögern, wie in diesem Dorf.

»Wenn es die Soldaten nicht gäbe, würden die Muslime uns ausrotten!«, mutmaßte der Bürgermeister und unterstrich seine Aussage, indem er mit dem Zeigefinger waagerecht in Halshöhe entlangglitt. Dann begleitete er uns zu unserem Wagen und beschrieb uns den Weg zum Friedhof, auf dem die Yeziden der Umgebung seit Jahrhunderten ihre Toten bestatteten.

Nach wenigen Minuten kamen wir an dem kleinen Hügel an. Dahinter erhob sich eine unüberwindbar scheinende Gebirgskette, die im Norden bis in den Kaukasus, im Osten und Südosten in den Iran und den Irak reichte, vor uns lag die mesopotamische Ebene, die sich, so weit das Auge reichte, Richtung Syrien ausbreitete. Auf der kahlen Hügelkuppe ragten Gräber wie Schornsteine auf: Sie waren unten quadratisch, oben kegelförmig. Viele waren sehr alt, manche zerfielen bereits. Die aufwendigen Gräber mit ihren Sandsteinsäulen und ziselierten Grabsteinen zeugten vom Reichtum der yezidischen Kultur.

Wir entdeckten einen alten Mann, der im Schatten eines Grabsteins saß und auf die Ebene hinunterschaute. Er trug ein langes weißes Gewand, um den Kopf hatte er ein rotweißes *puşi* gewickelt. Anhand der grauen Locken, die der Kopfbedeckung entkommen waren, ließ sich die außergewöhnliche Länge seiner Haare erahnen. Sein Bart reichte ihm bis zum Bauch, ein ungestutzter Schnauzer verlieh ihm ein abenteuerliches Aussehen.

Der Gouverneur grüßte den Yeziden mit einem knappen *merhaba* statt dem üblichen *selamunaleykum* der Muslime.

Der alte Mann grüßte zurück und wandte seinen Blick sofort wieder auf die weite Ebene, als ob es dort etwas zu beobachten gäbe. Wahrscheinlich wollte er seine Ruhe haben. Aber der Gouverneur blieb bei ihm stehen.

»Warum zeigen alle Grabsteine in Richtung Osten?«, fragte er den alten Yeziden.

»Weil die Sonne, die allen Lebewesen auf Erden Kraft gibt, dort aufgeht. Der Friedhof liegt auf dem Berg, weil hier die Toten die ersten Sonnenstrahlen des Tages empfangen können.«

Der Gouverneur ließ sich neben den alten Yeziden nieder und bedeutete mir, mich ebenfalls hinzusetzen. Der alte Mann schwieg wieder und schaute immer noch auf die Ebene, über die eine riesige Gotteshand die verlassenen yezidischen Dörfer ziellos hingestreut zu haben schien.

»Ein trauriger Anblick, nicht wahr?«, fragte ihn der Gouverneur.

Bei diesem Thema war der alte Mann einer Unterhaltung nicht abgeneigt.

»Bis vor einigen Jahren pulsierte hier noch in sieben yezidischen Dörfern das Leben. Kein Nebel, sondern das Geschrei der spielenden Kinder lag über der Ebene von Nusaybin. Sie werden mir nicht glauben, aber ich war der Zauberpriester von mehr als dreitausend Yeziden«, erzählte er. »Noch vor drei Jahren gab es hier drei yezidische Dörfer, heute ist nur noch dieses eine Dorf bewohnt. Alle zusammen zählen wir hier nicht einmal fünfzig Seelen.«

»Warum sind sie gegangen?«, fragte ich ihn. Am Blick des Gouverneurs, der zwischen mir und dem Yeziden saß, merkte ich, dass ich die falsche Frage gestellt hatte. Der alte Mann antwortete mir trotzdem.

»Die Armee sagte, die Dörfer lägen zu nah an den Bergen.«

Was das bedeutete, wusste ich bereits. Um den kurdischen

Kämpfern die Unterstützung der Bevölkerung zu entziehen, ließ das Militär, alle Siedlungen, die schwer zu kontrollieren waren, räumen.

Der Gouverneur wechselte das Thema.

»Wie heißen Sie?«, fragte er den alten Mann.

»Merik! In meinem Pass heiße ich aber Mehmet. Denn, wie Sie vielleicht wissen, sind yezidische Namen in türkischen Pässen verboten.«

»Wer hat Ihnen diesen Namen gegeben und warum diesen?«, fragte ihn der Gouverneur.

»Ich mir selbst!«, sagte der alte Mann entschieden. »Als ich vor einigen Jahren in einem assyrischen Kloster in Mosul ein heiliges Buch der Yeziden studierte, stieß ich zum ersten Mal auf diesen Namen. Merik war der Begleiter unseres Scheichs Adi, übrigens ein sehr weiser Mann. Scheich Adi war derjenige, der unserer Glaubensgemeinschaft verboten hat, einen eisernen Spazierstock zu tragen«, sagte der alte Mann stolz.

Der Gouverneur warf mir einen belustigten Blick zu, während der Yezide weitererzählte.

»Denn er wusste genau: Der Mensch ist unberechenbar und ein Lebewesen leicht verletzlich. Aus dem Buch habe ich viel gelernt«, sagte er, »sehr viel«, und unterstrich das Gelernte mit einem Kopfnicken.

»Was stand noch in dem Buch, das Sie in Mosul gelesen haben?«, fragte der Gouverneur.

»Dass ich zum Beispiel als Zauberer keinen Hahn essen darf! Ich hatte es vorher nicht gewusst und kam oft in den Genuss eines Hahnes. Jetzt aber fasse ich ihn nicht mehr an.«

»Warum dürfen Sie keinen Hahn essen?«

»Weil der Hahn unserem heiligen Tier, dem Pfau, ähnelt. Er ist das Abbild des alles erschaffenden Satans auf Erden.«

Wir schwiegen. Die Ernsthaftigkeit, mit der der alte Mann seine absonderlichen Weisheiten erzählte, konnte durchaus komisch wirken, doch mir war nicht zum Lachen zumute. Im Gegenteil, nun war ich auf die Yeziden erst recht neugierig geworden.

»Worin besteht die Aufgabe des Zauberers?«, fragte ich deshalb. Er zupfte eine Zeit lang an einem Grashalm, bevor er antwortete.

»Ich bin für die Heilung der Kranken und die Vertreibung der Krankheiten und der bösen Geister verantwortlich. Auch bei manchen Beerdigungen werde ich gebraucht.«

Dann stellte ich dem alten Yeziden die Frage, die mich am meisten beschäftigte:

»Warum haben Sie einen so langen Bart?«

»Wegen meiner Herkunft«, antwortete er. »Wenn man zum Rang der Scheiche gehört, darf man weder Bart noch Haare abschneiden. Heute sind diese Traditionen verloren gegangen. Um all das zu erfahren, musste ich erst in den Irak reisen. Seit man wieder in den Norden reisen kann, besuche ich hin und wieder die heiligen Stätten, um dort unseren Glauben zu studieren. Eigentlich bin ich erst durch diese Studien zum Zauberer geworden. Unsere Lehren sind in den letzten paar Jahrhunderten beinahe verloren gegangen, weil unsere heiligen Bücher vor langer Zeit vernichtet wurden. Heute muss man froh sein, wenn man überhaupt ein Schriftstück der Ahnen findet. Von den einst Dutzenden Schriften sind nur zwei heilige Bücher erhalten: *Kiteb a-Cilve* und *Mishafa Reş*. Leider zählen beide zusammen nicht einmal zwanzig Seiten.«

»Was haben Sie im Nordirak noch gelernt?«, hakte der Gouverneur nach.

Der alte Mann ließ sich nicht beirren und fuhr fort:

»Dass wir Yeziden keinen Römersalat und keine Bohnen essen dürfen.«

»Wieso denn das?«, fragte der Gouverneur erstaunt.

»Weil diese Pflanzen den Satan, der sich vor seinen Feinden auf der Flucht befand, nicht unter ihren Blättern verstecken wollten. Der Kürbis war anders. Er bot dem Pfau Unterschlupf und wurde dafür mit Fruchtbarkeit belohnt. Das ist der Grund dafür, warum er heute so groß ist und so reiche Ernten liefert.« Er nickte vielsagend mit dem Kopf, während der Gouverneur mich ungläubig anschaute.

Etwa eine Stunde lang lehnten wir an dem Grabstein und lauschten den Geschichten des alten Zauberers. Geschichten von heiligen Bergen und Bäumen, von mythischen Orten und Ruhestätten der Ahnen. Zauberer und Flötenspieler übernahmen die Rollen der Geistlichen, und über allem stand die Sonne, die sie bei ihrem Aufgang und Untergang anbeteten.

Am späten Nachmittag verließen wir das Dorf. Nicht, weil wir hätten fahren müssen oder wollen, sondern weil der Sonnenuntergang bevorstand. Der Gouverneur wusste, dass die Yeziden ungern vor Fremden beteten. Auf dem Dorfplatz verabschiedeten wir uns vom Bürgermeister und den anderen Dorfbewohnern mit Wangenküssen und festigten ein weiteres Mal die soziale Rangordnung innerhalb der Herde.

Istanbul trotzen

Weil eine Rückkehr nach Deutschland für mich nicht in Frage kam, konzentrierte ich mich darauf, mir eine Existenz in Istanbul aufzubauen. Große Erwartungen hatte ich nicht. Es würde mir schon genügen, in dieser Stadt über die Runden zu kommen. Aber wie? Ein Geschäftsmann war ich nicht, einen Beruf hatte ich nie erlernt. Während ich mir den Kopf darüber zerbrach, was ich machen könnte, brachte mich ein ehemaliger Kommilitone, der inzwischen Buchbinder war, auf die entscheidende Idee: Er erzählte mir, dass Studenten sich immer wieder bei ihm darüber beklagten, dass es in unmittelbarer Nähe der Universität zu wenig Copyshops gäbe. Vor den wenigen Läden müssten sie stets Schlange stehen. Und er wusste auch, dass schräg gegenüber der Universität ein Ladenlokal frei geworden war.

»Für einen Kopierladen ist es durchaus geeignet!«, meinte er.

Ein türkischer Statistiker hat einmal ausgerechnet, dass jeder Deutschländer drei »Mutterlandtürken« ernährt. Er kam zu dem Schluss, dass die Versorgung der Türkei kaum gewährleistet werden könne, wenn die Gelder aus Deutschland ausblieben. Als ich mich mit der Idee eines Kopierladens anfreundete, wusste ich nicht, dass ich mich wie eine Zahl in der Statistik dieses Wissenschaftlers verhielt. Ich ließ mir von meiner Mutter achttausend Mark schicken und kaufte von dem Geld einen Fotokopierer und einiges Mobiliar. Die Ladenfläche, sechs Quadratmeter, reichte für meine Zwecke vollkommen aus. Als neben dem Kopiergerät noch zwei Regale, ein kleiner Tisch und zwei Stühle Platz gefunden hatten, blieben immerhin noch gut zwei Quadratmeter Bewegungsraum. Es konnte losgehen.

Gleich am ersten Tag stellte sich heraus, dass die Idee gar nicht so schlecht gewesen war. Die Maschine war gut ausgelastet, ich bekam reichlich zu tun. Ich begann, daran zu glauben, meinen Lebensunterhalt von Kleingeld bestreiten zu können, das sich erst gegen Ende des Arbeitstags zu einem ansehnlichen Umsatz summierte. Er reichte aus, um sowohl die Wohnungs- als auch die Ladenmiete zu bezahlen und mein nicht allzu luxuriöses Leben zu bestreiten. Ein großes Risiko war ich ohnehin nicht eingegangen. Die Miete war nicht hoch, besondere Ausgaben außer für Papier und Toner hatte ich nicht.

Nachdem sich die Neueröffnung unter den Studenten herumgesprochen hatte, war die Maschine fast durchgehend im Betrieb, so dass ich bald sogar an die Anschaffung eines zweiten Geräts dachte. Einen Teil der Einnahmen legte ich deswegen regelmäßig beiseite. Vielleicht würde ich meiner Mutter eines Tages auch das Startkapital zurückzahlen, überlegte ich, auch wenn ich wusste, dass sie als aufopferungsvolle anatolische Mutter dies niemals zulassen würde. Dem Lauf der Dinge nach zu urteilen, war ich auf einem guten Weg, vorausgesetzt ich würde nicht beim Stromklau erwischt werden. Denn wie jeder anständige Staatsbürger brachte auch ich meinen Stromzähler mit einem dünnen Holzstäbchen, das ich durch ein kleines Seitenloch bis zum Inneren des Zählers durchschob, zum Stoppen. Sobald ich mit dem Holzstäbchen das kleine Zahnrad berührte, drehte es sich nicht mehr, wenn ich das Stäbchen herauszog, lief es wieder. So konnte ich das Ausmaß des Betrugs fein abstimmen. Selbstverständlich übertrieb ich es mit dem Stromdiebstahl nicht allzu sehr. Denn eine bestimmte Summe, etwa ein Fünftel der wirklichen Kosten, zahlte man wohl oder übel. Andernfalls bekam man es mit den Stromkontrolleuren zu tun, die zwar Bescheid wussten, sich aber nur die besonders dreisten Diebe vorknöpften.

Das Geschäft lief gut, mit der Liebe haperte es nach wie vor. Nach jener Nacht, in der ich Suzan in den Schlaf gewiegt, ihre Gesichtszüge ausgiebig studiert und mich unerlaubt in ihre verborgene Welt hineingeschlichen hatte, sah ich sie drei Wochen lang nicht. Mit einem baldigen Wiedersehen hatte ich ohnehin nicht gerechnet: Sie suchte das Weite stets dann, wenn unsere Beziehung besonders vertraut und eng zu werden drohte. Auf ihre Regeln nahm ich im Gegensatz zu meinen Gefühlen große Rücksicht. Ich stellte mich scheintot und wartete ab.

Als ich mich gerade mit ihrer Abwesenheit abzufinden begann, erschien sie eines Abends im Kopierladen, als ob wir uns erst am Vortag verabschiedet hätten. Plötzlich stand sie vor mir, mit einem Blumenstrauß und einem *nazarboncuğu,* einer blauen Perle, die den Gegenstand, an dem sie angebracht war, oder ihren Träger vor neidischen und bösen Blicken schützen sollte.

»Herzlichen Glückwunsch, du großer Geschäftsmann!«, kreischte sie fröhlich, gab mir einen Kuss und hing die blaue Perle an die Türklinke.

Sie war zu einem günstigen Zeitpunkt gekommen. Die meisten Studenten hatten die Universität bereits verlassen, im Laden gab es wenig zu tun. Die Kopieraufträge, die ich noch zu erledigen hatte, ließ ich liegen und widmete mich ganz ihr. Im Supermarkt kaufte ich zwei Flaschen Bier, an denen wir nuckelten, während wir uns über meine »geniale« Idee, einen Fotokopierladen zu eröffnen, ausgiebig unterhielten. Ich verschwieg, dass sie nicht von mir stammte.

Weder die letzten drei Wochen noch unsere gemeinsame Nacht erwähnte sie mit einem Wort. Dabei hätte ich mich gerne über jedes Detail ihres Gedichtes unterhalten, sie gefragt, wie viel Grad Celsius die permanente Kälte, die einen umgibt, im Durchschnitt hat, wie viel Text auf einen Protagonisten fällt, wenn er im »Leben« eines anderen mitspielt. Ich hätte sie gerne gefragt, warum sie manche Wörter durchgestrichen hatte und ob es nicht sein kann, dass das Gedicht vielleicht in Wirklichkeit nur aus diesen Wörtern besteht. Aber am meisten interessierte mich, was sie für mich empfand, was meine Freundschaft ihr bedeutete, was in ihrem Kopf vorging.

Ich wusste, ich würde nie den Mut besitzen, ihr all diese Fragen zu stellen. Ich wusste, das käme einem Duell gleich, bei dem einer dran glauben müsste, und dieser eine konnte nur ich sein. Ich wusste, dass das Risiko, sie zu verlieren, so groß war, dass ich es vorzog meine Hoffnung zu hätscheln, auch wenn sie noch so klein sein mochte. Die Hoffnung auf: »Wer weiß? Vielleicht eines Tages ...«

Ich hatte gelernt, aus diesen wenigen Begegnungen mit Suzan das Glück herauszufiltern, es zu einem Licht zu machen, das mein trübes Dasein erleuchtete. Jetzt war sie also wieder da, und es war schön. Mehr wagte ich nicht zu verlangen.

»Ich habe zwei Karten für einen Klavierabend!«, sagte sie plötzlich und wedelte mit zwei Papierstreifen vor meiner Nase herum. »Und du kommst mit!«

»Sprich nicht im Imperativ mit mir!«, sagte ich.

Wir lachten. Dass sie den Befehlston ihrer Mitmenschen selbst nicht ertrug, hinderte sie nicht daran, ihre Freunde so anzusprechen. Aber wer Suzan kannte, wusste, dass dies ein Ausdruck ihrer Freundschaft und Zuneigung war.

Unter Fremden gab sie ein anderes Bild ab. Wenn sie von unbekannten Gesichtern umgeben war, wurde sie ein schüchternes, scheues Wesen. Sogar wenn nur ein einziger Unbekannter zugegen war, zog sie es häufig vor zu schweigen und zwar so lange, bis sie diesen Menschen in den Kreis der Auserwählten aufnahm oder der Fremde sich selbst in ihn hineingearbeitet hatte. Wenn aber Suzan überzeugt war, dass er die erforderlichen Eigenschaften nicht besaß, wurde er nach einer Weile mit Gleichgültigkeit bestraft und verstoßen.

Da ihr Vorschlag ziemlich kurzfristig kam, war ich mir sicher, dass die zweite Eintrittskarte ursprünglich für jemand anderen bestimmt gewesen war. Der Gedanke, dass ich den Vorzug erhalten hatte, gefiel mir.

Der Klavierspieler, dessen Namen ich vorher noch nie gehört hatte und auch gleich wieder vergaß, begrüßte die Gäste in englischer Sprache mit stark osteuropäischem Akzent. Danach begann er ein Stück zu spielen, das etwa eine halbe Stunde dauerte. Bestimmte Passagen wiederholten sich immer wieder, auch wenn der Rest improvisiert zu sein schien. Die Improvisationen ließ ich über mich ergehen, die Wiederholungen nahm ich dankbar als Belohnung entgegen. Wahrscheinlich beruhigte mich, etwas wiederzuerkennen. Die Melodie dieser Passagen klang wie eine Kreuzung zwischen Keith Jarrett und Kaufhausmusik, doch auf ihre Art irgendwie melancholisch. Als Ausdruck seiner Konzentration, der Gefühle, die er in das Stück hineinlegte, und der Verschmelzung des Musikers mit der Musik spielte der Pianist die ruhigen Stellen mit geschlossenen Augen. Er zog die Schultern hoch, schien hin und wieder die Arschbacken zusammenzukneifen und berührte die Tastatur mit Händen, die gleich Schmetterlingen tanzten. Die Zuhörer schienen von seinen Bewegungen hypnotisiert, lauschten der Musik ohne zu atmen, manche Paare lagen sich in den Armen und ließen den Tränen freien Lauf. Das Stück endete erst, als der Klavierspieler keine trockene Stelle mehr an seinem Hemd hatte. Im Saal brachen Jubel und Getose aus, Menschen schrieen, jaulten und pfiffen, während Suzan mich aus dem Saal hinauszog. Draußen hakte sie sich bei mir unter.

»Entschuldige bitte! Mir gefiel die Musik nicht. Ich wusste nicht, dass er ein Schnulzenkomponist ist.«

»So schlecht war die Musik nicht«, sagte ich. »Vielleicht etwas sentimental, aber sonst fand ich sie ganz in Ordnung.«

Ihr plötzlicher Entschluss, den Konzertsaal zu verlassen, verwunderte mich. Dass sie dabei auf meine Gefühle und Wünsche keine Rücksicht genommen hatte, störte mich nicht allzu sehr. Ich hatte nichts anderes erwartet. Aber die

Entschlossenheit, mit der sie hinauseilte und einem Kompromiss jede reelle Chance nahm, war besorgniserregend. Warum hatte sie auf die Klaviermusik so aggressiv reagiert? Auf Musik, die fast alle Anwesenden in ihren Bann gezogen und in eine sentimentale Stimmung versetzt hatte?

Als wir schließlich im Weinhaus »Pano« saßen, fragte ich mich, ob sie einer solchen Melodie schon einmal zum Opfer gefallen sein könnte. Wer weiß, was für Erinnerungen bei Suzan geweckt worden waren.

Aber der wahre Grund ihrer Gereiztheit konnte auch mit dem zu tun gehabt haben, was sie mir dann erzählte. Sie machte es sich wahrlich nicht einfach. Nach dem ersten Glas Wein, an dem sie eine halbe Stunde lang nervös genippt hatte, begann sie zu reden. Aber vorher schaute sie mir tief in die Augen.

»Ich stecke in der Klemme, und du könntest mir helfen!« Dieses Mal sprach sie nicht im Befehlston, sondern mit der leidenden Stimme einer Kranken. Nach einer kleinen Kunstpause bekam ihr Ton aber wieder die Entschiedenheit des kommandierenden Offiziers:

»Du musst mir helfen!«

»Ganz ruhig! Erzähl mir, was los ist! Natürlich helfe ich dir, wenn ich kann!«, beruhigte ich sie und freute mich insgeheim darüber, dass sie auf meine Hilfe angewiesen war. Der Gedanke, dass ich ihr so nah stand, und zwar so nah, dass sie nicht jemand anderen, sondern mich, nur mich, um Hilfe bat, erfüllte mich mit Stolz.

»Ich habe einen Fehler gemacht«, sagte sie.

»Fehler macht jeder.«

»Du weißt ja gar nicht, wo ich die letzten Wochen verbracht habe.« Sie drehte ihr Glas gedankenverloren immer wieder um seine Achse.

»Wo warst du?«, fragte ich sie. Sie schwieg, dachte lange nach, bevor sie sich zu einer Antwort durchrang.

»An der Westküste«, sagte sie schließlich unbestimmt. »Lass uns aber bitte nicht davon sprechen. Es ist nicht so wichtig, wo ich war. Wichtig ist, dass ich nicht alleine nach Istanbul zurückgekehrt bin.« Sie pausierte. »Da war jemand bei mir«, sagte sie zu ihrem Weinglas.

»Wer ist dieser Jemand?«

Hastig nahm sie einen Schluck.

»Das ist jemand, mit dem ich ein Verhältnis habe oder besser gesagt hatte. Frag mich nicht. Worum ich dich bitte, ist, dass du ihn bei dir aufnimmst.«

Ich schaute sie mit großen Augen sprachlos an.

»Nur für ein paar Tage.«

Ich schwieg und schaute mir die Fettspuren auf meinem Weinglas an.

»Wo ist er jetzt?«

»Bei mir zu Hause. Dort kann er aber nicht bleiben. Und noch dringender ist: Jemand muss ihm so schnell wie möglich klar machen, dass es für ihn am besten ist, wenn er in seine Kleinstadt zurückkehrt.«

Meistens sprach sie von Menschen als »jemand«. Sie hatten keine Namen, keine Gesichter, keine Gefühle. Diese ungewissen Menschengestalten, die ihr Leben bevölkerten, ihr Probleme machten, sollten sich gefälligst selbst wieder aus der Welt schaffen. Dieser »Jemand« war aber geblieben, weshalb mir die Rolle des helfenden »Jemand« zugefallen war. Ich sollte der Frau, die ich liebte, einen Menschen vom Hals schaffen, mit dem sie womöglich bis vor wenigen Tagen glücklich gewesen war, mit dem sie gelacht und geschlafen hatte, mit dem sie so vertraut gewesen war, wie ich es mir nur erträumte. Und jetzt, als er ihr lästig geworden war, sollte ich ihn entsorgen.

Ich war zutiefst niedergeschlagen. Für ihn war die zweite Konzertkarte bestimmt gewesen. Ich ärgerte mich, dass ich so schwach war und nicht aufhören konnte, in diese nicht existierende Beziehung immer neue Hoffnungen zu setzen. Und sie? Sie schien Scheuklappen zu tragen, die selbst Gefühle solcher Größenordnung nicht zu ihr durchdringen ließen.

Eine Zeit lang sprachen wir nicht.

Schließlich sagte ich kleinlaut, als ob ich der Vater der Idee gewesen wäre:

»Ich denke, es ist das Beste, wenn er bei mir schläft.«

Sie musste die ganze Zeit mit dieser Antwort gerechnet haben. Ich versuchte, einen gelassenen Eindruck zu vermitteln, obwohl Enttäuschung und Schmerz mich Stück für Stück aushöhlten.

Mit einem »Kein Problem!« unterstrich ich mein Angebot. Danach hatten wir uns kaum noch etwas zu sagen. Bald darauf trennten wir uns auf dem Taksim-Platz.

Am nächsten Morgen erschien sie mit einem gut aussehenden Mann um die dreißig im Kopierladen.

»Darf ich vorstellen, Oğuz«, dann deutete sie mit ihrem Kinn auf mich, »Ercan.« Der Mann nickte höflich mit dem Kopf.

»Ich muss los, sonst komme ich zu spät zur Vorlesung! Wir sehen uns aber heute Abend«, sagte Suzan, verteilte eilig Wangenküsse und verschwand.

Nach ihrem Fortgang standen wir mehrere Sekunden lang wie angewurzelt im Eingang und schwiegen, bis ich das Wort ergriff:

»Einen starken Tee zum Start des Tages?«

»Nur bis morgen früh musst du mich ertragen«, sagte er, als ob er damit meine Frage beantworten würde. »Dann bin ich weg!« Er hielt ein Ticket hoch, das er aus der Jacke gezogen hatte. »Heute war nichts mehr frei. Sonst wäre ich schon heute gefahren.«

»Du kannst so lange bleiben, wie du willst. Es wird mir schon nichts ausmachen!«, log ich. »Aber die Frage nach dem

Tee musst du mir trotzdem beantworten. Ich gehe nämlich jetzt zum Kaffeehaus und bestelle mir einen. Wenn du auch einen möchtest, musst du es jetzt sagen.«

»Gerne!«, sagte er und fügte ein »Danke!« hinzu. Ich wusste nicht, ob sein Dank dem Tee galt oder meiner Bereitschaft, ihn bei mir aufzunehmen. Etwa eine halbe Stunde später kamen die ersten Studenten, für die ich wie am Fließband Bücher und Zettel kopierte, während Oğuz in der Ecke saß und in einem Buch blätterte. Kurze Zeit später stand er auf und sagte:

»Ich gehe in die Stadt. Am späten Nachmittag bin ich zurück!«, und verließ den Laden.

Ich war froh, dass er gegangen war. Seine Anwesenheit war immer erdrückender geworden. Die Tatsache, dass er mit seinem guten Aussehen und seiner Zurückhaltung einen ernstzunehmenden Nebenbuhler abgab, verunsicherte mich in meinem Verhalten. Ob er meine Gefühle für Suzan erraten hatte, konnte ich nicht einschätzen. Er hatte von sich nichts preisgegeben, warum auch.

Es war Abend geworden, Oğuz war inzwischen seit einer Stunde zurück, aber Suzan ließ sich nicht blicken. Ich hatte es geahnt, Oğuz anscheinend auch. Er sagte zu mir:

»Wir können den Laden schließen. Ich glaube nicht, dass sie noch kommt.«

Mit seinem Gepäck, das aus einer prall gefüllten Sporttasche bestand, machten wir uns auf den Weg zu meiner Wohnung. Weder im Bus noch auf der Fähre gab er ein Wort von sich.

Gegen neun Uhr saßen wir auf dem Balkon und tranken unseren Tee. Von dem Hähnchen, das wir auf dem Weg gekauft hatten, hatte er nur eine Keule abgetrennt. Er hatte an ihr ohne jeden Appetit herumgeknabbert und den Rest an den Rand des Tellers gelegt. Ich aß meine Hälfte, das restliche Hähnchen lag unangerührt im kühlen Abendwind.

Oğuz tat mir Leid, wahrscheinlich fand ich einen Teil von mir in ihm wieder. Der einzige Satz, den er an dem Abend von sich gab, war:

»Ich habe diese Frau wirklich geliebt.«

Zwei Stunden lang saßen wir auf dem Balkon, tranken einen Tee nach dem anderen und starrten auf den Bosporus, als ob von dort Suzan zu uns herüber geflogen käme und keiner von uns diesen Moment verpassen wollte.

Ich räumte den Tisch ab, machte im Wohnzimmer sein Bett und verabschiedete mich gegen Mitternacht. Oğuz saß immer noch auf dem Balkon, trank das erste Glas von der zweiten Kanne, die ich für ihn gemacht hatte, und rauchte eine Zigarette nach der anderen.

»Wir sehen uns morgen! Bevor du gehst, können wir noch gemeinsam frühstücken.«

Er sagte nichts, oder ich hatte es nicht gehört.

Als wie jeden Morgen um sieben Uhr der Wecker klingelte und ich in Richtung Bad schlich, sah ich ihn nirgendwo. Das Bett, das ich für ihn auf der Schlafcouch gerichtet hatte, war unberührt. Auf dem Balkontisch standen seine Tasse und der Aschenbecher, zwei zusammengeknüllte Schachteln lagen daneben. Die einzigen Zeugen seines Aufenthalts in meinem Leben. Ich begegnete ihm nie wieder.

Bis heute bewundere ich ihn für diesen charismatischen Abgang.

Eine Frage des Vertrauens

Eines Abends, schon gegen Mitternacht, es war Mitte August, erschien der Gouverneur unerwartet an meiner Tür. Für einen hohen Beamten, der sich am nächsten Tag den unlösbaren Problemen der Provinz würde stellen müssen, war es nicht gerade früh. Er sah blass und angestrengt aus, starrte mich an und sagte unvermittelt:

»Er war der einzige Mensch, mit dem ich über alles reden konnte. Sie haben ihn umgebracht!«

»Kommen Sie rein! Wer hat wen umgebracht?«, fragte ich, während ich auf ihn zuging, um hinter ihm die Tür zu schließen.

Der Gouverneur setzte sich auf den Sessel und zündete sich mit unsicheren Händen eine Zigarette an. Nach dem ersten Zug wiederholte er, nun etwas ruhiger:

»Sie haben den Oberst umgebracht, den Kommandeur der Armeeeinheit von Mardin.« Er schaute mir direkt in die Augen, wartete auf meine Reaktion. Da ich regungslos blieb, fuhr er fort:

»Angeblich ist er gestern wenige Kilometer von hier in einem Gefecht mit kurdischen Terroristen gefallen. Aber meines Wissens gab es weder gestern noch in der gesamten letzten Woche Kampfhandlungen in der Umgebung.«

»Warum sind Sie sich so sicher?«

»Als Gouverneur dieses Distriktes sollte ich darüber informiert sein. Oder?«, antwortete er und schaute mich verärgert an, als verteidigte ich einen Mörder. Dann fuhr er sich mit den Händen übers Gesicht und sagte:

»Das Ganze stinkt zum Himmel.«

»Wer kann ihn getötet haben?«, fragte ich ihn.

»Auf keinen Fall die Kurden, wie Ankara behauptet. Heute wurde in *Gündem* eine Stellungnahme der Kurden veröffentlicht, in der sie erklären, dass sie mit dem Tod des Oberst nichts zu tun haben. Laut ihrer Aussage hält sich die nächste

Guerillaeinheit zehn Kilometer entfernt von der so genannten Kampfzone auf. Und das glaube ich ihnen auch, jedenfalls mehr als dem Pressesprecher des Generalstabs.« Nach einer kurzen Pause fuhr er zögernd fort: »Ich weiß zwar nicht, wer ihn ermordet hat, aber ich ahne, wer die Auftraggeber sein könnten. Was ich dir jetzt erzählen werde, behältst du am besten für dich.«

Er beugte sich vor und senkte seine Stimme.

»Hör zu: Innerhalb der türkischen Armee gibt es Menschen, die den Frieden mit den Kurden mit allen Mitteln verhindern wollen. Das wurde dem Oberst«, er schaute nach oben, »er möge in Frieden ruhen – und mir klar, als vor drei Jahren der kommandierende General der Gendarmerie ermordet wurde.«

»Also war es kein Unglück.«

»Ach was! Sie haben ihn kaltblütig ermordet, weil er sich für das Ende des Krieges eingesetzt hat. Kurz vor dem Absturz seines Flugzeugs hatte er mit der kurdischen Guerilla einen Waffenstillstand unterzeichnet.«

»Aber ich verstehe das nicht! Warum tötet man einen General, der sich für Frieden einsetzt?«

Der Gouverneur antwortete nicht sofort. Er zündete sich langsam eine Zigarette an, und ich hatte den Eindruck als nächstes würde er sagen: Du hast keine Ahnung, was hier vorgeht.

»Warum man einen hochrangigen Offizier tötet, der gegen den Krieg ist?«, wiederholte er nach einem tiefen Zug. »Weil viele Generäle auf der Gehaltsliste der Waffenproduzenten stehen, weil sie bei jeder Lieferung bis zu dreißig Prozent der Kaufsumme als Provision kassieren, weil unsere Generäle ihre Waffen nur von Waffenhändlern kaufen, die Bestechungsgelder zahlen. Aber der wichtigste Grund ist, dass ein Kriegsgebiet die beste Infrastruktur für kriminelle Geschäfte bietet: Waffen- und Drogenschmuggel. Und von genau diesen Geschäften leben seine Mörder.«

Eine Zeit lang beherrschte das Zirpen der Grillen den Raum.

»Von den Indizien, die ohne jeden Zweifel für eine Sabotage am Flugzeug des Generals sprechen, habe ich von einem Major erfahren. Ich bin mir sicher, dass er die Wahrheit gesagt hat.«

Obwohl mir klar war, dass das Thema heikel war und er nicht ins Detail gehen wollte, konnte ich nicht aufhören nachzuhaken:

»Wer war dieser Major? Woher will ausgerechnet er über ein Mordkomplott Bescheid wissen?«

Der Gouverneur starrte mich an und zog an der Zigarette. Der Rauch, der langsam aus seinen Nasenlöchern und dem Mund quoll, ließ seinen Kopf wie eine heißgelaufene Maschine aussehen.

»Weil er an der Sabotage maßgeblich beteiligt war.«

Ich schaute ihn ungläubig an.

»Und was hat ihn plötzlich dazu gebracht sich und seine Spießgesellen zu denunzieren?«

»Weil er bereut, mit den Mördern zusammengearbeitet zu haben. Weil er inzwischen findet, dass sie mit dem Mord an einem General zu weit gegangen sind.«

»Hat dieser Major Ihnen auch erzählt, wer seine Auftraggeber und seine Mittäter waren?«

»Nein, das hat er nicht. Das wird er auch nicht mehr können.«

Ich schwieg. Der Gouverneur schaute hoch und fing meinen fragenden Blick auf.

»Weil er ebenfalls tot ist! Der Major war Chef des Nachrichtendienstes der türkischen Gendarmerie in der gesamten Kriegsregion. Ich kannte ihn gut, weil er auch in meinem Verwaltungsdistrikt jahrelang ermittelt hatte. Mein Vorgänger als Gouverneur hat mir seine Mappe gleich am ersten Arbeitstag in die Hand gedrückt und gesagt: Er sei ein ›wichtiger Gast‹ aus Ankara und verdiene besondere Behandlung. Manche behaupteten, er sei ein Turkmene aus Kirkuk gewesen, andere hielten ihn für einen Balkantürken. Aber es ist egal, woher er stammte, eins steht fest: Er war eines jener ›Waisenkinder‹, denen die türkische Armee die Familie ersetzt. Der Staat bildet sie an den Militärakademien zu Offizieren für verdeckte Operationen aus, und sie leben und sterben für den Staat. Stell dir vor, direkt nach ihrer Ausbildung, bereits als Leutnants, bekommen sie weit reichende Vollmachten, die meine vielfach übersteigen.«

Ich deutete auf die Teekanne auf dem Tisch und fragte:

»Der Tee ist noch heiß. Möchten Sie?«

Die ausbleibende Reaktion des Gouverneurs fasste ich als »Ja« auf.

»Der Major gab sich mit einem Haufen von Kriminellen ab, die er seine Mitarbeiter nannte und deren Aufgabe hauptsächlich darin bestand, Oppositionelle zu töten. So etwas nennt man ›Hinrichtung ohne Gerichtsurteil‹. Für die gezielten Tötungen setzte der Major vorwiegend Killer aus den Reihen der Nationalisten, der ›Partei der nationalen Aktion‹, ein. Einige der Kopfjäger haben wir sogar auf frischer Tat ertappt, wir mussten sie aber auf Anordnung von oben wieder laufen lassen.«

Der Gouverneur erzählte von diesen ungeheuerlichen Vorgängen, als ob es sich dabei um einen Film handelte.

»Wie viel Löffel Zucker nehmen Sie?«, fragte ich, nur um etwas zu sagen, denn die Antwort kannte ich bereits.

»Zwei!«

»Wie kam es, dass der Major Ihnen vertraute?«

»Im Juni 1993, als die Ministerpräsidentin ihr Amt antrat, begann der Major an der Richtigkeit seiner Arbeit zu zweifeln. Denn im Zuge der Regierungsbildung gab es auch Umstrukturierungen bei der Terrorismusbekämpfung in den kurdisch bewohnten Gebieten. Er erschien eines Tages in Mardin und bat uns, mich und den Oberst, um ein vertrauliches Gespräch. Bei dieser Zusammenkunft teilte er uns mit, dass er für die vielen Verbrechen in der Region, die in den vorangegangenen Wochen stattgefunden hatten, nicht verantwortlich sei. Er war von seinem Amt als Chef des Nachrichtendienstes der Gendarmerie einen Monat zuvor zurückgetreten. Als Grund gab er an, dass seine Mitarbeiter seit dem Regierungswechsel nicht mehr unter seinem Befehl gestanden hatten. Sie seien inzwischen auch in Waffengeschäfte und Drogenhandel verwickelt und würden Operationen durchführen, bei denen er nicht mehr die Regie führe. Ihre Auftraggeber säßen in Ankara, erzählte er. Um uns von der Richtigkeit seiner Aussagen zu überzeugen, gab er uns Hinweise darauf, wo die Labors waren, in denen aus Rohopium Heroin gewonnen wurde, welche Route die Kuriere nahmen, um das Heroin Richtung Westen zu befördern, und auf welche Art und Weise sie es transportierten. Danach verschwand er so plötzlich von der Bildfläche, wie er gekommen war, und ließ sich mehrere Monate nicht blicken.«

»War er untergetaucht?«

»Ja, bis zum Tod des Staatspräsidenten.« Wenige Wochen nach dem Sabotageakt an dem General war der Staatspräsident offiziell an einem Herzinfarkt gestorben, der damals viele Fragen aufgeworfen hatte. »Zwei Tage später erschien der Major in Mardin, um uns zu sagen, dass er nun keinen Sinn mehr in seiner Arbeit sehe. Die ›Sache‹ sei ohnehin verloren, und ›der tiefe Staat‹ – eine Bande korrupter Politiker und Offiziere – hätte den Machtkampf gewonnen. Das war das letzte Mal, dass ich ihn sah. Später habe ich gelesen, dass er nach unserem Gespräch aus der Armee austrat. Er gab mehrere Interviews, in denen er das Vorgehen der Armee in den Kurdengebieten heftig kritisierte. Er veröffentlichte unter Pseudonym sogar zwei Bücher, die sich mit der Kurdenpolitik des türkischen Staates befassen.«

»Haben Sie die Bücher gelesen?«

»Ja. Ich kann sie dir mitbringen, wenn du willst.«

Er schien seinen Gedanken nachzuhängen, bis er seine Erzählung fortsetzte.

»Ein halbes Jahr nach dem Tod des Staatspräsidenten fand man die Leiche des Majors in einem Vorort von Ankara, mit gefesselten Händen und zwei Einschusslöchern am Hinterkopf.«

Im Raum herrschte eine Zeit lang Stille.

»Das klingt nach einer Verschwörungstheorie«, sagte ich. »Wer könnte so viel Macht besitzen, um einen General und sogar den Staatspräsidenten zu töten?«

Der Gouverneur lächelte gequält.

»Auch wir hatten ihm am Anfang nicht glauben wollen. Aber einige Ereignisse, die dann eintraten, bestätigten seine Aussagen. Als Erstes wurden die Drogenbarone des Landes ausgetauscht. Im Januar 1994 wurde in Istanbul ein kurdischer Drogenboss auf offener Straße auf eine Art und Weise erschossen, wie man sie von Hinrichtungen linker Oppositioneller kennt. Ein anderer Drogenhändler wiederum, der zwei Wochen später mit gültigem Diplomaten- und Polizeiausweis und in Besitz eines riesigen Waffenarsenals von der Polizei festgenommen wurde, konnte vier Tage nach seiner Festnahme wieder gehen. Die Behörden begründeten die Freilassung damit, dass man keinen Grund gehabt habe, ihn länger in Untersuchungshaft zu halten. Denn weder der Diplomatenpass noch die Urkunde, die ihn als ›Sicherheitsexperten‹ des Istanbuler Polizeipräsidiums auswies, waren gefälscht. Sie waren vom damaligen Polizeipräsidenten, der jetzt unser Innenminister ist, höchstpersönlich unterschrieben. Den Mörder des kurdischen Drogenbosses hat man bis heute nicht gefasst, und die Beamten, die den Drogenhändler mit Diplomatenausweis wohl versehentlich festgenommen hatten, wurden in entlegene Gebiete strafversetzt. Der Oberst und ich verstanden damals die Welt nicht mehr.«

Der Gouverneur zündete sich eine weitere Zigarette an.

»Obwohl ich den Oberst ermahnt hatte, vorsichtig zu sein und nichts zu überstürzen, ging er den Hinweisen des Majors nach. Und was sahen wir? Er wurde prompt fündig. Wie der Major ausgesagt hatte, waren die Tanks bestimmter Laster nicht mit Treibstoff, sondern mit Rohopium gefüllt. Wie vorhergesagt, kam vom Generalstab in Ankara der Befehl, den Fahrer mit seiner Ladung passieren zu lassen. Doch der Oberst widersetzte sich und ließ den Fahrer einsperren. Das Opium wurde vorschriftsmäßig vernichtet.«

»Das war sein Fehler!«, rutschte es mir heraus. Der Gouverneur schaute mich an.

»Ich weiß nicht, ob es ein Fehler war, jedenfalls ist er jetzt tot«, sagte er nachdenklich.

»Er war ein Kritiker der Kriegstreiber und hatte ein gutes Verhältnis zu den Kurden. Er hat die Erschießung gefangener kurdischer Kämpfer öffentlich vor der Presse kritisiert, was vielen in Ankara missfiel. Seine Aufrichtigkeit hat ihn das Leben gekostet.«

»Es gibt doch in der Armee Menschen, die gegen die Machenschaften der Drogenmafia und die Ermordung ihrer eigenen Leute sind. Unternehmen sie denn nichts?«, fragte ich etwas hilflos.

»Du hast Recht. Es gibt auch die ›Guten‹ in der Armee. Soweit ich weiß, versuchen sie tatsächlich, die korrupten Militärs, die Killer- und Drogenbanden zu bekämpfen. Aber sie sind zu schwach, und ihre Zahl ist gering. Auf der anderen Seite stehen eine Ministerpräsidentin und mehrere Minister, die über einen ganzen Polizeiapparat verfügen. Ein großer Teil der türkischen Armee unterstützt sie, darüber hinaus benutzen sie zehntausend Dorfmilizen als Helfer.«

»Und was ist mit Ihnen? Sind Sie auch in Gefahr?«, unterbrach ich ihn.

»Das glaube ich nicht. Dafür spiele ich eine viel zu kleine Rolle. Und es müsste ›der Tiefe Staates‹ bekannt sein, dass ich den Mut, den der Oberst hatte, nicht habe. Wenn es tatsächlich stimmt, dass sie den Staatspräsidenten und einen General umgebracht haben, dann habe ich nicht einmal das Recht, mich zu fürchten. Ich bin nicht gefährlich genug für sie. Meine Telefone werden zwar abgehört, aber das hat nicht viel zu sagen. In diesem Land wird jeder abgehört, Minister, Politiker, Offiziere. Das ist normal. Aber was mir zu schaffen macht, ist, dass jedes Mal, wenn einer der Verbrecher festgenommen wird, sich Minister und Generäle einschalten und seine Freilassung verlangen. Ich als Gouverneur kann nichts dagegen tun.«

»Alles nur wegen des Geldes? Das kann ich mir einfach nicht vorstellen!«, sagte ich.

»Für manche in der Armee gibt es natürlich einen anderen Grund, warum sie bei diesen Verbrechen mitmachen oder sie dulden: Sie glauben, dass auf diesem Wege die Abspaltung des Kurdengebietes von der Türkei verhindert wird. Ich weiß nicht, welche Gründe sonst noch dahinter stecken könnten. Es kann jedenfalls kein staatliches Interesse sein, dass man aufrichtige Bürger wie meinen Freund, den Oberst, umbringt.«

Wie Suzan den Fühling zum Sommer machte

Drei Monate lang hatte ich Suzan weder gesehen noch etwas von ihr gehört. Mal tröstete ich mich mit der Arbeit, mal mit einem pfenniggroßen Herpes, der sich mitten auf meiner Unterlippe platziert hatte. »In diesem Zustand darf sie mich auf keinen Fall sehen«, redete ich mir ein, wohl wissend, dass ich imstande wäre, von den Toten aufzuerstehen, wenn sie sich blicken ließe.

Als Suzan dann eines Morgens im Laden erschien, war ich gerade dabei, meinen Morgentee zu trinken und gleichzeitig ein Buch zu kopieren. Während ich sie ungläubig anstarrte und mein Gesicht im grünen Licht des Kopiergeräts wahrscheinlich monströse Züge annahm, stand sie an der Tür und lächelte mich an. Alles Nachtragen, Trotzen und Wüten wich der Liebe. Mein ruhiges bescheidenes Leben wurde von der Wucht ihrer Lebendigkeit erfasst.

»Schnell, ich parke in der Einfahrt!«, sagte sie hektisch. »Wir müssen los!« Und es klang wie: »An Bord ist Feuer ausgebrochen, alle Mann raus, das Flugzeug kann jeden Moment explodieren!« Ihre Hast wirkte schlecht geschauspielert. Ich kannte ihre übertriebene Aufgeregtheit, maß ihr daher keine große Bedeutung bei.

»Ich hab für ein paar Tage ein Auto, wir fahren aus der Stadt raus. Und du kommst mit!«

Ich bäumte mich auf, versuchte, der unwiderstehlichen Macht ihres Imperativs nicht nachzugeben.

»Ich kann doch nicht den Laden …«, stammelte ich, während sie mit einem Filzstift auf ein Blatt Papier kritzelte. Ohne meine Reaktion zu beachten, nahm sie das Klebeband vom Schreibtisch und brachte den Zettel an der Tür an:

»Wegen Krankheit vorübergehend geschlossen.«

Danach nahm sie mich wie ein Kleinkind an der Hand und wollte mich aus dem Laden hinausziehen.

»Es geht nicht, ich habe Kopieraufträge zu erledigen. Außerdem habe ich noch eine ganze Menge Termine, Verpflichtungen!«

»Unterwegs kannst du die Leute vom Krankenbett aus anrufen.«

Als ich immer noch Widerstand leistete, hielt sie kurz an, schaute mich mit einem bittenden Blick an:

»Nur für ein paar Tage! Hakan und Semra sitzen schon im Auto.«

Als sich unsere Augen begegneten, brach der Damm, ich ließ alles mit mir geschehen. Sie schubste mich fröhlich aus dem Laden hinaus.

»Jetzt fahren wir zu dir nach Hause und packen die nötigsten Sachen ein, dann geht es ab in den Süden!«

Ich schloss die Tür ab, benachrichtigte den Nachbarladen über meine bevorstehende Reise und tappte hinter Suzan her. Wenige Schritte entfernt stand ein Mercedes Cabriolet zur Hälfte auf dem Bürgersteig, auf der Rückbank saß ein junges Paar, das ich an dem Tag zum ersten Mal sah.

Zu Hause stopfte ich schnell ein paar Kleider in eine kleine Reisetasche, während Suzan unten ungeduldig hupte. Mehr als eine Stunde dauerte es, bis wir Istanbul hinter uns gelassen hatten. Über Tekirdağ und Gelibolu fuhren wir zum Autofährhafen an den Dardanellen, wo wir zur asiatischen Seite übersetzten. In der Dreiviertelstunde, die wir auf dem Deck verbrachten, tranken wir Tee und unterhielten uns angeregt über den bevorstehenden Urlaub. Singend passierten wir am Nachmittag Troja, die Lieder der türkischen Radiosender mitträllernd. Rechts von uns lag die Insel Lesbos, sie schien zum Greifen nah. Immer wieder wurden unsere Gesänge von griechischen Sendern sabotiert, die die türkischen Radiowellen an Stärke überboten.

Die Tourismussaison hatte noch nicht begonnen, die türkische Westküste erwachte erst langsam aus dem Winterschlaf und weckte mit ihren einsamen Stränden die Melancholie. Ziellos fuhren wir die Küstenstraße entlang und hielten nach Lebenszeichen Ausschau, vergeblich. Gegen Abend erblickten wir vom Hang des Berges Ida die Bucht von Edremit. Das helle Grün der Olivenbäume umschlang das Blau des Wassers wie eine Geliebte. Langsam fuhren wir auf löchrigen Straßen die Kleinstädte ab. In unmittelbarer Küstennähe hatte noch kein einziges Hotel den Betrieb aufgenommen, zwei Pensionen entsprachen nicht Suzans Vorstellungen. Also bewegten wir uns auf den inzwischen dunklen Verbindungsstraßen des Moorgebiets von Edremit, zwischen Bambus und Pappeln, von Ortschaft zu Ortschaft weiter voran.

Der Regen der letzten Stunden hatte aufgehört, ebenso die Euphorie, mit der wir in Istanbul aufgebrochen waren. Im Auto wurde kaum noch gesprochen und gelacht, nur noch geflucht. Nach jedem erfolglosen Versuch, uns irgendwo einzumieten, machte Suzan ihrem Ärger Luft, indem sie über die Türken herzog, die ihrer Meinung nach faul waren und nicht wüssten, wie man Geschäfte betrieb. »Das kann doch nicht sein, dass die meisten Hotels in einem Urlaubsland wie der Türkei im März geschlossen sind!«

Auch wenn es dieser Reise von Anbeginn an Organisation mangelte, bereitete sie mir außerordentliche Freude. Zum ersten Mal hatte ich die Gelegenheit, für einen längeren Zeitraum in Suzans Nähe zu sein, mit ihr den ganzen Tag zu teilen.

Schließlich fanden wir ein geöffnetes Hotel, das oberhalb der Küstenstraße lag und so aussah, als habe sein Erbauer nur ein paar Bleistiftstriche aufs Papier geworfen. Seine schlichte Architektur legte nahe, dass es sich dabei um den Entwurf seines Besitzers handeln konnte. Man hatte einem kastenförmigen Gebäude ohne jeden optischen Reiz einfach ein Dach aufgesetzt. Der einzige Balkon am Haus wurde von zwei Säulen getragen, die rechts und links von der Eingangstür platziert waren.

Hakan und Semra nahmen ein Doppelzimmer, Suzan und ich jeweils ein Einzelzimmer.

Als ich am nächsten Morgen von eigenartigen Schreien und Rufen geweckt wurde, war es bereits neun Uhr, und meine Reisekameraden schliefen noch. Anstatt allein zu frühstücken, entschied ich mich auf sie zu warten. Ich wusch mir das Gesicht und beobachtete durch das Fenster das Spektakel im Garten. Obwohl es in der Türkei in der Familie üblich ist, Makel zu Hause zu verstecken, bewohnte hier offenbar eine Gruppe von körperlich und geistig Behinderten das kleinere Haus hinter dem Hotel. Dieses Behindertenprojekt wurde bestimmt mit europäischen Geldern finanziert.

Essen, Singen und Spielen der Behinderten. Sie schienen bereits gefrühstückt zu haben, und jetzt wurde für die geistige und körperliche Ertüchtigung gesorgt, oder wenigstens der Versuch unternommen. Mal warfen die Spieler sich einen Ball zu, wobei der Fänger seiner Aufgabe selten gerecht wurde, mal eine Frisbeescheibe, die sie in allen möglichen Schräglagen in der Luft zum Pfeifen brachten, bis sie von einem Gegenstand gestoppt wurde, und mal beschäftigten sie sich damit, einen Schläger mit erstaunlicher Präzision und Ausdauer an einem Federball vorbeisausen zu lassen.

Obwohl ich eigentlich schon ungeduldig auf meine verschlafenen Reisegefährten wartete, betrachtete ich vergnügt die Übungen der Gruppe. Sie schienen zwar ihr physiotherapeutisches Ziel, die Förderung der motorischen Geschicklichkeit, deutlich zu verfehlen, dafür aber den Behinderten riesigen Spaß zu bereiten. Nach jeder Aktion kreischten, lachten und klatschten sie, manche vollführten Bewegungen, die merkwürdig unvollständig waren und deren Ziel ich nicht erriet, oder sie schrieen Sätze, deren Inhalt ich nicht verstand. Ihre Körperbeherrschung ließ zu wünschen übrig, so dass mir immer wieder der Atem stockte, wenn ein Spielgerät durch die Luft sauste.

Mit jedem Wurf drohte eine Fensterscheibe zu Bruch zu gehen, ein parkendes Auto demoliert zu werden oder ein unbeteiligtes Gruppenmitglied nach einem Volltreffer umzukippen.

Meine Beobachtungen nahmen erst ein Ende, als es gegen zehn Uhr an meiner Zimmertür klopfte. Suzan betrat in einem Bikini und einem Tuch, das sie um ihre Hüfte geschlungen hatte, mein Zimmer.

»Fertig zum Frühstück?«, rief sie fröhlich. Ihre kleinen Brüste unter dem Bikinioberteil schienen ihre pubertäre Festigkeit nicht verloren zu haben. Beschämt über meine Gedanken fragte ich sie:

»Willst du etwa bei diesem Wetter schwimmen?«

»Komm, rede nicht zu viel! Zieh dir deine Badehose an und nimm ein Handtuch mit. Nach dem Frühstück wird nicht mehr hochgegangen, sondern runter, ins Wasser.«

Wie ein wohl erzogenes Kind machte ich alles, was sie von mir verlangte.

Das Frühstück bestand aus Tee, Weißbrot, ein paar Oliven, einer Packung Marmelade und einem hartgekochten Ei. Wir aßen alles restlos auf und eilten hinaus.

Ohne jede Widerrede tauchte ich mit Suzan gemeinsam ins Meer. Ich merkte schnell, dass es dort wärmer war als draußen. Jeder Körperteil, der aus dem Wasser ragte, fror, so dass ich ihn schnell wieder in Sicherheit brachte. Das musste die berühmte Strömung dieser Bucht sein, die je nach Windrichtung binnen Minuten warmes oder kühles Wasser brachte. Nach einiger Überredungsarbeit folgten uns auch Hakan und Semra ins Wasser; nun kreischten und planschten wir zu viert. Das Kamelringen gefiel mir jedoch am besten. Auf meinen Schultern wehrte Suzan einen Angriff nach dem anderen ab, die Semra und Hakan gegen uns starteten, während ich ihre Unterschenkel fest umklammerte. Mal hielt ich ihre Schienbeine fest, mal ihre Knöchel, doch nicht zu fest, so dass meine

Fingerspitzen den Tastsinn nicht verloren. Ihre weichen glitschigen Oberschenkel pressten sich in der Hitze des Gefechtes an meinen Kopf, dort hätten sie für immer bleiben können und mein Nacken zwischen ihnen. Doch diese Momente des Glückes währten nicht lange, immer wieder kippten wir um. Unser Kamel, dessen obere Hälfte tapfer standhielt, wurde Opfer seines labilen Rumpfes und verschwand beinahe nach jeder Attacke der Gegner im Salzwasser.

Bis zum Nachmittag tobten wir im Wasser, nur kurz suchten wir Schutz in den Handtüchern, bevor wir uns wieder ins Meer retteten. Mit der noch frühen Abenddämmerung überquerten wir die Hauptstraße zum Hotel, zitternd, getrieben von Kälte und Hunger. Ermattet und in unseren wärmsten Kleidern trafen wir uns im Flur, der auch als Empfangshalle bezeichnet wurde, weil dort die Zimmerschlüssel hingen. Bald stellten wir fest, dass es im Ort nicht nur kein Restaurant gab, sondern auch sonst kaum ein Lebenszeichen. Die Siedlung, die fast nur aus Ferienhäusern des Istanbuler Großbürgertums bestand, war um diese Jahreszeit eine Geisterstadt. Große Teile der türkischen Küsten sind mit Häusern zugebaut, die nicht einmal zwei Monate im Jahr bewohnt sind.

Wir fuhren die zehn Kilometer zur nächsten Kleinstadt ins Landesinnere, um etwas zu essen. Auf der Hauptstraße kam uns eine bunt gemischte Gruppe entgegen, die von einem Klarinetten- und einem Paukenspieler begleitet wurde. Die Teilnehmer des Spektakels tanzten, sangen und jubelten, und der Mann, der an der Spitze der Gruppe lief, schwang eine türkische Fahne hin und her. Junge Männer trugen einen Gleichaltrigen abwechselnd auf den Schultern, während Frauen, Kinder und Männer um sie herum tanzten. Wenn die Musik aussetzte, schrieen alle zusammen Parolen wie: »Die Türkei ist am größten, Größeres gibt es nicht!« oder »Alles fürs Vaterland!«.

Ohne uns eines Blickes zu würdigen zog die Festgesellschaft an uns vorbei, die Musik verebbte, und Stille kehrte in die Straße zurück.

»Anscheinend gibt es auch Menschen, die sich auf den bevorstehenden Militärdienst freuen«, sagte Semra.

»Oder man versucht mit organisierter Freude die Angst zu besiegen«, entgegnete Hakan mit dem finsteren Gesichtsausdruck eines Menschen, der wusste, was der Militärdienst brachte. »Mut ist etwas, was man im Krieg am wenigsten braucht«, fügte er leise hinzu.

»Vielleicht ist es in Wirklichkeit ein Abschiedsfest. Vielleicht ahnen diese Menschen, dass sie den zukünftigen Soldaten heute zum letzten Mal lebendig erleben«, sagte Suzan. Danach sprach niemand mehr, und wir liefen schweigend die Straße entlang.

Wir hatten die Hoffnung schon fast aufgegeben, als wir schließlich doch noch ein Restaurant fanden. Es lag an einem größeren Platz, von dem ich annahm, dass es sich dabei um das Zentrum der Kleinstadt handelte. Atatürk, dessen Statue mitten auf der Verkehrsinsel errichtet worden war, starrte uns mit strengem Blick von seinem Sockel aus an. Der Platz war umgeben von Geschäften, die größtenteils geschlossen waren. Mit schweren Beinen betraten wir das Restaurant und setzten uns unter den neugierigen Blicken einiger weniger Gäste, die sich zu fragen schienen, wer wir wohl sein mochten und weshalb wir uns um diese Jahreszeit in ihrer Gegend herumtrieben, an einen Tisch. Bis auf die Geräusche aus der Küche herrschte im Restaurant Stille: Weder wir, noch die anderen Gäste sprachen. Sobald unser Essen serviert wurde, säbelten wir an unseren Fleischstücken herum, denn wie in den meisten »guten« Restaurants in der Türkei war auch hier nur gegrilltes Fleisch im Angebot. Die Müdigkeit des anstrengenden Tages erwischte uns sofort, nachdem der Hunger gestillt war: Hakan schlief auf seinem Stuhl ein, ich war kurz davor. Mit letzter Kraft schleppten wir uns zum Auto und fuhren zum Hotel zurück.

Am nächsten Morgen bezahlten wir den Badetag mit Kopfschmerzen und schniefenden Nasen, ans Schwimmen dachte keiner mehr, nicht einmal Suzan. Lustlos lag ich im Bett, als Suzan ohne anzuklopfen mein Zimmer betrat.

»Heute machen wir einen Ausflug in die Berge!«, sagte sie. Ich sagte nichts, denn ich wusste, Widerspruch war zwecklos. Nachdem sie den Raum wieder verlassen hatte, zog ich mich an und traf sie am Frühstückstisch.

Der Mercedes hüpfte mit geschmeidigen Sprüngen auf dem löchrigen Asphalt, der am Hang des mythischen Berges Ida ins Landesinnere führte. Keiner der Mitfahrer wusste, wohin wir fuhren, niemand fragte danach. Dieses Unternehmen war ein Versuch Suzans, unserem Ausflug an die Westküste doch noch etwas Sinn zu verleihen. Auch ihr schien klar geworden zu sein, dass sie sich für die Reise die falsche Zeit ausgesucht hatte.

Trotz der luxuriösen Ausstattung unseres Cabriolets fand der Wind Wege ins Wageninnere. Suzan schaltete die Sitzheizungen ein, bald wusste ich nicht mehr, wo mein Hintern aufhörte und der weiße Ledersitz anfing. In einem solchen Fahrzeug, auch »Zuhälterschlitten« genannt, saß ich zum ersten Mal. Weder während der Reise noch später verloren Suzan und ich ein Wort über den Autobesitzer. Obwohl mir die Frage oft genug auf der Zunge brannte, stellte ich sie nicht und verscheuchte die Spekulationen über den Mercedesfahrer aus meinen Gedanken, während ich jede einzelne Bildsequenz von Suzan penibel wie ein Briefmarkensammler archivierte. So konnte ich ihr übermütiges Lachen und ihre samtigen Beine, die ich während des Kamelkampfs umschlossen gehalten hatte, jederzeit wieder aus der Schublade der Erinnerungen herausholen, sobald meine Sehnsucht nach ihr unerträglich wurde.

Unser Wagen schlängelte sich in den Bergen von Balıkesir von Dorf zu Dorf. Ich staunte, mit welcher Geübtheit und Geschmeidigkeit Suzan das Lenkrad beherrschte. Ein feiner Schmerz durchfuhr mich, als mir klar wurde, dass sie den Wagen nicht zum ersten Mal steuerte.

Wir überholten Kamele, Maultiere und Schafsherden. Nomadenfamilien waren auf dem Weg zu ihren Bergweiden, hier und da rauchte es aus Zelten, die schon lange nicht mehr aus gewachstem Ziegenhaar bestanden, sondern aus Kunststoff. Auf den Lichtungen grasten Schafe, Ziegen und Lämmer. Suzan stürzte sich trotz der Schäferhunde auf diese kleinen Wollknäuel, die panisch um die Mutter herumrannten. Sie bekam eines zu fassen, liebkoste und streichelte es, während die Mutter daneben stand und mit einem lang gezogenen »Meeee« ihr Junges zurückforderte. Der Hirte bat uns ins Zelt, in dem zwei Matten lagen, auf denen die Familie wahrscheinlich nachts schlief. In einer Ecke am Eingang waren ein paar Töpfe aufeinander gestapelt, daneben stand eine Gasflasche für den Kocher. In den hinteren Ecken des Zeltes lagen zwei große Haufen, die mit handgefertigten Stoffen sorgfältig zugedeckt waren. Vermutlich waren Decken, Kleider und Grundnahrungsmittel wie Mehl, Zucker und Tee darunter verborgen.

Die heiße Milch, die uns die Frau des Hirten servierte, war – wie es sich bei wichtigen Gästen gehört – so stark gezuckert, dass ich sie kaum hinunterbrachte. Der Mann erzählte uns, dass sie Karaoğlanlı waren. Sie seien dabei, ihre Tiere auf die höher gelegenen Weideflächen zu treiben, dorthin, wo der Schnee vor kurzem geschmolzen war und wo es für ihre Tiere genug Gras gab. Sie gehörten zu den wenigen Nomadenfamilien, die es in der Region noch gab, aber auch sie würden ihre Lebensweise nicht mehr lange aufrechterhalten können, weil der Staat sie zwinge, ihre Kinder, die uns in diesem Moment aus schmutzigen Gesichtern schüchtern anlächelten, in die Schule zu schicken.

Gleich hinter dem Hügel läge die nächste Ortschaft, hatte der Hirte gesagt, und nach einer halben Stunde Fahrtzeit erreichten wir ein mittelgroßes Dorf, in dem es einen einzigen der Öffentlichkeit zugänglichen Raum gab: ein Kaffeehaus. Sobald wir es betraten, verstummte das Gemurmel der Gäste, als hätte jemand eine Fernbedienung betätigt. Es war nur noch das Scharren auf den Spielbrettern zu hören. Rings herum an den Wänden hingen Kalenderaktfotos, und die Männer schauten uns verstohlen an. Besonders von Suzan und Semra schienen sie beeindruckt zu sein, womöglich die ersten Vertreterinnen ihres Geschlechts, die jemals diese Lokalität betreten hatten. Wenn man bösartig war, konnte man in den Gesichtern Gedanken lesen: »Zwei Huren, die sich umsonst ficken lassen.« Andere schienen sich die Frage zu stellen: »Was würden wohl die Leute denken, wenn ich die Mutter meiner fünf Kinder, meine süße Ayşe, in unser Kaffeehaus mitbrächte?«

Während uns die Männer beobachteten, gab sich der Kellner sichtlich Mühe, unseren Tisch den Ansprüchen von Städtern genügen zu lassen, indem er ihn mehrmals abwischte und mit dem Lappen die Fliegen davonjagte.

»Was möchten die Herrschaften trinken?«

»Eigentlich haben wir Hunger, doch hier gibt es nirgends ein Restaurant«, sagte Hakan. »Ich hoffe, wir sind hier nicht fehl am Platz!«

»Keineswegs, Sie sind jederzeit willkommen, mein Herr. Aber auch in unserer Kleinstadt gibt es kein Restaurant. Wissen Sie, in diese abgelegene Ortschaft verirrt sich selten ein Fremder«, rechtfertigte er sich. »Die Asphaltstraße hört vor unserer Tür auf, danach geht es steil bergauf. Wir essen alle zu Hause. Wenn Sie aber möchten, lassen wir für Sie Börek zubereiten. Denn heute ist Brottag des Dorfes, und die Frauen sind gerade dabei, den Vorrat für die kommende Woche zu backen.«

Während wir auf unseren Imbiss warteten, entwickelte sich eine Kommunikation mit den anderen Gästen. Wie bei einer präzise ausgearbeiteten Militäroperation wurden wir von ihnen und ihren Stühlen, die sie Zentimeter um Zentimeter lautlos an unseren Tisch heranrückten, umzingelt. Unser Mercedes Cabriolet bewunderte draußen niemand mehr, wahrscheinlich hatten sich inzwischen alle Dorfbewohner männlichen Geschlechts im Kaffeehaus versammelt. Nach wenigen Minuten war von der anfänglichen Zurückhaltung nichts mehr zu spüren, die misstrauischen Blicke wichen der Sympathie für uns Fremde.

Die Teigtaschen waren mit Käse und Knoblauchwurst gefüllt, eine Teekanne nach der anderen wurde geleert, während ein Thema das nächste eröffnete. Suzan begann mit einem gut aussehenden jungen Mann eine fröhliche Unterhaltung, die in einem Backgammonmatch endete: Der Verlierer sollte den Tee bezahlen, Suzan verlor. Fast den ganzen Nachmittag verbrachten wir im Café. Im Augenwinkel beobachtete ich Suzan, wie sie den jungen Mann Stück für Stück aus der Bahn warf. Als es dämmerte und Zeit wurde, ins Hotel zurückzukehren, waren alle sichtlich traurig darüber, dass diese spannende Abwechslung in ihrem Dorfalltag ein Ende nahm. Am traurigsten schien der junge Mann zu sein, der beim Abschied Suzans Hand gar nicht mehr loslassen mochte, ihr tief in die Augen schaute und sie schließlich schweren Herzens ziehen ließ.

Wir durften weder für das Essen noch für die Getränke bezahlen, stattdessen wurde uns sogar noch Reiseproviant in die Hand gedrückt: Lehmofenbrot, Käse und eine große Büchse Oliven. Jeder umarmte, drückte und küsste jeden, dessen gewahr, dass man sich – trotz der getauschten Adressen und des Versprechens wiederzukommen – nie wieder begegnen würde.

Als wir im Schritttempo durch das Dorf fuhren, winkten uns manche Frauen, von denen keine einzige das Kaffeehaus betreten hatte, von ihren Fenstern und Terrassen zum Abschied zu. Unsere Luxuskarosse rollte auf den löchrigen Straßen gemächlich hinab.

Am nächsten Morgen erschien Suzan in meinem Zimmer und ordnete in dem ihr eigenen Befehlston an:

»Komm, wir hauen ab!«

In ihrer Stimme war etwas wie Trauer zu spüren und vielleicht auch etwas Einsamkeit, die sie hinter ihrer zu neuen Ufern treibenden Rastlosigkeit versteckte.

»Wir haben bereits gepackt!«

»Wohin?«, fragte ich sie überrascht über ihren plötzlichen Entschluss.

»Nach Hause!«

»Warum so plötzlich?«

»Mir reicht es hier! Hakan und Semra sind einverstanden.« Sie blickte sich kurz im Zimmer um und während sie den Satz »Komm, ich helfe dir!« noch nicht zu Ende gesprochen hatte, warf sie schon die Steine, die ich an unserem Badetag am Strand gesammelt hatte und nun meine Fensterbank schmückten, aus dem Fenster hinaus.

»Sie haben ihre Aufgabe erfüllt«, sagte sie dabei. Als wir ein Scheppern von unten wahrnahmen, beugten wir uns aus dem Fenster und stellten fest, dass der Mercedes des Hotelbesitzers, der unter meinem Zimmer parkte, von den Steinen getroffen worden war. Auf dem Dach des Wagens konnte man die Beulen deutlich erkennen.

»Mist!«

Niemand eilte zum Ort des Geschehens, niemand streckte den Kopf aus dem Fenster hinaus. Außer Suzan und mir schien niemand etwas gehört oder gesehen zu haben. Wir schauten uns mit großen Augen an und lachten.

»Wir behaupten einfach, dass das die Behinderten von da drüben waren«, sagte Suzan. »Bis sie das Gegenteil bewiesen haben, sind wir über alle Berge.«

Anschließend verdrehte sie ihre Hände nach innen, so dass die Rundungen der Gelenke zum Vorschein kamen, und verzerrte den Mund:

»Ich, ich, ich www wwar es wwwirkkklich nnnichttt!«

Wir verbrachten nur drei Nächte an der Küste. Zu einem gemeinsamen Ausflug mit Suzan kam es nie wieder, aber ich bewahre jede Minute dieser beiden Tage in meinem Gedächtnis.

Zu viel Mardin

Das Gespräch mit dem Gouverneur hatte mich aus der Bahn geworfen, auf der ich meinen Liebeskummer spazieren fuhr. Mardin, die Stadt mit der heißen Sonnenfarbe, wurde zusehends zu einem Ort, an dem ich mich bei jedem Schritt in Acht nehmen musste. Zumindest kam es mir so vor.

Der Besuch des Gouverneurs und seine Offenbarungen hatten nicht unbedingt zu meiner Beruhigung beigetragen. Ich machte mir nun nicht nur um mich Sorgen, sondern auch um ihn. Dass er ausgerechnet mich aufgesucht hatte, einen Aussteiger, einen Liebesgeschädigten, den er vor wenigen Monaten kennen gelernt hatte, um sein Leid zu klagen, war ein klares Zeichen dafür, dass er einsam war.

Dann kehrte in mein Leben wieder Ruhe ein. Nach dem Tod des Obersts ließ sich der Gouverneur einen Monat lang nicht mehr bei mir blicken. Die Tage zogen sich in die Länge, die Gegenwart bekam Bleifüße, und die Zukunft ließ auf sich warten. Der Sommer neigte sich dem Ende zu, und die Farbe meiner Flucht wurde wieder zu einem schmutzigen Gelb. Häuser, Berge, Felder, so weit das Auge reicht, bestehen aus einer einzigen Farbe, deren Schattierungen von fruchtbarem Humusbraun bis zu Saharasand reichen. Würden die Esel unter einsamen Bäumen nicht mit ihren Schwänzen Fliegen davonjagen, Bauern auf den Feldern nicht arbeiten, Kinder nicht in bräunlichen Pfützen spielen, könnte man denken, der Pinsel Gottes habe ein impressionistisches Stillleben schaffen wollen und sich dabei nur aus dem gelben Eimer bedient.

In diesen Wochen schloss ich mich abends in meinem Haus ein, immer seltener besuchte ich das »Las Vegas«, tagsüber verbrachte ich die meiste Zeit in der Bibliothek der Kirklar-Kirche. Zwischen Vater Mikayil und mir bahnte sich so etwas wie eine Freundschaft an. Ich las seine Übersetzungen vom

Aramäischen ins Türkische, seine selbstfinanzierten Bücher, die er über die assyrische Kultur verfasst hatte und die bestenfalls wenige Dutzend Leser fanden. Ich hörte ihm gerne zu. Mit Details über die Muster an den alten Mardiner Holztüren, über die Bedeutung der Tauben in der syrisch-orthodoxen Kultur und mit seinem aramäischen Akzent zog er mich immer wieder in seinen Bann. Unerwartet öffnete mir sein Wissen das Tor zu den Bildern, die ich in der Stadt täglich sah, die ich aber selten entschlüsseln konnte. Am liebsten lauschte ich den Erzählungen, die sich um Indien drehten, wo Vater Mikayil und seine Glaubensbrüder in den letzten zweitausend Jahren mehr als zwei Millionen Inder missioniert hatten.

So flüchtete ich mich in die Vergangenheit Mardins bis wieder einmal jemand spät an meiner Tür klopfte. Ich war zwar noch wach, lag aber bereits im Bett. Im Schlafanzug und mit dem Gesichtsausdruck »Wer kann denn das sein um diese Uhrzeit« öffnete ich die Tür und sah zu meiner Überraschung Schicho vor mir. Er sah traurig und besorgt aus, von seiner sonstigen Fröhlichkeit war keine Spur.

»Komm rein! Was verschafft mir die Ehre?«, sagte ich lächelnd. Doch Schicho war gar nicht nach Scherzen zumute.

»Du musst mir helfen!«, sagte er mit ernstem Gesichtsausdruck.

»Wenn ich kann – gerne.«

»Du kannst!«, sagte er entschieden. »Gestern Abend haben sie den Sohn meiner Schwester abgeholt, drei Männer in Zivil, mit Waffen und Funkgeräten. Er ist erst siebzehn und hat niemandem etwas angetan. Meine Bekannten von der Polizei sagen, sie hätten damit nichts zu tun. Das seien Leute von der Armee gewesen, sagen sie. Meine Schwester und ihr Mann waren auf dem Armeestützpunkt, dort bestreiten sie aber, dass sie ihn festgenommen haben. Du musst mir helfen!«

»Was glaubst du, wie ich dir helfen kann?«, fragte ich Schicho, mit der Gewissheit, dass er darauf keine Antwort hatte.

»Jeder in der Stadt weiß, dass du mit dem Gouverneur befreundet bist. Er kann ihn bestimmt da rausholen.«

Ich war überrascht.

»Setz dich erst einmal hin!«, sagte ich und schob meinen Besucher zur Couch.

»Er ist noch ein Kind!«

»Mach dir keine Sorgen, Schicho! Ihm wird schon nichts geschehen. Ich rede mit dem Gouverneur, er wird sich bestimmt darum kümmern«, sagte ich, ohne die leiseste Ahnung, ob er dazu in der Lage war. Doch erst mal galt es, Schicho zu beruhigen, der mich nun anflehte:

»Bitte! Seinen älteren Bruder haben wir letztes Jahr verloren. Er ist der einzige Sohn, der meiner Schwester geblieben ist.«

Ich hielt mit beiden Händen Schichos Schultern, schaute ihm in die Augen und sagte mit entschiedenem Tonfall:

»Jetzt beruhige dich! Ich werde morgen den Gouverneur aufsuchen und ihm von deinem Neffen erzählen. Schreib bitte alles auf, seinen Namen, Geburtsdatum und so weiter.« Ich reichte Schicho Stift und Zettel. Während er schrieb, redete er weiter auf mich ein:

»Sicher, wie jeder kurdische Jugendliche sympathisiert auch er mit den Kämpfern in den Bergen, vor allem, wenn der eigene Bruder in den Augen der Leute hier ein Held ist. Das heißt aber nicht, dass er der Guerilla angehört, verstehst du?«

Schicho umklammerte meine Hand, die ich ausgestreckt hatte, um den Zettel wieder entgegenzunehmen. Ich sah, dass er Tränen in den Augen hatte. Sein Blick bettelte um Hilfe.

»Du musst ihn da rausholen, sonst töten sie ihn.«

»Ich werde mich darum kümmern, versprochen!«

»Sag dem Gouverneur, sein Name ist Şehmuz Öztürk. Sein Bruder ist letztes Jahr während einer Armeeoperation auf dem

Berg Gabar getötet worden, sag ihm, Şehmuz ist kein Kämpfer. Er geht noch zur Schule.«

Ich nahm den Zettel und las als Unterstreichung meines Versprechens laut vor mich hin, was Schicho geschrieben hatte:

»Şehmuz Öztürk!«

»Einer der die Liste anführenden Familiennamen«, sagte er, während er schniefte und sich mit einem Taschentuch die Nase putzte. Ich schaute Schicho verständnislos an und fragte:

»Welche Liste?«

»Damals, bei der Einführung des Nachnamensgesetzes im Jahre 1934«, sagte Schicho, »durften die Kurden sich keine kurdischen Nachnamen geben. Viele von ihnen waren aber der türkischen Sprache nicht mächtig, so suchten die Beamten für sie einen Familiennamen aus der Liste aus, die sie bei sich führten.« Schicho tupfte auf seine Augen, bevor er fortfuhr:

»Öztürk, der ›Echttürke‹, stand laut meinem Großvater ganz oben auf der Liste.«

Ohne mein Angebot, wenigstens eine Limonade zu trinken, anzunehmen, verließ er wieder mein Haus.

»Vielleicht ein anderes Mal!«, sagte er. »Heute habe ich keine Ruhe. Ich kann mich nicht darauf verlassen, dass mein Neffe durch den Einsatz des Gouverneurs freigelassen wird. Ich muss dringend einen Anwalt finden.«

Nicht einmal zehn Minuten waren vergangen, als es erneut an der Tür klopfte. In der sicheren Annahme, dass es sich um Schicho handelte, der irgendetwas vergessen hatte, öffnete ich. Vor mir stand der Gouverneur. Trotz des Werktags trug er Freizeitklamotten und war mit einer kleinen Sporttasche unterwegs.

»Entschuldige, dass ich so spät und uneingeladen aufkreuze, aber ich weiß nicht, wohin mit mir.«

»Treten Sie ein! Ich bin ja noch wach!«, bat ich ihn herein. »Was für ein Zufall, ich wollte Sie morgen bei der Arbeit aufsuchen.«

Ich freute mich, ihn wieder zu sehen, auch wenn ich den Verdacht hatte, dass irgendetwas nicht in Ordnung war. Doch anstatt seinen gewohnten Platz einzunehmen, schaute er mich ernst an und sagte ein wenig zögernd:

»Ich habe vor, bei dir zu übernachten.« Er blieb immer noch stehen, als ob er sagen wollte: »Wenn du meine Bitte ablehnst, brauche ich mich erst gar nicht hinzusetzen!«

Ich war überrascht, aber beeilte mich zu versichern, dass er jederzeit willkommen sei.

»Ich möchte, dass du ehrlich bist: Wenn es dir aus irgendeinem Grund nicht passt, gehe ich wieder. Denn es ist keine dringende Notwendigkeit.«

»Selbstverständlich können Sie hier bleiben«, stammelte ich. »Ist irgendetwas nicht in Ordnung?«

Der Gouverneur ließ sich endlich auf seinem üblichen Platz am Fenster nieder.

»Es tut mir wirklich Leid, dass ich dich mit meinen Problemen belaste. Du wirst es mir vielleicht nicht glauben, aber du bist der einzige Mensch, zu dem ich noch Vertrauen habe.«

»Was ist passiert?«, fragte ich, nun besorgt.

»Eigentlich nichts Wichtiges. Ich bekam gestern Besuch aus Ankara, zwei zivile Armeeinspektoren.«

»Und?«

»Sie haben mich über den Oberst ausgefragt. Ob ich wüsste, dass er mit den kurdischen Terroristen gemeinsame Sache gemacht habe und so weiter.«

»Was haben Sie ihnen erzählt?«

»Ich sagte, dass ich ihn nicht so gut kannte, wie manche behaupten. Es sei aber durchaus möglich, dass er so etwas getan habe, denn auch mir sei er manchmal verdächtig vorgekommen.«

Nachdem er den Satz zu Ende gesprochen hatte, schaute er mir gespannt ins Gesicht. Er wollte wohl wissen, wie ich darauf reagierte, dass er seinen besten Freund verleugnet und verraten hatte. Ich zeigte keine Reaktion und spürte, wie jede Sekunde, die still verging, ihn quälte. Schließlich sagte er unsicher:

»Es macht doch keinen Sinn, dass ich den Helden spiele. Ein Held ist in dieser Geschichte genug! Auch heute hat man außerhalb der Stadt zwei Leichen gefunden, die mit Genickschüssen getötet wurden. Glaub mir, sie würden keine Sekunde zögern, das Gleiche mit mir zu tun, wenn ich für sie ein Hindernis darstelle.«

Er schien sich in seiner Haut nicht wohl zu fühlen.

»Ich hätte an Ihrer Stelle genauso reagiert. Menschen wie Sie müssen am Leben bleiben, um diese Mörder irgendwann einmal zur Rechenschaft zu ziehen«, sagte ich.

Er schaute mir erleichtert ins Gesicht, als ob ich gesagt hätte: »Sie haben großes Glück, es ist kein bösartiger Tumor.«

Ermutigt von meinem Urteil redete der Gouverneur weiter.

»Diese Leute sind zu allem fähig, sie sind skrupellos. Solange sie aber am längeren Hebel sitzen, können wir nichts tun. Wir müssen abwarten. Aber eins sag ich dir: Der General, der Oberst und all die anderen werden nicht umsonst gestorben sein.«

»Falls sie hinter Ihnen her sind, können Sie bei mir bleiben, solange es nötig ist«, sagte ich zu meiner eigenen Überraschung.

Freundlich schaute mir der Gouverneur ins Gesicht.

»Dieses Haus bietet weder mir noch dir einen Schutz. Genauso wenig wie jedes andere Haus. Vor diesen Leuten kann man sich nirgendwo verstecken, denn sie haben die politische Macht und die Waffengewalt. Was mich quält, ist nicht die Angst, sondern das Alleinsein mit meinem Wissen. Und nur in diesem Haus habe ich jemanden, der dieselbe Sprache spricht wie ich, der mir zuhört, der mich versteht.«

»Danke!«, sagte ich verlegen. Ich musste sogar errötet sein. Dass ich in seinem Leben so eine herausragende Rolle spielte, zeigte mir einmal mehr, wie einsam der höchste Mann dieser Provinz war. Mir fiel ein Satz ein, den meine Mutter in solchen Situationen gerne von sich gab: »Hast du einen Freund, musst du ihm ein Freund sein.«

»Was wollen Sie nun tun?«, fragte ich den Gouverneur.

»Nichts, nur abwarten. Ich bin mir sicher, dass die Spreu sich eines Tages vom Weizen trennen wird. Solange das nicht der Fall ist, wird mich mein Wissen quälen, aber ich kann nichts ausrichten.« Nach einer kleinen Pause fügte er geistesabwesend hinzu: »Weißt du, seit Tagen kann ich nicht richtig schlafen.«

Dann schaute er sich im Raum um:

»Wenn es dir nichts ausmacht, würde ich mich hier auf die Couch legen.«

»Kommt nicht in Frage!«, protestierte ich. »Selbstverständlich schlafen Sie in meinem Bett!« Doch der Gouverneur nahm bereits die Kissen von der Couch, als Zeichen dafür, dass er nicht diskutieren wollte.

»Sie haben gesagt, dass zwei Leichen mit Genickschüssen gefunden worden sind. Wissen Sie, wer die beiden sind?«

»Zwei junge Kurden. Wieso?«

»Eben war der Besitzer der Pizzeria, Schicho, hier. Er bat mich, mit Ihnen über seinen Neffen zu sprechen, der von bewaffneten Zivilisten von zu Hause abgeholt worden ist.«

»Wie heißt er?«

Ich nahm den Zettel von der Fensterbank und reichte ihn dem Gouverneur. Er las den Namen und sein Gesicht verfinsterte sich.

»Ja, einer der beiden ist dieser Junge.«

Von Cem, Esma und anderen Dingen

Suzan achtete sehr darauf, das Bild eines Singles abzugeben, und die Männer an ihrer Seite wirkten wie Trophäen, die sie auf ihren Streifzügen durch die Stadt erbeutet hatte und einige Tage mit sich trug. Danach verschwanden sie auf Nimmerwiedersehen, selten tauchten sie in ihrem Leben ein zweites Mal auf. Mit mir war das etwas anderes. Dieses Mal erschien sie schon eine Woche nach unserer gemeinsamen Reise wieder und schlug mir vor, auf die Einweihungsparty einer Freundin mitzukommen, »zu einem Treffen privaten Charakters«, wie sie betonte.

Auch wenn sie diese Sätze wie etwas Nebensächliches von sich gab, wusste ich ihr Angebot zu schätzen. Es musste sie große Überwindung gekostet haben, ihr Singlebild durch meine Anwesenheit aufs Spiel zu setzen.

»Lange kann ich aber nicht bleiben, ich bin ziemlich kaputt«, folgte auch prompt. Suzan schien inzwischen die Tragweite ihres Angebots realisiert zu haben. »Ich werde früh gehen. Es ist so etwas wie ein Nachbarschaftsbesuch, weißt du. Esma ist zwar eine langjährige Freundin von mir, aber erst seit kurzem meine Nachbarin. Vor einem Monat ist sie mit ihrem Freund Cem nach Gümüşsuyu gezogen.«

»Sollten wir nicht etwas mitbringen, ein Geschenk für den neuen Haushalt oder so?«

Suzan errötete. Mein Vorschlag, sich dort wie ein altes Ehepaar zu präsentieren, hatte sie offensichtlich in die Enge getrieben.

»Ich glaube, das ist nicht nötig. Abgesehen davon haben sie sich bestimmt längst mit dem Nötigsten eingedeckt«, entgegnete sie.

Unterwegs bereitete mich Suzan auf den Abend vor, indem sie mir einige Details über unsere Gastgeber verriet:

»Esma ist eine ganz liebe Frau, ihr Pech ist aber, dass sie einen verwöhnten Mann zum Freund hat. Obwohl sie seit zwei Jahren zusammenleben, streiten sie sich beinahe täglich. Letzte Woche zum Beispiel hat dieser Vollidiot sie nach einem Streit an der Südküste stehen lassen und ist mit seinem Motorrad allein nach Hause gefahren. Als Esma nach einer sechzehnstündigen Busreise endlich heimkam, lag er im Bett und schnarchte. Sein einziger Kommentar nach dem Aufwachen war: ›Die Nummer, die du gestern Abend abgezogen hast, wiederholst du mir nicht noch einmal!‹ Weißt du, was sie getan hat? Sie packte ihre Sachen und zog aus der gemeinsamen Wohnung aus, in die sie erst wenige Tage zuvor eingezogen waren.«

»Wohnen sie jetzt nicht mehr zusammen?«

»Doch, seit vorgestern wieder«, sagte sie etwas kleinlaut. »Sei aber vorsichtig. Wenn Cem hört, dass Esma anderen Leuten intime Details erzählt, gibt es bestimmt wieder Ärger.«

Wir liefen die steilen Stufen von Kazancı Yokuşu hinauf, während Suzan weitererzählte.

»Auch Cem ist im tiefsten Herzen eigentlich ein guter Mensch. Er wurde nur leider ein Opfer seines früheren Erfolges. Das menschliche Wrack, das du gleich kennen lernen wirst, war bis vor zwei Jahren ein gefragter Kabarettist. Seine größte Nummer war die Imitation des früheren Ministerpräsidenten, mit der er auf verschiedenen Bühnen Istanbuls jahrelang zu sehen war. Er hat es sogar zu Auftritten in Talkshows gebracht. Als der Ministerpräsident vor zwei Jahren abgewählt wurde, hat er keinen Fuß mehr in die Tür bekommen. Keine Auftritte, keine Fernseheinladungen, nichts. Von diesem Schlag hat er sich bis heute nicht erholt.«

Vor dem deutschen Konsulat bogen wir nach rechts ab und betraten kurz darauf ein saniertes Jugendstilhaus. Begleitet vom Geruch frischer Farbe stiegen wir die Stufen nach oben, bis es nicht mehr weiterging, und klopften an der Tür der

Dachgeschosswohnung. Eine kleine Frau mit braunen Haaren öffnete und bat uns lächelnd hinein. In einem großen Raum, dessen Boden mit Farbklecksen übersät war, standen etwa zehn Menschen, von denen der älteste höchstens Mitte dreißig war. In einer fröhlichen Runde wurde Bier aus der Flasche und Raki aus Tassen, Gläsern und Eierbechern getrunken. Die Einrichtung bestand aus einer improvisierten Couch und drei Stühlen, die teilweise schon doppelt belegt waren. Jedes Geschenk für den Haushalt hätte hier einen Volltreffer gelandet.

Nachdem Esma uns mit Wangenküssen begrüßt hatte, stellte sie uns den anderen Gästen vor. Ich drückte jedem einzeln die Hand, während Suzan alle ausnahmslos küsste. Erst nachdem die Begrüßungszeremonie beendet war und die Blicke der Anwesenden auf mir ruhten, wurde mir klar, dass ich mit meinem einfachen Händedruck auf Unverständnis stieß:

»Entschuldigt bitte meine Zurückhaltung«, sagte ich. »Da ich hier niemanden kenne, wollte nichts Falsches tun.«

Nun küsste ich alle Frauen und alle Männer demonstrativ auf die Wangen, was hemmungslose Heiterkeit hervorrief. Aus dem Augenwinkel sah ich, dass Suzan mich stolz anblickte. Vielleicht dachte sie in diesem Moment: »Warum hat sich dieser Mann, der so tollpatschig und schüchtern ist, ausgerechnet in mich verliebt!«

Bei der allgemeinen Vorstellerei war mir der Name »Cem« nicht zu Ohren gekommen. Suzan fragte Esma, wo ihr Freund geblieben sei.

»Er raucht auf dem Balkon. Wir haben uns geeinigt, dass in dieser Wohnung nicht geraucht wird. Er hat es akzeptieren müssen«, fügte sie lächelnd hinzu.

Trotz der offenen Fenster und Türen und der ungewöhnlich hohen Decken war die Dachwohnung von der Sonne so aufgeheizt, dass es mich ebenfalls auf den Balkon zog, um frische Luft zu schnappen. Dort lag ein Mann um die Dreißig auf einer

Holzliege, seine enge Jeans war um das Geschlechtsteil herum aufgehellt, aus einem bunten Hawaiihemd, das bis zum Bauch aufgeknöpft war, quollen die Brusthaare heraus.

»Ich bin Ercan«, sagte ich.

»Cem!«, erwiderte er, klemmte die Zigarette zwischen die Lippen und streckte mir, ohne den restlichen Körper zu bewegen, die Hand entgegen. Wir saßen eine Weile, ohne dass jemand sprach.

»Schöne Wohnung!«, sagte ich schließlich.

Er sagte nichts, stattdessen hob er seinen Oberkörper von der Liege, lehnte sich an das Gitter, platzierte die Zigarettenkippe zwischen Daumen und Mittelfinger und schnippte sie in Richtung gegenüberliegende Wohnung. Neugierig blickte ich auf die Straße hinunter. Doch alles lief glatt, niemand wurde getroffen. Danach nahm Cem einen kräftigen Schluck von seinem Rakiglas.

»Ich glaube nicht, dass wir hier lange wohnen werden«, sagte er. »Deswegen kann ich mir hier alles erlauben!«

Wenn Cem sprach, machte er den Mund kaum auf. Bei ihm rollten die Wörter durch eine kleine Öffnung zwischen den Lippen hinaus. Die Art, wie er sprach und sich verhielt, musste er vor dem Spiegel intensiv geübt haben.

»Warum glaubst du, dass ihr hier nicht lange wohnen bleibt?«

»Weil die Miete zu teuer ist.« Mit zusammengekniffenen Augen schaute er zu den Häusern am gegenüberliegenden Berghang.

»Warum habt ihr sie dann gemietet?«

»Weil wir uns auch die alte Wohnung nicht leisten konnten.«

Obwohl ich seine Ungeduld auf meine nächste Frage deutlich spürte, verhielt sich Cem so cool, als ob er ohne meine Zwischenfragen die Unterhaltung längst eingestellt hätte.

»Wo habt ihr vorher gewohnt?«

»Auf der asiatischen Seite, in Kanlıca, direkt am Wasser.«

Er schwieg und schmunzelte, als ob ihm etwas Witziges eingefallen wäre.

»Direkt am Wasser?«, fragte ich ihn ungläubig. »Das muss ja richtig teuer gewesen sein.«

»Die letzten vier Monate nicht so sehr. Man kann sogar sagen, dass die Wohnung uns in der Zeit gar nichts gekostet hat.« Nun lachte er über seinen eigenen Witz. »Das war ja auch der Grund, warum wir ausziehen mussten.«

Danach schwiegen wir erneut, bis er mich unvermittelt fragte:

»Was machst du beruflich?«

»Ich habe einen Fotokopierladen. Und du?«

»Ich bin arbeitslos!«, sagte er mit unüberhörbarem Stolz. Meine Antwort hatte er womöglich nicht einmal registriert und schien nur darauf bedacht zu sein, seine Gleichgültigkeit jeglicher Karriere gegenüber zu demonstrieren.

»Du bist doch Kabarettist!«, protestierte ich gekünstelt. Cem schaute mich mit großen Augen an.

»Hast du schon mal was von mir gesehen?«

»Natürlich!«, log ich. »Im Fernsehen.«

Er nahm noch einen kräftigen Schluck von seinem Raki, setzte das Glas nachdenklich ab und schaute wieder auf die Straße.

»Das war einmal. Jetzt bin ich arbeitslos.« Er fügte lächelnd hinzu: »Und nicht einmal unglücklich dabei!«

Das Kraulen der Brusthaare und das Anzünden der nächsten Zigarette unterstrichen seine Lässigkeit noch einmal. In den folgenden dreißig Minuten redeten wir über die schlechte Wirtschaftssituation, die Schwierigkeit, eine vernünftige Arbeit zu finden, und über Deutschland, das Land, in das ich nicht zurückkehren wollte. Cem zog in einer plötzlichen Bewegung seine Stiefel aus und strich mit seinen nackten Füßen über eine buschige Pflanze, die auf dem Balkon stand.

»Ich liebe diese Pflanze, und langsam kann ich Esma verstehen, dass sie sie angeschafft hat!«

Was dieses Geständnis zu bedeuten hatte, kann ich mir bis heute nicht erklären. Wahrscheinlich wollte er mich überraschen oder beeindrucken.

»Wieso bist du freiwillig in unser beschissenes Land zurückgekehrt? In ein Land, aus dem jeder am liebsten fliehen möchte?«

»Ich weiß nicht. Ich finde es hier nicht so schlimm. Viel besser ist es in Deutschland auch nicht«, antwortete ich.

Cem schaute mich fassungslos an, als hätte ein Irrer gesprochen. Ungläubig lehnte er sich an das Gitter, spuckte hinunter und schwieg. Ich wusste auch nichts mehr zu sagen und schaute mich um, ohne jedoch von meinem Stuhl aufzustehen. Suzan war in ein Gespräch mit drei Frauen vertieft, Esma bediente ihre Gäste, wobei ihre Augen immer wieder zu Cem wanderten. Der starrte weiter auf die Straße und würdigte sie keines Blickes. Nach einigen Minuten trat Esma mit zwei Tellern Gebäck an uns heran.

»Die Teigtaschen auf dem rechten Teller sind mit Hackfleisch gefüllt, die auf dem linken mit Schafskäse!«

Cem nahm von jedem Teller zwei Gebäckstücke, legte drei davon auf den Fußboden, während er eins zum Mund führte. Ich nahm gerade eine Teigtasche, als Esma ihrem Freund einen Kuss gab. Aus dem Augenwinkel sah ich, dass Cem dabei das Gesicht verzog und Esma zu verstehen gab, dass sie störte.

»Die schmecken gut! Hast du sie selbst gebacken?«, schaltete ich mich eilig ein, um einem Streit zuvorzukommen. Meine Frage verscheuchte die dunklen Wolken auf Esmas Gesicht.

»Freut mich, dass es dir schmeckt. Ich habe das Rezept aus der Beilage von *Hürriyet*«, antwortete sie sichtlich stolz auf ihr Werk.

»Sieht *Hürriyet* für heute Abend auch noch etwas Richtiges zum Essen vor?«, fragte Cem und erntete anstatt einer Antwort nur einen bösen Blick. Um seiner Liebe zu ihr Ausdruck zu verleihen, klatschte er ihr auf den Hintern. Esma trug mit einem gespielt beleidigten Gesichtsausdruck die Teller weiter spazieren, aber man merkte deutlich, dass die Versöhnung vollzogen war.

Auch wenn Esma in Cem das perfekte Mannsbild sah, schien Suzan ihn wegen seines Macho-Gehabes zu hassen. Das nahm ich als gutes Zeichen. Ich bildete mir ein, als Softi, der ich zweifellos, wenn auch nicht ganz freiwillig war, bei ihr eine durchaus akzeptable Figur abzugeben. Auf dem Heimweg war ich ausnahmsweise sehr zufrieden mit mir.

Das Aramäerdorf

Der Gouverneur verbrachte nur eine Nacht in meinem Haus. Als ich aufwachte, war er bereits wieder verschwunden. Auf der Fensterbank hatte er einen Zettel hinterlassen: »Endlich konnte ich ein paar Stunden schlafen, das wird mich die nächsten Tage auf den Beinen halten. Danke!«

Ich wiederum hatte, aus Sorge um Schicho, der am nächsten Tag die Nachricht vom Tod seines Neffen erhalten würde, eine unruhige Nacht hinter mir. Ich dachte an seine Schwester, die nun beide Söhne verloren hatte, und an ihr Leid. Was war schon mein Liebeskummer im Vergleich zu der Trauer einer Mutter, die ihre beiden Söhne überlebt hatte?

An den folgenden Tagen mied ich die Wege, die mich am »Las Vegas« und Schichos Schmerz vorbeiführen konnten. Ein Schmerz, der hierzulande allgegenwärtig war. Ich war hilflos, wusste nicht, was ich sagen, wie ich mich verhalten sollte.

Zehn Tage, nachdem er bei mir übernachtet hatte, lud mich der Gouverneur an einem Sonntag auf eine Expedition ein, die ich ohne ihn mit Sicherheit nicht hätte unternehmen können.

Ein Panzer und zwei Kanonen waren am Hang eines Berges in Stellung gebracht worden, ihre Läufe zum Tal gerichtet. Am Fuß der felsigen Anhöhe lag ein Dorf, das mit seinem Kirchturm an einen anderen Ort, an eine andere Zeit erinnerte. Man musste an zwei Wachhäuschen vorbei, in denen rund um die Uhr Soldaten Dienst schoben, um ins Dorf zu gelangen. Links und rechts war eine lange stacheldrahtbewehrte Mauer errichtet worden, die den Armeestützpunkt und einen Teil des Ortes umgab. Die Einfahrt ins Dorf war kaum zu erkennen. Erst wenn man die Wachposten fast erreicht hatte, sah man, dass die Steinmauer zwischen den beiden Häuschen leicht versetzt war und eine Durchfahrt bot.

Drei Monate zuvor konnte man die drei christlichen Dörfer, die sich hier in unmittelbarer Nachbarschaft befinden, nur in einem Konvoi erreichen, der von Armeefahrzeugen begleitet wurde. Alle Autos, Lkws und Busse, die hierher fahren wollten, versammelten sich in der nächsten Kleinstadt, und täglich um Punkt fünfzehn Uhr dreißig setzte sich die Karawane in Bewegung: An der Spitze und am Ende fuhr jeweils ein Panzer mit kampfbereiten Soldaten.

Seit aber die kurdischen Kämpfer sich nur noch selten im flachen Land aufhielten und Dörfer und Konvois nur sporadisch überfielen, war die Anfahrt der Dörfer wieder möglich. Unser Wagen schlängelte sich durch eine Barriere aus Stein und Zement und hielt vor einer Straßensperre. Zwei Soldaten traten heran und kontrollierten in aller Gründlichkeit unser Fahrzeug und unsere Papiere, bevor sie uns passieren ließen. Am zweiten Kontrollpunkt, etwa zwanzig Meter weiter, nahm der wachhabende Soldat unsere Ausweise und verschwand mit ihnen in einem grünen Gebäude, das hinter ihm lag. Kurze Zeit später kam er mit einem Unteroffizier zurück, der der ranghöchste Soldat am Militärposten zu sein schien.

»Was ist der Grund Ihres Besuches, meine Herren?«, rief er noch im Laufen. Er baute sich vor der Fahrertür auf und schaute uns schweigend an. Der Gouverneur gab ihm ein Zeichen, dass er sich vorbeugen solle und flüsterte ihm ein paar Sätze ins Ohr. Dann nahm er sein Portemonnaie aus der Innentasche und zeigte dem Soldaten einen Ausweis, woraufhin der Unteroffizier erbleichte und unter Aufbietung all seiner Muskeln strammstand. Formvollendet salutierte er:

»Herzlich willkommen, Herr Gouverneur!«

Der Gouverneur sagte leise:

»Bitte beruhigen Sie sich! Wir sind privat hier. Und ich möchte auf keinen Fall, dass die Dorfbewohner erfahren, wer ich bin.«

»Zu Befehl, Herr Gouverneur!«

Der Gouverneur schüttelte den Kopf.

»Ich bitte Sie! Tun Sie einfach so, als ob wir zwei neugierige Reisende wären!«

»Zu Befehl, Herr ...!«

Als der Unteroffizier sich einigermaßen beruhigt hatte, schickte er einen Soldaten zum Bürgermeister, der uns am Eingang des Dorfes empfing. Drei Monate zuvor war das Dorf von der kurdischen Guerilla überfallen und zwei Soldaten aus dem Hinterhalt erschossen worden. Seitdem durfte sich kein Fremder ohne Aufsicht im Dorf bewegen.

Der Bürgermeister führte uns zu einem Betonhaus, vor dem einige Tische und Stühle standen.

»Zuerst sollten Sie sich hier etwas ausruhen«, sagte er.

Während wir unseren Tee tranken, versuchte der Bürgermeister herauszubekommen, wer wir waren und warum wir zu Besuch kamen. Er wollte wissen, ob die Wachsoldaten des Armeestützpunkts uns Schwierigkeiten gemacht hätten und ob wir unsere Pässe hinterlegen mussten. Als der Gouverneur ihn glauben ließ, dass wir zwei Lehrer aus Mardin seien, die sich für die christliche Kultur in der Region interessierten, war er zufrieden.

Ein in Lumpen gekleideter Mann, der einen Esel mit sich führte, machte vor unserem Tisch halt. Er grüßte uns herzlich und zahnlos. Der Bürgermeister bemühte sich nach Kräften ihn von uns fernzuhalten, doch der Gouverneur begann ein Gespräch mit dem Bauern:

»Was machen Sie damit?«, fragte er und deutete auf die Weintrauben in den Säcken.

»Wir trocknen und verkaufen sie an die staatliche Kooperative. Später wird daraus Raki gemacht. Das Geld, das wir dafür kriegen, reicht aber nicht zum Leben«, fügte er hinzu. »Ohne unsere Ziegen und Schafe wären wir schlecht dran!«

Er versprach zurückzukehren, sobald er diese letzte Ladung auf dem Dach zum Trocknen ausgelegt habe. Danach stehe er uns den ganzen Tag zur Verfügung.

Als der Bauer außer Hörweite war, erzählte uns der Bürgermeister, dass er Gabriel heiße und der Dorftrottel sei. Wir sollen uns nicht um ihn kümmern, denn er sei nicht nur schwer von Begriff, sondern auch faul und schlechten Charakters. Er vernachlässige seine Familie, und das ganze Geld, das er verdiene, versaufe er im Forellenrestaurant auf dem Weg nach Nusaybin.

Der Gouverneur und ich tauschten schweigend Blicke und lächelten in uns hinein.

»Eigentlich stammt Gabriel aus dem Nachbardorf, das letztes Jahr von der Armee geräumt wurde, weil die kurdischen Terroristen dort Unterstützer hatten. Hier, in unserem Dorf, hat er sich einfach in einem der verlassenen Häuser niedergelassen. Was soll man tun! Die Hälfte der Häuser steht leer«, erklärte der Bürgermeister resigniert.

Als er sich überzeugt hatte, dass wir zwei unbedeutende Fremde waren, die man sich selbst überlassen konnte, verschwand er. Dafür machte uns Gabriel in der Dorfkirche ausfindig, wo wir dem Priester beim Religionsunterricht zuschauten. Im Gegensatz zu den Kurden durften die aramäischen Kinder in ihrer Muttersprache Aramäisch, unterrichtet werden. Wir verabschiedeten uns von dem alten Geistlichen, der uns, stolz auf seine dritten Zähne, anlächelte und eine gute Heimreise wünschte.

Von nun an wich Gabriel nicht mehr von unserer Seite und klärte uns über die Verhältnisse im Dorf auf. Der Bürgermeister sei der Handlanger der Armee, sagte er. Nicht selten setze er seine Stellung gegen die Dorfbewohner ein, um sich zu bereichern.

»Fast alles Ackerland, das diejenigen, die vor dem Krieg geflohen sind und ihr Heil im Ausland oder in Istanbul suchen, aufgegeben haben, hat sich inzwischen der Bürgermeister angeeignet. Wer darauf besteht, seinen Grundbesitz zu behalten, muss für die so genannten behördlichen Vorgänge hohe Summen bezahlen. Selbstverständlich landet der Großteil dieser Gelder direkt in der Tasche des Bürgermeisters«, weihte uns Gabriel ein. Für einen »Dorftrottel« war er gut informiert.

Wir liefen durch Gassen aus staubiger Erde, deren Verlauf von Gartenmauern bestimmt wurde. Die Dorfbewohner schienen jede unserer Bewegungen hinter Türen und Fenstern zu beobachten. Hier und da wehte leicht ein Vorhang, eine Tür öffnete sich, ohne dass jemand hinaustrat. Sie fragten sich wohl, was zwei Städter in dieser heftig umkämpften Ortschaft, mitten im Ausnahmezustandsgebiet, suchten.

Bald hatten wir jedes Haus gesehen, und wir stiegen in die Weinberge. Allerdings hielten wir uns an die Anweisungen des Unteroffiziers und blieben auf gesichertem Gebiet, den Feldern gleich am Rande des Dorfes. Man könne nicht wissen, wo die Tretminen lägen, hatte uns ein fürsorglicher Soldat gewarnt. Erst im letzten Jahr sei ein Soldat Opfer seiner Unvorsichtigkeit geworden, ein zweiter habe bei der Explosion sein linkes Bein verloren.

Gabriel sprach gebrochen Türkisch, verstand aber jedes Wort, das wir sagten. Er erzählte uns seine Geschichte, die ganz anders lautete als die Version des Bürgermeisters:

»Ich wohnte bis vor einem Jahr mit meiner Familie in Elbeğendi. Da drüben sehen Sie es, am Hang des gegenüberliegenden Berges. Als die Kämpfe zwischen der Guerilla und der Armee sich hierher verlagerten, fanden wir uns zwischen den Fronten wieder. Wenn die hungrigen kurdischen Kämpfer nachts an unsere Türen klopften und um Essen baten, gaben wir ihnen immer etwas. Wenn tagsüber die Soldaten kamen, waren wir ihnen gegenüber nicht weniger freundlich, aber auch ehrlich. Wir erzählten ihnen, dass in der Nacht zuvor die

Kurden da gewesen waren. Der Kommandeur sagte uns schließlich letztes Jahr, ich glaube es war im August, dass wir unser Dorf verlassen müssten. Er dachte, die Terroristen würden sich dann zurückziehen, vor Hunger. Sie hausen aber immer noch in den Bergen da drüben!« Gabriel zeigte mit dem Zeigefinger in Richtung einer Gebirgskette. »Auch ohne unser Brot!«

Der Gouverneur fragte ihn, ob er sich nach seinem Dorf sehne.

»An manchen Tagen besuche ich mein Dorf. Der Kommandeur hat uns das erlaubt. Aber ob wir jemals wieder dort leben werden, das weiß ich nicht. Denn inzwischen ist fast jedes zweite Haus unbewohnbar. Die Soldaten haben sich einen Spaß daraus gemacht, mit der Panzerkanone auf die Häuser zu zielen. Den Kirchturm haben sie als erstes abgeschossen.«

Die meisten Bewohner waren als Asylbewerber nach Deutschland gegangen, Gabriel aber wollte seine Heimat nicht verlassen. Er bückte sich, trennte eine Weintraube vom Stock und reichte sie dem Gouverneur.

»Kosten Sie und sagen Sie mir ehrlich: Haben Sie jemals so köstliche Trauben gegessen?«

Gehorsam führten wir die Weinbeeren zum Mund, die zwar wegen der vielen Sonne sehr süß waren, aber eine dicke Außenschale hatten und jede Menge Kerne. Ich für meinen Teil konnte sagen, dass ich schon bessere Trauben gegessen hatte.

»Ja, sie schmecken sehr gut!«, sagte der Gouverneur.

Enthusiastisch fuhr Gabriel fort:

»Schauen Sie sich diese Landschaft an, und atmen Sie diese saubere Luft! Nirgendwo gibt es schönere Dörfer als die der Aramäer!«

Der Gouverneur warf mir einen vielsagenden Blick zu. Vielleicht glaubte er in diesem Moment, dass Gabriel tatsächlich ein Verrückter war.

Wie ein altes Uhrwerk redete der Bauer ohne Unterlass. Sein altes Dorf sei viel schöner als das hier, sagte er. Er sei nur hierher gekommen, weil es das einzige noch bewohnte aramäische Dorf in der Region sei. Der Militärposten halte die kurdischen Kämpfer davon ab, sich der Siedlung zu nähern.

»Zwar stehen hier inzwischen viele Häuser leer, aber das Gemeindeleben besteht fort.« Er dachte kurz nach. »Eigentlich geht es uns hier gar nicht so schlecht! Das einzige Problem, das wir haben, ist der Bürgermeister. Auch mit diesem Problem könnten wir fertig werden, aber der Unteroffizier steckt leider mit ihm unter einer Decke.«

Ich schaute den Gouverneur an, der seinen Blick unbeteiligt in die Ferne richtete, als ob er sagen wollte: »Vergiss es, wir sind hier inkognito.«

Nachdem wir unseren Spaziergang beendet hatten, lud uns Gabriel zu einem Glas Rotwein aus eigener Produktion ein.

Durch eine Öffnung in der Gartenmauer gelangten wir auf Gabriels Hof. Inmitten des Gartens stand ein altes Steinhaus, das mit einem Dach aus Lehm gedeckt war. Auf einem Holzgestell vor der Mauer ließ uns Gabriel Platz nehmen. Er verschwand im Haus, um kurz darauf mit drei Gläsern und einer Flasche zurückzukehren. Der Wein war zwar sehr süß und schwer, schmeckte aber nicht schlecht.

Als es Zeit wurde zu gehen, kauften wir Gabriel vier Kanister ab, die wir uns teilten.

Seitdem trinke ich fast jeden zweiten Abend nach dem Essen ein Glas Wein und denke dabei manchmal über Gabriel und sein Leben nach. Ich bewundere das Volk der Aramäer, das seit Jahrhunderten dieser trockenen Erde Ernten abtrotzt und seine Heimat trotz der Feindseligkeiten der Muslime nicht verlassen hat. Der Wein erinnert mich ein wenig an Sherry, den ich in Deutschland hin und wieder als Aperitif getrunken hatte. In dieser streng religiösen, alkoholfreien Zone war dieser Wein ein Luxus, dessen Erzeuger von Tag zu Tag weniger wurden.

Die letzte Nacht mit Suzan

Seit unserem Ausflug ans Meer waren zwei Monate vergangen. In dieser Zeit hatte sie sich bei mir nur vier Mal blicken lassen.

Ich vermisste sie. Wenn ich nach Ladenschluss in Taksim herumschlenderte, hielten meine Augen in der Menschenmenge stets nach ihrer kleinen Gestalt Ausschau.

Besonders der Sonntag, mein einziger arbeitsfreier Tag in der Woche, zog sich in die Länge. Ich hatte weder Lust, meine wenigen Bekannten zu treffen, noch verspürte ich den Wunsch, ins Kino, ins Theater oder in eine der Livemusik-Kneipen zu gehen, die in letzter Zeit das Nachtleben in den Seitenstraßen von Beyoğlu bereicherten.

Auch jener Tag, der meinem Leben eine neue Wende geben sollte, war ein Sonntag. Missmutig trank ich auf meinem Balkon löslichen Kaffee und aß etwas Käse und Oliven, bevor ich die nächste Fähre nach Sirkeci nahm. Durch die ausgestorbenen Gassen von Mahmutpaşa, in denen es unter der Woche vor Einkaufslustigen kein Durchkommen gibt, schlenderte ich in Richtung des römischen Aquädukts. Ich bewunderte die *Hans*, die Lagergebäude der alten osmanischen Karawansereien, und die griechischen Holzhäuser, die sich mit Schlagseite wie tuschelnde alte Frauen gegenüberstanden. Kurdische Flüchtlingsfrauen schmückten die Fassaden mit Hemden und Hosen, Männer saßen im Schatten und ließen ihr *tespih*, das »Faulenzerkettchen«, durch ihre Finger laufen, kleine Kinder wagten ihre ersten Schritte. Innerhalb weniger Jahre hatte sich das einst christliche Viertel Unkapanı in eine kurdische Siedlung verwandelt.

Es wurde allmählich Mittag und ich lief zum ägyptischen Basar hinunter, um von dort zum Gülhane-Park zu gelangen, in dem sich ein Minizoo befindet.

Vor dem Krokodilgehege, das zwei Reptilien beherbergte,

hatte sich eine Gruppe von Kindern versammelt. Während das kleinere Krokodil an einer entfernten Stelle des Beckens döste, lag das größere gleich hinter dem Sicherheitszaun und zeigte seine beeindruckenden Zähne im halb geöffneten Maul, als ob es die Erklärungen des Tierpflegers unterstreichen wollte. Ich lehnte mich hinter der Kinderschar an einen Baum und lauschte.

»Sie sind schnell und nicht wählerisch!«, sagte der Mann vom Zoo. »Sie haben zwar kaum Verstand, aber dafür einen unstillbaren Appetit und einen riesigen Magen, in den sie ihre Opfer unzerkaut und manchmal sogar in ganzer Größe hineinwürgen. Magensteine zerreiben dann die Beute.«

Dabei tippte er aus sicherer Entfernung mit einem Stock auf den Kopf und das Maul des Krokodils, das brav alles über sich ergehen ließ. Die Kinder starrten das Krokodil mit großen Augen an und schienen dem Experten, der jenseits des Zauns einen Vortrag hielt, nicht zuzuhören.

»Diese Tiere hat es auch vor vier Millionen Jahren schon gegeben«, fuhr der Tierpfleger fort. Das war durchaus vorstellbar, denn das Reptil sah irgendwie unvollendet aus. Seine Kiefer saßen nicht übereinander, das Maul war eine gewellte Linie, aus der hier und da Zähne asymmetrisch herausragten. Sie sahen aus wie die ersten nicht ganz gelungenen Produkte eines Gottes, der zu Beginn seiner Karriere noch nicht die nötige Übung gehabt hatte.

Ich drehte eine Runde im Park und wusste mit meiner Zeit nichts anzufangen. In einem Lahmacun-Laden aß ich zu Mittag und beschloss, in den Kopierladen zu gehen, um dort wenigstens einige Aufträge zu erledigen.

Zuletzt hatte ich Suzan drei Wochen zuvor gesehen. »Eine Geliebte ist wie ein kleiner Vogel«, sagt man hier im Volksmund, »ein kleiner Vogel, den man nicht allzu fest drücken darf, wenn man nicht will, dass er zerdrückt wird.« Man dürfe ihn aber auch nicht zu lässig und locker halten, denn dann fliege er davon. In unserer Beziehung war es Suzan, die mich dressiert hatte. Mit Fingerspitzengefühl hatte sie mich im Laufe unserer Bekanntschaft genau dorthin gerückt, wo die von ihr gezogene Linie die äußerste Grenze unserer Beziehung festlegte. Dort, wo ich zu stehen hatte, gab es keinen Platz für Gefühlsduseleien, und jenseits dieses unsichtbaren Zauns tat und ließ sie, was ihr beliebte. Niemand hatte in dieser befreiten Zone Mitspracherecht, auch ich nicht. So reduzierte ich mich auf die Hoffnung. Mit der Geduld eines Achtzigjährigen und mit feinem Kalkül saß ich meine Zeit ab, in der Hoffnung, sie eines Tages für mich zu haben. Sollte sie sich ruhig mit anderen Männern austoben, ihre unbändige Energie verbrauchen und dabei reifen. Nach meiner Rechnung würde sie eines Tages unausweichlich bei mir landen, und ich wäre dann der Ankerplatz für eine lange Zeit, wenn nicht für immer.

Auch wenn die Türken mit ihren kleinen Familienbetrieben den Eindruck erwecken, an jedem Wochentag zu arbeiten, geschieht es außerordentlich selten, dass das Betriebstelefon an einem Sonntag klingelt. Ich hörte meines schon, als ich die Tür aufschloss. Wer könnte das sein? Niemand wusste, dass ich an einem arbeitsfreien Tag, an dem die meisten Istanbuler ihr Glück am Bosporus spazieren führten, in meinem Sechsquadratmeterladen arbeitete. Ich nahm ab, Suzans Stimme schallte durch den Hörer:

»Zu Hause warst du nicht, also dachte ich, ich versuche es im Laden!«

Mit einem Anruf von ihr hatte ich nicht gerechnet, deswegen freute ich mich umso mehr, ihre Stimme zu hören, auch wenn sie etwas deprimiert klang. Den Luxus eines Privatanschlusses hatte ich nicht, also musste sie bei mir zu Hause vorbeigegangen sein. Solche Hartnäckigkeit musste einen Grund haben.

»Wollen wir uns sehen?«, fragte sie mich ohne Umschweife.

»Wann?«

»Heute? Noch besser, ich komme gleich vorbei!«

Eine halbe Stunde später stand sie im Laden. Wenn sie vorhin aus Üsküdar angerufen haben sollte, dann musste sie ein Taxi genommen haben. Auch wenn die Fahrt von einem Kontinent zum anderen mit dem Taxi einiges kostete, konnte man es sich an einem ruhigen, staufreien Sonntag durchaus leisten. Sie setzte sich auf den Stuhl, war schweigsam und wirkte traurig. In einer solchen Stimmung hatte ich sie selten erlebt. Aber den Fehler, sie nach dem Grund ihrer Betrübtheit zu fragen, machte ich lieber nicht.

»Wollen wir essen gehen?«, fragte sie mich nach einer Weile.

»Ja, warum nicht. Ich bin hier gleich fertig, ich muss nur dieses Buch zu Ende kopieren«, sagte ich und schaute dabei lieber in das grelle Licht des Kopierers als in ihre Augen, vielleicht aus Angst, dass sie es sich anders überlegen könnte.

Der Abend war inzwischen heraufgedämmert, auf der Flanierstraße Istiklâl hatte das Menschengedränge seine höchste Dichte erreicht. Jeder, der schnell vorwärts kommen wollte, musste gegen eine lebendige Mauer anrennen, selbst die Straßenbahnen, deren Glocken ununterbrochen läuteten, kamen nur im Schritttempo voran. Durch die hinteren Gassen von Beyoğlu, in denen Transvestiten auf ihre Kundschaft warteten, Nutten geschlagen, an Wände gepisst und gefixt wurde, führte mich Suzan ins Restaurant »Hacı Abdullah«. Sie kannte alle Wege und Unwege dieser Stadt.

Obwohl die Idee essen zu gehen, von Suzan stammte, starrte sie nach wenigen Bissen ihr Moussaka an, als versuche sie, es mit magnetischen Kräften in Bewegung zu setzen. Ich hatte aufgegessen, nun saßen wir da. Ich vermied jeglichen Fehler, indem ich schwieg, und Suzan unternahm ebenso wenig, um die bleierne Atmosphäre zu zerstreuen.

Wie der Name schon ahnen ließ, hatte der »Pilger Abdullah« keine Lizenz für alkoholische Getränke, deshalb entschieden wir uns für einen Ortswechsel. Erst im »Pano« wurde Suzan gesprächiger, ihre Gesichtszüge verloren Schluck für Schluck den Ernst und ihre Augen schienen weniger melancholisch. Zuerst erzählte sie von einem Film, den sie gesehen hatte. Sie lobte und empfahl ihn mir so ausdrücklich, als hinge so manches von meinem Filmbesuch ab. Als alles gesagt war, ersetzte sie den Film durch ein Buch, das ich unbedingt lesen soll. Sie schilderte die Figuren und ihre Handlungen so präzise, dass der Autor es nicht besser hätte machen können. Trotz ihres pausenlosen Redens war nicht zu überhören, dass sie mit ihrem Redeschwall etwas Unangenehmes von sich scheuchen wollte. Sie beschäftigte sich mit dem Erzählstoff, damit andere Gedanken keinen Platz mehr finden konnten. Sobald sie für wenige Sekunden schwieg, schimmerte in ihren Augen die Traurigkeit durch.

Auch im »Pano« fand sich kein Heilmittel gegen Suzans schlechte Stimmung.

»Wollen wir im ›Fünften Stock‹ noch einen Drink nehmen?«, fragte sie, um das Schweigen zwischen uns zu brechen. Ohne meine Antwort abzuwarten, stand sie auf. Wir verließen das »Pano« und bogen in der Istiklâl Straße zum Galatasaray Hamam ab, um eine Abkürzung zur Sıraselviler zu nehmen. Die Nachahmungen westeuropäischer Kneipen, in denen die Besucher an überteuertem Bier nippen und zivilisiert nach einem potentiellen Flirtpartner Ausschau halten, hatte ich stets gemieden. Suzans Vorschlag stimmte ich aber gerne zu, denn er verlängerte den gemeinsamen Abend.

Im »Fünften Stock« spielten zwei Gitarristen eines jener »modernen« türkischen Lieder, in denen Viertel- und Halbtöne nach Möglichkeit vermieden werden. Unsere anfängliche Aufmerksamkeit für die Musik verloren wir bald und vertieften uns in ein Gespräch, das weiterhin größtenteils aus Suzans Monologen bestand. Leicht angetrunken erzählte sie ihre Geschichten lauter als sonst und lachte dabei schrill. Dann folgte ein heftiges Wortgefecht zwischen ihr und dem Musiker, der Suzans Heiterkeitsausbrüche als Störung empfand. Die Diskussion, bei der Suzan nicht nur einsteckte, sondern auch laut austeilte, zog schnell die ungeteilte Aufmerksamkeit der Gäste auf sich.

»Bilden Sie sich nicht ein, etwas Besonderes zu sein, nur weil Sie fünfzig Zentimeter höher sitzen als die anderen!«, giftete sie gegen den Musiker auf dem Podest.

»Sie sind betrunken und unverschämt! Sie sollten der Arbeit von anderen mehr Respekt zollen«, gab der Gitarrist zurück.

»Meine Unterhaltung ist genauso wichtig wie Ihre Musik, wenn nicht wichtiger!«, erwiderte Suzan, woraufhin der wütende Musiker dem Barkeeper ein Zeichen gab. Eine Minute später fanden wir uns auf der Straße wieder.

»Hast du bezahlt?«, fragte mich Suzan.

»Nein!«

»Ich auch nicht. Anscheinend klappt der Trick nicht nur in den Filmen.« Wir liefen die Sıraselviler hoch in Richtung Taksim-Platz. Als ich mich gerade damit abgefunden hatte, den Heimweg über den Friedhof einzuschlagen, fragte mich Suzan:

»Was hältst du von einem Wein auf meiner Terrasse?«

Über diese Frage wundere ich mich noch heute. Was war mit Suzan geschehen? Warum wollte sie an jenem Tag und in jener Nacht nicht allein sein? Was war die Ursache für ihre Verwirrung? Antworten auf diese Fragen suchte ich in jener Nacht nicht.

Wie zwei Zechenarbeiter kletterten wir die Stufen des dunklen Treppenhauses im Schein der Taschenlampen hinauf: schweigsam, mechanisch, vorbei an den Kondomen und an

Janets Wohnung, aus der eine unverständliche Männerstimme drang. Womöglich hatte er Kundschaft.

Während sich Suzan unter metallischem Scheppern und Katzenmaunzen in der Küche zu schaffen machte, stand ich auf der Terrasse und bewunderte das nächtliche Istanbul. Die Katze bekam ihr Futter, ich meinen Wein, alles schien seine gerechte Ordnung zu haben. Steif und schweigend wie Skulpturen aus der Sowjetepoche standen wir nebeneinander, nur dass wir zwischendurch an unseren Gläsern nippten. Die Welt schien stehen geblieben, das Rumoren der Stadt nur akustische Täuschung. Ich hatte nicht den Mut, mich Suzan zuzuwenden, sie tat es auch nicht. Vielleicht würde ich heute noch dort versteinert stehen, wenn mich Suzan mit ihrem Zauberstab nicht wieder zum Leben erweckt hätte. Eine leichte Berührung ihrer Schulter ließ mich zusammenfahren. Als der Zusammenstoß sich wiederholte, wusste ich, dass es sich nicht um einen Zufall handelte. Ich wandte mich Suzan zu und begegnete ihren Augen, die mich verschmitzt und amüsiert anschauten. Sie lächelte, nahm mir das Weinglas aus der Hand und stellte es auf die Brüstung. Sie bewegte sich langsam und geschmeidig wie eine Wildkatze auf Beutejagd und ließ mich nicht aus den Augen. Gespannt folgte ich ihren Bewegungen, tat nichts, auch nicht, als sie meinen Oberkörper umschlang und mich auf die Lippen küsste. Ich stand fassungs- und regungslos in ihrer Umarmung, bis ich begriff, dass dies der Moment war, den ich seit Wochen und Monaten herbeisehnte. Ohne zu wissen, wohin mit meinen Händen, die grob und riesig nirgendwo am rechten Platz zu sein schienen, erwiderte ich ihren Kuss, indem ich meine Lippen ganz leicht auf ihre Augen drückte. Suzan schaute mich mit verschleiertem Blick an, bevor sie sich auf mich stürzte, an meinen Lippen saugte, sie biss und mit der Zunge bearbeitete. Ihre Heftigkeit zwang mich zu einer Rückwärtsbewegung, die ich mit einem Verlegenheitslächeln und

Streicheln ihrer Haare verband. Ein solch stürmisches Verhalten konnte ich mit dem Bild, das ich mir von Suzan gemacht hatte, nicht in Einklang bringen. Sie sollte und durfte nicht die liebestolle Frau sein, weder mir noch anderen Männern gegenüber. Ich wollte sie entdecken und anleiten, von mir sollte sie den Weg gewiesen bekommen.

Nachdem ich ihre zweite Attacke aufgefangen und entschärft hatte, bewegte ich meine Fingerspitzen zärtlich auf ihrem Gesicht und den halbgeöffneten Lippen, womit ich sie ungewollt zu neuen Taten animierte. Nun küsste sie mich noch wilder und ungezügelter als zuvor und drängte mich mit ihrem Oberkörper Stück für Stück in Richtung Terrassentür. Mit jedem Kuss gab ich ihr nach, korrigierte meinen Entwurf der »reinen Frau« und gelangte zu der Überzeugung, dass das neue Bild, das sie in diesem Moment abgab, so schlecht doch nicht war.

Wir liebten uns bis in die Morgenstunden. Bis heute weiß ich nicht, was an dem Tag vorgefallen war. Ich habe sie nie danach gefragt, sie hat es mir nie erzählt.

Der Unfall

Etwa sechs Wochen waren seit Şehmuz' Tod vergangen und ich dachte, mich wieder im »Las Vegas« blicken lassen zu können. Als Schicho mich auf den Laden zukommen sah, eilte er mir entgegen und umarmte mich noch vor der Eingangstür.

»Ercan, sie haben ihn getötet!«, sagte er und fing an zu schluchzen.

»Mein aufrichtiges Beileid! Ich habe es gehört!«, sagte ich hilflos.

»Sie haben ihn kaltblütig ermordet«, wiederholte er, während sein Körper in meinen Armen bebte. Ungelenk klopfte ich ihm auf den Rücken.

»Eines Tages werden sie für ihre Taten büßen, Schicho!«, sagte ich, ohne selbst daran zu glauben.

Mit einem Ruck hob Schicho den Kopf von meiner Schulter:

»Niemand wird in diesem Land für diese Verbrechen bezahlen, niemand!«, sagte er mit fester Stimme. »Sie haben die Waffen, sie besetzen die Rollen in der Politik, sie sind der Staat. Wer soll sie zur Rechenschaft ziehen?«

»Es wird aber nicht ewig so weitergehen!«, erwiderte ich.

»Seit der Gründung dieser Republik war es so, warum soll es sich plötzlich ändern?«

Ich wusste keine Antwort auf seine Frage.

»Lass uns hineingehen! Es ist kühl!«, lenkte ich ab.

In der Pizzeria sagte Schicho voller Kummer:

»Entschuldige bitte! Ich kann mich noch immer nicht mit seinem Tod abfinden, ich werde es nie können! Er war ein lieber Junge.«

Wir setzten uns an den Ecktisch. Ich bemerkte, dass Schicho abgenommen hatte. Seine Augen waren von dunklen Rändern umgeben, sie lagen tief in den Höhlen.

»Ich habe von seinem Tod gehört, hatte aber nicht den Mut, hierher zu kommen«, gestand ich. »Ich bin ein schlechter Tröster.«

»Mach dir keine Sorgen, in den ersten Tagen gab es genug Menschen, die ihre Anteilnahme gezeigt haben. Wichtig ist, dass du jetzt gekommen bist.«

»Weiß man, wer die Mörder sind?«, fragte ich, obwohl ich wusste, wie die Antwort lautete.

»Nein, aber ich habe bereits Anzeige sowohl gegen die Polizei als auch gegen die Gendarmerie erstattet. Ich werde kämpfen! Ich werde es ihnen nicht leicht machen, Ercan, das schwöre ich.«

»Sei vorsichtig, Schicho. Diese Menschen sind unberechenbar«, sagte ich und schämte mich gleichzeitig für meine Schwäche.

»Um mich mache ich mir keine Sorgen mehr. Ich habe ohnehin nichts zu verlieren. In Istanbul war ich ein Fremder. Ich kam hierher, um zu Hause zu sein, unter Menschen, die meine Sprache sprechen, zu meinem Trauerlied weinen und zu meiner Musik tanzen. Wenn man mich hier nicht in Ruhe leben lässt, dann kämpfe ich. Ich habe es satt, mich ständig ducken zu müssen!«

Der Kellner brachte uns unaufgefordert zwei Gläser Whiskey-Cola. Nach einem Schluck fuhr Schicho fort:

»Zuletzt hat man meinen Neffen in der Zentrale der Gendarmerie gesehen. Dort bestreitet man aber, dass er da gewesen ist. Sie hätten es mehrmals überprüft, sein Name sei nicht auf der Liste der Eingänge. Ich habe aber drei Zeugen, die gesehen haben, wie er dorthin gebracht wurde.«

Ich berührte Schichos rechten Arm, schaute ihm in die Augen und sagte in beschwörendem Ton:

»Schicho, geh nicht zur Gendarmerie! Wenn es unvermeidlich ist, dann nimm auf jeden Fall einen Anwalt mit. Alle Welt weiß, dass dort Menschen spurlos verschwinden. Geh zur Staatsanwaltschaft! Es ist schließlich deren Aufgabe, die Verbrechen aufzuklären!«

»Die stecken doch alle unter einer Decke! Ich habe keine Angst vor ihnen. Wenn es mich erwischt, dann erwischt es mich eben. Ist mein Leben etwa wertvoller als das eines Siebzehnjährigen?«

Schichos Augen füllten sich erneut mit Tränen. Ich legte meinen Arm um ihn und sagte, weil mir nichts anderes einfiel:

»Jedes Leben ist wertvoll.«

Schicho hob empört sein tränennasses Gesicht und sagte mit einer vor Wut verzerrten Stimme:

»Wie lange kann man noch all dem tatenlos zuschauen Ercan? Was ist bloß aus uns geworden? Geblendet von unseren kleinen Zielen leben wir nur noch das Leben, das uns von irgendwelchen Köpfen in Ankara diktiert wird. Ich für meinen Teil werde das nicht mehr lange mitmachen!«

Ich wusste zwar nicht, worauf Schicho hinaus wollte, ahnte jedoch, dass er dabei war, eine schwerwiegende Entscheidung zu treffen. Ich wiederholte meinen letzten Satz nun mit einer festeren Stimme.

»Jedes Leben ist wertvoll Schicho.«

»Nein Ercan, ein Leben wie dieses hat für mich keinen Wert mehr. Und ich wünschte, du würdest es so ähnlich empfinden wie ich.«

An jenem Abend blieb ich bis zum Ladenschluss im »Las Vegas« und unterhielt mich mit Schicho. Ich ahnte nicht, dass es das letzte Mal sein würde.

Der Monat November brachte eine trockene Kälte, die sich mit Messerschärfe in mein Leben schnitt. Eisige Winde, die von den Bergen kamen, peitschten gegen die Fensterscheiben, die Stadt heulte und klapperte an allen Ecken und Enden.

Der Winter in Obermesopotamien ist kurz und heftig. Die Luftfeuchtigkeit, die hier sommers wie winters gering ist, reicht nicht einmal für eine Unschärfe im Blick, wenn man melancholisch ist. Lippen, die dieses Klima nicht gewöhnt sind, trocknen schnell aus und reißen bei unzeitigem Lächeln. Zum Glück hatte ich in jenen Tagen selten etwas zu lachen.

Die Ausflüge mit dem Gouverneur hatten im Herbst ein Ende genommen. Inzwischen verbrachte ich in Mardin mein zweites Jahr und meinen dritten Winter. Ich hatte schon gelernt, dass die Kälte hier ihren Schrecken verliert, wenn man es schafft, ein altes Haus mit dem Holzofen zu wärmen. Sobald die Sandsteine eine bestimmte Temperatur erreichen, stellt sich der Backofeneffekt ein, so dass man schwitzt wie in einer Sauna. Also hortete ich Brennholz im Keller und verließ das Haus nur, wenn es sich nicht vermeiden ließ.

Der 4. November 1996 hatte wie jeder andere Tag begonnen. Im Laden nebenan hatte ich die *Milliyet* und Frühstücksbrot eingekauft, während der Tee auf dem Ofen zog. Ich überflog die Titelseite. Auf den ersten Blick schien nichts Außergewöhnliches passiert zu sein: Morde an Oppositionellen, Prügel für die Samstagsmütter, die in Beyoğlu für Informationen über den Verbleib ihrer Kinder demonstrierten, in einem Wald nahe Istanbul waren Leichen mit Folterspuren aufgefunden worden: Es blieb alles beim Alten. Wenn der Gouverneur in diesem Augenblick nicht aufgeregt in meinem Haus gestanden hätte, wäre mir die wichtigste Nachricht der letzten Jahre gar nicht aufgefallen. So früh hatte er mich noch nie besucht.

»Hast du es gelesen?« Er wedelte hektisch mit der *Milliyet* vor meinem Gesicht herum.

»Hast du es gelesen?«, wiederholte er und deutete auf einen Artikel auf der Titelseite, der sich mit einem Verkehrsunfall in der Westtürkei befasste. Ein Mercedes war in einen Lastwagen gerast, drei der Insassen waren getötet worden. Laut Zeitungsbericht handelte es sich bei den Toten um den Direktor der Polizeiakademie Istanbuls, eine ehemalige Schönheitskönigin und einen Diplomaten. Der einzige Überlebende war ein Parlamentarier der Regierungspartei.

»Weißt du, wer dieser Abgeordnete ist, der den Unfall überlebt hat?«

Er gab sich die Antwort selbst:

»Er ist der Besitzer des Tanklasters, den der Oberst damals mit der Heroinladung beschlagnahmt hatte, womöglich auch einer der Mitverantwortlichen für seine Ermordung. Und jetzt schau, was sie noch im Wagen gefunden haben!«

Er drückte mir die Zeitung in die Hand.

Ich las die Nachricht, die ich zuvor übersehen hatte, nun gründlich durch. Im gepanzerten Mercedes mit dem amtlichen Kennzeichen 06 AC 600 waren eine große Menge Kokain, zwei MP-5, automatische Pistolen, eine Sig Sauer, zwei 22-mm-Baretta, zwei Schalldämpfer, jede Menge Munition, falsche Nummernschilder und Abhörwanzen entdeckt worden.

»Was haben diese Dinge im Fahrzeug eines Abgeordneten verloren?«, fragte ich den Gouverneur.

»Was wohl? Dieser Abgeordnete ist ein Mörder. Er ist einer der wichtigen Bosse der Mafia, ein mächtiger Politiker und ein Kriegsherr, der mit seinen Dorfmilizen eine große Stütze im Kampf gegen die aufständischen Kurden darstellt. In meinem Verwaltungsdistrikt macht er die Drecksarbeit für die Armee. Ich möchte nicht wissen, wie viele Menschen er auf dem Gewissen hat, die den schmutzigen Geschäften von ihm und seinen Freunden in die Quere kamen.«

»Können Sie nichts gegen ihn unternehmen?«, fragte ich mit einer bodenlosen Naivität, die meiner europäischen Sozialisation geschuldet war.

Er winkte ab.

»Du kannst dir nicht vorstellen, wie viel Macht dieser Mann hat. Er ist der Führer des größten kurdischen Stammes, der sechzigtausend Angehörige zählt, und dazu ist er ein enger Vertrauter unserer Ministerpräsidentin, die bei diesen schmutzigen Geschäften fleißig mitzumischen scheint. Er hat eine Privatarmee mit mehr als zehntausend bewaffneten Männern. Damit hat er hier beinahe genauso viel Macht wie die türkische Armee. Überleg mal, was das bedeutet. Jeder fünfte Dorfschütze im staatlichen Auftrag stammt aus seinen Reihen. Und was glaubst du, wer seine Bodyguards sind? Polizisten, die des Mordes, der Folter und der Vergewaltigung überführt und vom Polizeidienst suspendiert wurden. Manche dieser Akten gingen sogar über meinen Tisch.«

Mit Resignation in der Stimme fuhr er fort:

»Weder ich noch der Gouverneur der Provinz Urfa können diesem Abgeordneten etwas anhaben, geschweige denn ihm auf den Leib rücken. Seine Männer können sich im Grunde genommen alles erlauben. Es ist kaum vorstellbar, aber vor wenigen Tagen haben sie sogar Leute, die wegen mehrerer Verbrechen inhaftiert waren, mit Maschinengewehrsalven aus einem Gefängnis geholt. Mit Hilfe der Regierung und der Armee kontrolliert dieser Mann die Drogenroute zwischen dem Iran und der Westtürkei. Und wenn wir, die Provinzverwalter, seine Leute des Drogenhandels überführen, werden wir von den Politikern aus Ankara zurückgepfiffen, oder sie werden von irgendwelchen Generälen gedeckt.«

»Warum gewährt man ausgerechnet ihm so viel Handlungsfreiheit? Ist er so unersetzlich? Schließlich können sie für den Drogentransport auch andere Leute anheuern.«

»Du weißt nicht, wie wichtig dieser Stamm für den türkischen Staat ist. Das Drogengeschäft ist die Belohnung für ihre Staatstreue. Diese Kurden sind die einzigen, die den Befreiungskampf nicht unterstützen. Und weil die türkische Armee nicht in der Lage ist, den Aufstand niederzuschlagen, versuchen sie sich am Prinzip ›teile und herrsche‹. Kurden, die gegen ihr eigenes Volk kämpfen, sind der Armee tausendmal lieber als Türken, die gegen Kurden kämpfen.«

»Sie meinen, im Gegenzug dürfen sich die Mitglieder dieses Stammes alles leisten: Mord, Vergewaltigung, Drogenhandel?«

»Ja, so ist es. Aber das ist noch nicht alles. Aus sicherer Quelle weiß ich, dass der Abgeordnete, der den Unfall überlebt hat, für den Unterhalt seiner Privatarmee vom Staat monatlich zwei Millionen Mark erhält. Dabei ist er ohnehin der reichste Großgrundbesitzer der Türkei.«

Danach herrschte eine Zeit lang Stille, bis der Gouverneur sagte:

»Ich bin mal gespannt, wie es weitergeht. Alle Sender berichten zwar über den Unfall, aber keiner sagt, worum es tatsächlich geht. Die Hintergründe werden bislang verschwiegen.« Nach einer Pause fügte er hinzu: »Auch gut, immerhin bleibt der Unfall in der Tagesaktualität.«

Als der Gouverneur sich auf den Weg in seine Residenz gemacht hatte, verließ auch ich mein Haus. Ich wollte nachdenken und den Pessimismus, den mein Freund bei mir abgeladen hatte, im kalten Wind abschütteln.

Vorbei an dem alten Kaffeehaus, das ich nach meiner Festnahme nicht mehr betreten hatte, lief ich durch die kalten Gassen hinunter in Richtung Neustadt. Auf halbem Wege machte ich vor dem Eingangstor der aramäischen Kirche Mort Schmuni halt, die sich laut Vater Mikayil einst außerhalb der Stadtmauer befunden hatte. Zwar war der Schutzwall innerhalb der letzten zwei Jahrhunderte von der Bevölkerung Stück für Stück abgerissen und zum Bau neuer Häuser verwendet worden, die Kirche jedoch stand mit all ihren architektonischen Raffinessen unversehrt da. Ich schaute mir die Schrifttafel etwas genauer an. Zwar konnte ich den Text nicht lesen, kannte aber seinen Inhalt, weil der Priester ihn mir übersetzt hatte.

»Im Jahre 1796, im Monat Mai, fanden in der Stadt Ereignisse statt, die dazu führten, dass die Stadttore wochenlang geschlossen blieben. Niemand durfte in die Stadt hinein oder hinaus. Wegen der Angriffe der Muslime herrschte überall Hungersnot. Kichererbsen und Fleisch kosteten sieben Kuruş, eine Ziegenleber kostete sogar zehn Kuruş. Oft gab es nichts zu kaufen, auch wenn man bereit war mehr zu zahlen.«

Obwohl seit der Erstellung der Schrifttafel erst zweihundert Jahre vergangen waren, stammte sie aus einer fernen, fremden Welt. Die Christenhochburg Mardin war längst in muslimischer Hand. Von den aramäischen Bewohnern, die sich einst hinter den hohen Stadtmauern verschanzt hatten, war nur eine Handvoll Nachfahren geblieben, die sich auf der Suche nach Wärme in halbleeren Kirchen aneinander drängten.

Ich lief die Asphaltstraße entlang, vorbei am alten Friedhof mit den Gräbern, die mit ihren reichen Verzierungen diesen Ort des Trauerns eher als einen Ort der Festlichkeit erscheinen ließen.

In der Neustadt kaufte ich die *Hürriyet* und ließ mich in einem »modernen« Neonlampencafé nieder. Als ich auf der Titelseite mehr oder weniger die gleichen Artikel las wie in *Milliyet*, fiel mir ein, dass inzwischen beide Zeitungen demselben Medienmogul gehörten.

Um kurz vor zwölf bat ich den Kellner, den Fernseher einzuschalten. Als dritte Meldung in den Nachrichten wurden schließlich die Bilder von dem Unglück ausgestrahlt.

Der Unfall schien nichts Außergewöhnliches zu sein. »Ein ganz normaler Zusammenstoß«, erklärte der Innenminister der Öffentlichkeit, die Regierung bedauere den Tod des Direktors der Polizeiakademie und wünsche ihrem Abgeordneten baldige Genesung.

»Wenn unsereiner in diesem Fahrzeug gesessen hätte, wäre er schon längst tot. Aber solche Hunde sterben nicht!«, sagte einer der Okey-Spieler.

Sein Partner widersprach ihm:

»Wir sind doch längst tot. Nennst du das hier etwa Leben?«

Ein anderer Spieler jammerte, sie sollten ihm bloß nicht wegsterben. Wen solle er dann sonst jeden Tag besiegen. Dabei präsentierte er ihnen triumphierend seine Steine als Beweis dafür, dass er auch dieses Mal gewonnen hatte. Die anderen drei am Tisch schimpften und verkündeten lautstark, dass es nicht mit rechten Dingen zugehe.

Während sie die Steine für die nächste Runde stapelten, waren sie sich – was den Unfall anbetraf – alle einig: Krepieren sollte der Abgeordnete.

Müde kletterte ich den Berg wieder hinauf. Vielleicht hatte Schicho doch Recht: Diese Verbrecher würden niemals bestraft werden, und die Unstimmigkeiten bei dem Unfall würden bald unter den Teppich gekehrt werden und in Vergessenheit geraten.

Doch es kam anders. Am darauf folgenden Tag erschienen viele Zeitungen mit den Unfallfotos auf der Titelseite und Überschriften, die ausnahmslos das Wort »Skandal« enthielten. Es war wie beim Bilderrätsel in der Sonntagsbeilage »Was ist falsch?«

Einiges war falsch, so zum Beispiel: Das im Unfallauto entdeckte Waffenarsenal konnte trotz aller Beteuerungen des verletzten Abgeordneten nicht ihm allein gehören. Die große Menge Kokain konnte nicht für den Eigenbedarf bestimmt sein, und vor allem handelte es sich bei dem tödlich verunglückten Diplomaten nicht um einen echten Staatsdiener, sondern um den meistgesuchten rechtsradikalen Terroristen des Landes.

Wer war dieser Mann, der mit einem der höchsten Beamten des türkischen Staates durch die Gegend fuhr und nicht nur von der türkischen Polizei, sondern auch von Interpol gesucht wurde? Ausnahmsweise gaben die türkischen Journalisten darauf eine Antwort. Er war in den Siebzigern Vizechef der rechtsradikalen »Grauen Wölfe« gewesen und wurde wegen der Ermordung von sieben Studenten im Jahre 1978 überall gesucht. Er galt auch als einer der Drahtzieher des Papst-Attentats. Wegen Drogenhandels hatte er in den Achtzigern in Frankreich und in der Schweiz mehrmals in Haft gesessen, bis er 1990 aus dem Gefängnis ausgebrochen und untergetaucht war. Nun lag seine Leiche, bei der man sechs Personalausweise mit verschiedenen Namen, aber mit seinem Foto fand, neben der eines hohen Polizeioffiziers. Laut der Dokumente war der gesuchte Verbrecher mal Diplomat, mal Finanzinspektor sowie Sicherheitsexperte. Im Polizeiausweis war als Heimatadresse sogar eine Istanbuler Polizeiwache angegeben.

An den folgenden Tagen entbrannte ein Medienkrieg: die regierungstreue gegen die kritische Presse, die allerdings von allen Seiten Unterstützung erhielt. Nichts wurde verschwiegen, nichts unter den Teppich gekehrt, plötzlich machten alle ihre Arbeit. Immer wieder flimmerten das Unfallauto, die Waffen und die Pässe, die ganz legal ausgestellt worden waren, über den Bildschirm.

»Bei Ermittlungen der Behörden wurde festgestellt, dass es sich bei dem Diplomatenpass um keine Fälschung handelt. Er wurde vom ehemaligen Polizeipräsidenten Istanbuls, dem amtierenden Innenminister, höchstpersönlich unterzeichnet«, sagte die Moderatorin und schien dabei die Bedeutung des Gesagten nicht zu registrieren. Sie schien sich eher mit ihrem bunt karierten Jackett zu beschäftigen, das sie mutigerweise trug.

Folgte eine Fortsetzung? Sie folgte.

In den Tagen nach dem Unfall suchte ich regelmäßig das Café in der Neustadt auf, um den Fortgang der Ermittlungen in den Fernsehkanälen zu verfolgen, auf denen der »Skandal« rund um die Uhr präsent war. Inzwischen hatte man herausgefunden, dass der Innenminister mit den Insassen des Unfallautos das Wochenende in einem Hotel im Badeort Kuşadası verbracht hatte. Einer der ranghöchsten Politiker und der meistgesuchte Terrorist des Landes hatten tagelang gemeinsam gegessen und getrunken, und das womöglich nicht zum ersten Mal.

Eines Abends stand der Gouverneur wieder vor meiner Tür. Noch bevor ich das Wasser für den Tee aufgesetzt hatte, sprudelte es schon aus ihm heraus:

»Dass es sich beim Innenminister um einen Politiker handelt, der enge Kontakte zur türkischen Unterwelt und zur rechtsradikalen Szene unterhält, ist ja allgemein bekannt, aber seit wann ermitteln türkische Behörden unter den Augen der Öffentlichkeit? Wie kam es, dass all das belastende Material aus dem Unfallauto nicht stillschweigend beseitigt wurde?«

Ich übernahm:

»Warum hat man die Presse benachrichtigt und all die Details bloßgelegt, anstatt sie, wie sonst üblich, zuzudecken?«

»Warum?«, unterstrich der Gouverneur. »Woher dieser plötzliche Sinneswandel? Wenn der Staat sich jetzt entschlossen hat, alle Politiker, die Beziehungen zur Mafia und den Schlägertrupps der Rechten unterhalten, zu verfolgen, dann werden sie eine ganze Menge zu tun haben, das kannst du mir glauben.« Er schüttelte den Kopf. »Ich verstehe das einfach nicht.«

»Vielleicht ändern sich die Zeiten.«

»Vielleicht«, sagte er nachdenklich. »Wenn du Recht hast, dann käme das einer kleinen Revolution gleich.«

Es lag Freude in seiner Stimme. Wenn es tatsächlich einen Führungswechsel geben sollte, dann würde seine zukünftige Arbeit ganz anders aussehen. Als Erstes würde er mit den kriminellen Dorfmilizen aufräumen.

Der Gouverneur blieb an dem Abend nicht lange, aber dafür besuchte er mich in den folgenden Tagen häufiger als sonst, oft zu ungewohnten Zeiten: nachts, morgens, tagsüber, je nachdem wie er Zeit fand. Ich freute mich immer, wenn er kam, so einsam, wie ich in der Stadt lebte, und der Gouverneur schien sich bei mir wie zu Hause zu fühlen.

Natürlich sprachen wir über nichts anderes als die Ereignisse im Zusammenhang mit dem Unfall, wir kommentierten, spekulierten, versuchten, die Hintergründe zu beleuchten, wagten optimistische Prognosen. Manchmal, wenn wir besonders euphorisch waren und die Zukunft in leuchtenden Farben malten, blieb der Gouverneur bis in die Morgenstunden und ging danach, ohne geschlafen zu haben, gleich zur Arbeit, manchmal schlief er auch auf meiner Couch ein.

Die Details des Unfalls, die nach und nach herauskamen, gaben mir das Gefühl, in diesem System als Individuum nichts wert zu sein. Ich kam mir nicht nur klein und unbedeutend vor, sondern hatte auch das Gefühl, mein Leben in diesem Land würde an einem seidenen Faden hängen. Eine Gruppe von Auserwählten, die die eigentliche Macht in ihren Händen hielt, bestimmte einfach alles. Mir fiel der Satz ein, mit dem ein hochrangiger Geheimdienstler einst die Situation in der Türkei beschrieben hatte:

»In diesem Land haben einige wenige Menschen die Macht, und bei diesen Menschen handelt es sich definitiv nicht um diejenigen, die vom Volk gewählt werden.«

Danach

Mit den ersten Sonnenstrahlen war Suzan eingeschlafen, während ich hellwach dalag und ihre Gesichtszüge studierte. Dieses wunderbare Geschöpf mit Engelsgesicht, das in dieser Nacht meinen Traum in Erfüllung gehen ließ, schnarchte in meinen Armen und murmelte Unverständliches. Was ich bei jedem anderen als störend empfunden, mit Unverständnis aufgenommen hätte, erschien mir bei ihr liebenswert. Überhaupt war alles, was sie tat, wunderbar und vollkommen. Im Schlaf sah sie noch schöner aus als im Wachzustand, vielleicht weil ihr Blick, der sein Gegenüber stets zu sezieren schien, sanften Zügen gewichen war.

Ich prägte mir jedes Detail ein und hätte in diesem Moment ohne weiteres behaupten können, der glücklichste Mensch auf Erden zu sein. Ausgerechnet für mich hatte sie sich entschieden. Ich war ihr Mann. Nun lag sie neben mir, meine Träume waren Wirklichkeit.

Der Nacht folgte ein sonniger Morgen, dessen Kühle von der Sonne Minute um Minute verdrängt wurde. Suzan strampelte die Decke von sich und zeigte mir ihren makellosen Körper. Für eine Türkin hatte sie kleine Brüste und war verhältnismäßig unbehaart. Ihre schweißnasse Haut reflektierte die Sonnenstrahlen, so dass die Gipfel ihrer Rundungen wie Kunststoff glänzten. Ihr Becken war breit, aber ihr Unterleib muskulös und flach: keine Blinddarmnarbe, keine Fettspalte, kein Flaumhaar, das bis zum Bauchnabel reichte. Nur dort, wo ihre Beine zusammentrafen, verdeckte daumenbreites Schamhaar, das dem Kinnbart eines Kreuzzüglers ähnelte, ihr Geschlecht. Durch eine halbe Drehung ihres Oberkörpers hatte ihr Gesäß die Form jener prähistorischen Kunstobjekte angenommen, in welchen die Archäologen das Symbol der Fruchtbarkeit sehen. Ihre Taille wirkte nun so unnatürlich schmal, dass ich mich fragte, wo ihre Organe Platz fanden.

Gegen Mittag öffnete sie schließlich die Augen. Ich tat so, als sei auch ich gerade erst aufgewacht. Sie sollte nicht wissen, dass ich vor lauter Aufregung und Glück nicht hatte schlafen können. Ich hatte Angst, sie mit meiner Liebe zu erschrecken, sie zu verlieren. Zu meiner Enttäuschung genoss Suzan unser erstes gemeinsames »Aufwachen« keine Sekunde. Als sie zu sich gekommen war, schaute sie panisch auf die Uhr und schrie:

»Mist, ich muss schnell weg!«

Ohne weitere Worte zu verlieren, sprang sie auf und schlüpfte hastig in ihre Kleider. Während sie Bücher und Mappen in ihre Tasche stopfte, zog ich mich zwangsläufig ebenfalls an. Bis zum Erdgeschoss konnte ich mit ihr Schritt halten, vor der Tür gab sie mir einen flüchtigen Wangenkuss und rannte davon. Über die Schulter rief sie mir zu:

»Bis morgen Abend, um sieben Uhr vor dem Taksim-Denkmal!«

Das kam so beiläufig und selbstverständlich, als ob wir längst verabredet wären. Mit Federn unter den Füßen machte ich mich auf den Weg zum Kopierladen. Arbeiten, über Wolken schweben, an sie denken, schlafen, von ihr träumen und sie wieder umarmen: Das war der Plan für die nächsten dreißig Stunden.

Vor dem Laden hatte sich bereits eine kleine Schlange gebildet, durch die ein Murmeln ging, als die Wartenden mich erblickten.

»Es wurde auch langsam Zeit!«, sagte einer von ihnen, während ein anderer hinzufügte:

»Ich kann Sie gut verstehen. Wenn man die Kurve bereits gekratzt hat, hat man die paar Kröten von uns nicht mehr nötig!«

Allgemeines Gekicher zollte dem Witz Beifall. Ich entschuldigte mich für meine Verspätung und versprach jedem von ihnen zehn kostenlose Kopien. Freudenrufe hallten durch meinen kleinen Laden, ein Applaus folgte, alle witzelten und lachten. Ich war fröhlich und gesprächig, seit langem zum ersten Mal. Mit den schönsten Gedanken an die letzte Nacht, in der Trunkenheit des Glücks, gleichsam in Trance, brachte ich den Arbeitstag hinter mich. Als ich am Abend zu Hause ankam und ins Bett fiel, schalteten sich die Uhren der Welt bis zum nächsten Morgen ab.

Nach einem tiefen, traumlosen Schlaf startete ich in den nächsten Tag. Mit einem kleinen Lächeln in den Mundwinkeln ging ich zur Fähre nach Sirkeci. Aus der Ferne konnte ich sehen, dass ich sie noch erreichen könnte, doch ich beschleunigte meine Schritte nicht, verpasste sie und ging in den zwanzig Minuten, bis das nächste Schiff anlegte, am Bosporus spazieren. Trotz des kühlen Morgenwindes setzte ich mich an Deck, sog die Luft tief ein, sah das Wasser, die Möwen und erfreute mich an der Schönheit der Stadt. Statt wie gewöhnlich in die Bahn, stieg ich dieses Mal in den Bus, denn plötzlich machten mir menschliche Enge, Schweiß- und Mundgeruch nichts mehr aus, im Gegenteil, ich stellte fest, dass ich all das vermisst hatte.

In meinem Leben, das bislang aus der unerfüllten Sehnsucht nach Suzan bestanden zu haben schien, brach eine neue Ära an, alles würde sich von nun an »vor oder nach der ersten Nacht mit Suzan« einordnen lassen.

Der Arbeitstag, an dessen Ende ich mit Suzan neue Ufer des Glücks ansteuern würde, zog sich endlos. Die Stunden verbrachte ich wie ein Chamäleon: ein Auge gerichtet auf die Uhr, deren Zeiger sich kaum von der Stelle bewegten, das andere auf die Bücher und Zettel, die ich kopieren musste.

Dann wurde es endlich Abend. Um zehn vor sieben stand ich ungeduldig vor dem Denkmal. Zu meiner Freude erschien auch Suzan pünktlich, allerdings gestresst und gehetzt. Nach einem flüchtigen Wangenkuss sagte sie genervt:

»Ich bin nur gekommen, um dir zu sagen, dass etwas dazwischen gekommen ist. Es tut mir Leid. Ich muss gleich wieder weg, sei mir bitte nicht böse!« Als Belohnung für mein Verständnis, das ich in Wirklichkeit nicht hatte, streichelte sie meine Wange. Ich fragte sie nicht, warum sie wieder gehen musste. Den Grund hätte sie mir schon gesagt, wenn sie es gewollt hätte. Ein Nachhaken würde nur ihren Unwillen hervorrufen.

»Dann können wir uns ja vielleicht morgen sehen«, sagte ich falschfröhlich, um die gereizte Atmosphäre zu entspannen.

»Morgen werde ich die ganze Zeit in der Bibliothek sein. Ich muss viel lernen!«

»Ich meinte den Abend.«

»Auch am Abend kann ich nicht, da bin ich mit Ahmet verabredet«, sagte sie und mein Herz zog sich zusammen.

Wer war Ahmet? Ich war eifersüchtig, nicht zuletzt wegen der Beiläufigkeit, mit der sie den Mann erwähnte. Ich ahnte, dass er einer von den Männern war, zu denen sie – im Gegensatz zu mir – stand und mit denen sie sich in der Öffentlichkeit zeigte. Ich tat so, als ob mich die Begründung, die mich wie ein Keulenschlag getroffen hatte, nicht interessierte. Ich schwieg. Ich hatte in ihrem Leben nicht das geringste Mitspracherecht.

»Am Freitag habe ich aber Zeit!«, sagte sie. Sie hatte einen erfreuten Gesichtsausdruck aufgesetzt, als ob sie sagen würde: »Immerhin hast du vier Richtige mit Zusatzzahl!« Das verletzte mich noch mehr. Es war allzu offensichtlich, dass sie mich beschwichtigen wollte.

»Gut!«, sagte ich und stellte ihr meinen einzigen Abend zur Verfügung, an dem ich verabredet war.

Mit einem zweiten Kuss auf die Wange verabschiedete sie sich von mir. Als Erstes informierte ich meine Bridgekumpanen über mein Fehlen, damit sie sich um einen Ersatzspieler kümmern konnten. Danach verlor ich mich in der Menschenmasse der Fußgängerzone von Istiklâl.

Die stiefmütterliche Behandlung des Donnerstags schmerzte mich zusätzlich. Sie hatte ihn schlicht und einfach übersprungen: kein gutes Zeichen. Ich ließ meiner Phantasie, was ihre Gestaltung der nächsten beiden Tage anbetraf, freien Lauf.

Trotz pessimistischer Gedanken trauerte ich nicht lange, tröstete mich bald mit dem Gedanken, dass ich sie in drei Tagen wieder sehen würde, dass ich es wohl bis dahin aushalten könne. Vielleicht war ja gar nichts zwischen Ahmet und ihr, wahrscheinlich bildete ich mir alles nur ein. Um mich abzulenken, ging ich ins Atlas-Kino und schaute mir einen Hollywoodfilm an. Danach nahm ich den Sammelbus nach Hause.

Eisern schmückte ich meine nächsten drei Tage mit Erinnerungen an jene Nacht und war wieder dort gelandet, wo ich nicht mehr sein wollte: Ich sehnte mich nach Suzan und übte mich in Geduld. Je näher die Verabredung heranrückte, umso unruhiger wurde ich. Den Freitag, der einem ruderlosen Boot ähnelte, in dem Suzan saß, zog ich an einem unsichtbaren Seil Zentimeter für Zentimeter mühevoll zu mir an Land. Dabei erhöhte ich sie zu einem idealen Wesen, einer vollkommenen Frau, die sich von der real existierenden immer mehr unterschied.

Am Freitag stand ich eine Viertelstunde früher als verabredet vor dem Taksim-Denkmal und wartete.

Suzan kam nicht.

In den ersten zwanzig Minuten war ich gelassen und zweifelte nicht daran, dass sie kommen würde. Nach einer halben Stunde begann ich, mir die möglichen Gründe ihrer Verspätung aufzuzählen: Vielleicht war sie aufgehalten worden, vielleicht war sie erkrankt? War ihr womöglich etwas zugestoßen?

Ich stand unter dem Taksim-Denkmal, das unübersehbar zu Atatürks Gunsten entworfen worden war, und wartete als sein Gegenspieler. Während Atatürk den Passanten optimistisch und freundlich entgegenlächelte, blickte ich immer finsterer in die Menge. Doch Suzan kam nicht.

Die Ungeduld wurde zu Trauer, die Trauer zu Wut. Nach einer Stunde wurde das Stehen zur Qual, ich begann auf und ab zu laufen. Zwei grauenvolle Stunden vergingen, in denen jede Frau aus der Ferne wie Suzan aussah, auf die ich freudig zulief, um wenige Sekunden später enttäuscht zu werden. Ich verfluchte mich wegen meiner Liebe, die sie gar nicht verdiente.

Suzan kam nicht, nicht einmal, um zu sagen, dass sie keine Zeit habe und wieder gehen müsse, nicht einmal für eine schlechte Ausrede ließ sie sich blicken. Ich zwang mich, unseren Treffpunkt zu verlassen und meine Hoffnungen zu begraben. Ich kreiste um den Taksim-Platz wie der Mond um die Welt. Immer wieder kehrte ich zum Atatürk-Denkmal zurück, um nachzuschauen, ob sie vielleicht doch noch gekommen war.

Inzwischen war es zehn Uhr geworden, der Platz leerte sich, der Verkehrslärm wurde erträglich, und der letzte Funke Hoffnung erlosch mit den Lichtern der letzten Geschäfte in der Istiklâl-Straße. Schlussendlich warf ich alle unausgesprochenen Regeln über Bord und rief bei Suzan an, sie nahm nicht ab. Mit schweren Schritten schleppte ich mich ins »Pano« und betrank mich bis zu Besinnungslosigkeit. Das Letzte, woran ich mich erinnern kann, war, dass ich Suzan noch einmal anrief, natürlich ohne Erfolg. Bis heute ist es mir ein Rätsel, wie ich nach Hause gekommen bin. Als ich aufwachte, lag ich im Wohnzimmer auf der Couch, und der Vormittag neigte sich dem Ende zu. Starkes Kopfweh half mir in den ersten Minuten über die Enttäuschung des vergangenen Abends hinweg.

Am Spätnachmittag erschien ich im Fotokopierladen, zum zweiten Mal zu spät in dieser Woche. Der Unterschied zwischen meinen Seelenzuständen an diesen beiden Nachmittagen hätte größer nicht sein können. Als ich die Ladentür öffnete, erblickte ich einen Zettel auf dem Fußboden, der unter der Tür durchgeschoben worden sein musste. Ich hob ihn auf, es war eine Nachricht von Suzan:

»Ich musste für die Prüfungen lernen, konnte leider nicht kommen, melde mich sobald es geht.«

Ich war am Boden zerstört. Vor wenigen Tagen hatten wir uns wie zwei Menschen geliebt, deren nacktes Überleben von der Stärke ihrer Leidenschaft abzuhängen schien, und nun hatte sie auf einem kleinen Zettel ihre Gefühle für mich auf eine momentane Laune reduziert und mich zum Störenfried erklärt.

Zwei Tage später meldete sie sich doch noch. Als ich ihre Stimme am Telefon hörte, flammten meine Hoffnungen nur kurz auf, um wenige Sekunden später wieder zu erlöschen:

»Hallo! Ich bin's, Suzan. Ich wollte dich fragen, ob du während meiner Abwesenheit auf die Katze aufpassen könntest? Zur Feier der bestandenen Prüfungen fahre ich mit einigen Freunden für ein paar Tage weg!«

Eine halbe Stunde nach ihrem Anruf erschien sie im Laden und drückte mir den Katzenkorb in die Hand, weg war sie. Gemeinsam mit ihrem Vierbeiner hinterließ sie mir einen Haufen unbeantworteter Fragen, mit denen ich mich nun quälen durfte. Mit wem war sie unterwegs? Wie lange waren »ein paar Tage«? Warum gehörte ich nicht zu jenen auserwählten »Freunden«, die an ihrer Freude teilhaben durften?

Trotzdem behandelte ich die Katze in den nächsten Tagen so, als ob sie meine Herrin wäre. Wie ein Perverser roch ich an ihr, streichelte sie und zählte die Tage bis zur Wiederkehr Suzans.

Der nächtliche Besuch

Der Skandal nahm kein Ende, im Gegenteil. Je mehr Enthüllungen an die Öffentlichkeit gerieten, umso mehr versuchte die Regierung, die Wahrheit über den gepanzerten Mercedes und seine Insassen zu vertuschen. Das Ganze nahm inzwischen satirische Züge an. Die Ministerpräsidentin sprach von einem Komplott gegen die Regierung, der Innenminister behauptete – trotz gegenteiliger Expertenaussagen –, man habe seine Unterschrift gefälscht, und der Abgeordnete, der den Unfall überlebt hatte, erklärte, dass er unter einer Amnesie leide und sich an rein gar nichts mehr erinnern könne. Wenige Stunden nach dieser Aussage war er, mitten in der Nacht, durch den Hintereingang des Krankenhauses weggeschafft worden und hielt sich nun an einem unbekannten Ort auf, zu dem nicht einmal die Staatsanwaltschaft Zugang erhielt.

Der Unfall kam aus den Schlagzeilen nicht mehr heraus. Mit jedem Tag kamen neue Details ans Tageslicht. Über die ehemalige Schönheitskönigin stand in der Zeitung, dass die Siebenundzwanzigjährige zuerst die Geliebte eines Agenten des türkischen Geheimdienstes gewesen war, bevor sie mit dem Bürgermeister des Badeortes Kuşadası eine Liebesbeziehung begonnen hatte. Der Bürgermeister war jedoch unter ungeklärten Umständen erschossen worden, und so war die ehemalige Schönheitskönigin in den Armen des meistgesuchten Verbrechers der Türkei, des rechtsextremistischen Terroristen gelandet. Ob er der Mörder des Bürgermeisters war, blieb offen.

Dagegen klärten sich einige Morde an Oppositionellen auf. Killer und Drogenhändler wurden dingfest gemacht oder stellten sich selbst der Polizei, und die Verantwortlichen im Staat wurden von Tageszeitungen und Privatsendern öffentlich angeprangert. Das wäre wenige Wochen zuvor noch undenkbar gewesen. In der Presse häuften sich Meldungen über Korruption und Verbrechen, die vom Staat angestiftet oder von ihm gedeckt worden waren. Jede neue Nachricht beflügelte den Gouverneur.

»Du wirst sehen, die Mörder des Oberst werden ihrer verdienten Strafe nicht entgehen!«, frohlockte er bei unseren beinahe täglichen Treffen. In einer Sache behielt er auf jeden Fall Recht: Das Heroin war der Schlüssel zum Reichtum und zur Macht. Festgenommene Drogendealer gaben bei ihren Vernehmungen zu, dass Staatsvertreter bei den Geschäften fleißig mitgemischt hatten, um die leere Staatskasse zu füllen. Eine Tageszeitung schrieb, dass die Drogeneinnahmen der türkischen Mafia das Bruttoinlandseinkommen deutlich überstiegen.

Doch hätten Politiker und Offiziere die staatliche Mafia keineswegs nur fürs Allgemeinwohl gegründet: »Das Geld, mit dem sie ihre Wahlkampagnen und die mörderischen Geheimabteilungen finanzieren, macht nur einen geringen Teil der Drogeneinnahmen aus«, erklärte mir der Gouverneur an einem der langen Abende, die wir zusammensaßen. »Den Großteil des Geldes stecken sie in die eigene Tasche!«

Wie zu seiner Bestätigung wurde wenige Tage später auf einer internationalen Konferenz zur organisierten Kriminalität dargelegt, dass die türkische Ministerpräsidentin trotz aller Aufforderungen nicht belegen konnte, wodurch sich ihr Privatvermögen während ihrer dreijährigen Amtszeit von dreizehn auf siebzig Millionen DM vermehrt hatte. Später fand man heraus, dass diese Summe nur etwa die Hälfte ihres Gesamtvermögens ausmachte.

»Den Bürokraten, die mit all dem nichts zu tun haben wollen, sind einfach die Hände gebunden«, sagte der Gouverneur. »Die Kassen sind leer bis auf den letzten Kuruş, und das in einer so kritischen Zeit. Der Krieg verschlingt jährlich zehn Milliarden Dollar, der Umsatz im Drogengeschäft beträgt in derselben Zeit mehr als fünfzig Milliarden. Für die Offiziere war es leicht verdientes Geld.«

Nachdem die Drogengeschäfte der türkischen Regierung aufgeflogen waren, kam auch heraus, dass die staatliche Bande den internationalen Justizbehörden durchaus bekannt war. Die Tageszeitungen übertrafen in diesen Tagen den spannendsten Kriminalroman, Zeile für Zeile verschlang ich sie. Ein italienischer Untersuchungsrichter offenbarte zum Beispiel in einem Interview, dass in den achtziger und neunziger Jahren große Mengen an Präzisionsfeuerwaffen aus Nato-Beständen in die Türkei geschmuggelt worden waren, verkauft von der italienischen Mafia an staatliche Stellen in der Türkei. Der Richter behauptete, dass diese Waffen mit Heroin bezahlt worden waren, das mit Hilfe der türkischen Rechtsextremisten nach Norditalien gelangt war. Ein Teil des Heroins sei nach Nordamerika weitergeleitet worden.

Die Presse berichtete, dass die Türkei – was den Drogenhandel nach Europa anbetraf – für die europäischen Behörden schon lange der Umschlagplatz Nummer eins war. Laut britischem Außenministerium passierten achtzig Prozent des Rohopiums und des Heroins, das in Europa auf den Markt kam, die Türkei. Über die Hintermänner könne nur spekuliert werden.

Dann fegte eine Meldung wie ein Orkan durch Ankara: Der Vorsitzende der 17. Strafkammer des Landgerichts Frankfurt am Main kam am 21. Januar 1997 im Prozess gegen drei türkische Drogendealer zu der Einschätzung, dass es enge Verbindungen zur türkischen Regierung gegeben habe. In seiner Urteilsbegründung hieß es: »Der Drogenhandel von der Türkei nach Deutschland und in andere europäische Länder wird von den Familien S. und B. organisiert, und diese Familien werden, nach den Aussagen der Zeugen, von der türkischen Regierung geschützt, und das macht es schwierig, den ganzen Umfang dieses Verkehrs öffentlich zu machen. Man behauptet, dass diese zwei Händlerfamilien extrem enge Beziehungen zu einer türkischen Politikerin haben.«

Später äußerte der Richter, dass es sich bei dieser Politikerin um die türkische Ministerpräsidentin handelte.

Ankara war in Aufruhr. Die Ehre des türkischen Staates stand auf dem Spiel. Eilig wurde ein Krisenstab einberufen, und die türkische Regierung protestierte gegen die »schweren« Beschuldigungen aus Deutschland, man bezeichnete die Aussagen des Richters als »Beschädigung des nationalen Stolzes der Türkei«. In einer offiziellen Erklärung des Außenministeriums hieß es: »Die Behauptungen sind schmutzig, und wir verurteilen sie. Wir lassen unsere Fahne und unsere nationale Ehre von den Deutschen nicht mit Füßen treten.«

Bilder der nationalen Empörung flimmerten auf den Kanälen der regierungstreuen Sender, die Jugendorganisation der Regierungspartei marschierte in Ankara vor der deutschen Botschaft auf und legte dort einen schwarzen Kranz nieder.

Doch alle Bemühungen der Regierung waren wertlos, als an den darauf folgenden Tagen verschiedene Drogenhändler und Mörder auspackten. Der größte türkische Drogenbaron erklärte nach seiner Verhaftung in den Niederlanden, dass er und sein Clan unter dem Schutz und zum Wohle des türkischen Staates tätig gewesen seien. Zum Beweis gab er Details seiner Arbeit preis:

»Die Dealer reisen mit Diplomatenpässen. Die Kontakte in der Türkei ermöglichte der Innenminister, er koordinierte den Transport des Stoffes, er bestimmte, wer wie viel bekommen sollte. Er sorgte dafür, dass wir die Ware mit staatlichen Fahrzeugen und über Diplomatengepäck transportieren konnten.«

Emsige Journalisten fanden heraus, dass das Drogengeld bei dubiosen Geschäften und in Spielkasinos gewaschen wurde. Das mörderische Dreieck Politik-Polizei-Mafia wurde entlarvt, kriminelle Politiker und Armeeangehörige wurden in Zeitungen und Fernsehsendern bloßgestellt. Die Politiker gerieten immer mehr in Erklärungsnot.

Den Gouverneur hatte ich noch nie zuvor so fröhlich und optimistisch erlebt wie in diesen Tagen, er war voller Leben und Euphorie. Wie aus dem Nichts tauchte er selbst zur Arbeitszeit in meinem Haus auf, hielt Monologe und verschwand wieder, so schnell wie er gekommen war. Trotz aller Einschüchterungsversuche seien die »Guten« im Staat dabei, den Kampf gegen die »Bösen« zu gewinnen, und endlich würde im Land wieder Gerechtigkeit herrschen, endlich würden die Verbrecher ihre verdiente Strafe erhalten.

Als es in einer jener Nächte an meine Haustür klopfte, war ich nicht überrascht. Mit einem Gruß auf den Lippen öffnete ich die Tür, vor der ich den Gouverneur erwartete. Doch statt seiner schauten mir zwei junge Männer müde und gleichgültig in die Augen. Die Läufe ihrer Kalaschnikows zeigten in dieselbe Richtung, schräg nach oben. Ihre Pluderhosen und Turnschuhe waren gleicher Machart und von gleicher Farbe, sie sahen aus wie ein Zwillingspaar, das sorgfältig zurechtgemacht in einem Fotostudio vor der Kamera posierte. Ohne den Farbunterschied ihrer Kopfbedeckung – der eine trug ein rotes *puşi*, der andere ein schwarzes – hätte man sie kaum voneinander unterscheiden können.

Das mussten kurdische Kämpfer sein. Sie standen wie angewurzelt vor mir. Die *puşis*, kaum sauberer als der Rest der Kleidung, verdeckten ihre Gesichter, nur die Augen waren zu sehen.

Seltsamerweise hatte ich keine Angst vor ihnen, ich war nicht einmal erschrocken, nur überrascht. Obwohl ich wusste, dass die staatlichen Sonderkommandos sich wie kurdische Kämpfer kleideten und Hausbesuche machten, um »Terroristensympathisanten« ausfindig zu machen, spürte ich, dass es sich bei diesen Männern um Originale handelte. Ich weiß nicht, warum ich meiner Sache so sicher war, denn bislang hatte ich weder die Guerilla noch diese staatlichen Kommandos zu Gesicht bekommen.

»Entschuldige, dass wir so unangemeldet hereinplatzen! Wir wollten uns hier nur etwas ausruhen und uns mit dir *unterhalten*«, sagte der Mann mit rotem *puşi*. Fast im selben Atemzug fragte er mich:

»Hast du etwas zu Essen da?«

»Nicht viel!«, antwortete ich.

Sie wollten sich mit mir »unterhalten«. Dieses Verb kannte ich aus dem Polizeijargon, und meine anfängliche Lässigkeit verflog. Waren sie vielleicht doch Mitglieder jener Einheiten, die als kurdische Kämpfer getarnt Jugendliche warben und angeblich für den »Freiheitskampf« mitnahmen, um sie in der nächsten Schlucht zu erschießen?

Abgesehen davon hatte ich in Mardin gegenüber Menschen, die sich mit mir unterhalten wollten, mich aber nicht fragten, ob ich das wollte, eine Abneigung entwickelt. Ich sagte nichts. Ich ging in die Küche, die beiden Männer, die ihr Gepäck in einer Ecke des Raumes abgelegt hatten, folgten mir.

Ich bin zwar kein guter Koch, aber Pastagerichte wie Spaghetti oder Makkaroni habe ich durch jahrelange Übung beinahe perfektioniert. Olivenöl, Knoblauch und Tomaten sind die Grundsäulen meiner Küche. Zu viele Zutaten verderben den Geschmack. Wie oft hatte ich früher meine Mutter angebettelt, kein Hackfleisch und Gemüse in die Soße zu geben. Bei ihren Soßen hatte ich immer das Gefühl, vieles zu haben, aber nicht das, worauf es ankommt. Als ob man mehrere Geliebte hätte, doch die eine Richtige würde man ihnen allen vorziehen.

Der Kämpfer mit dem roten *puşi*, er schien der Ranghöhere zu sein, gab die Kommandos beim Kochen, während der andere Knoblauch schnitt:

»Die Zwiebel nicht anbrennen lassen! Tu die Nudeln etwas später hinein, sonst werden sie zu weich.«

Er schien in jeder Lebenssituation Machtwörter zu sprechen. Sein Begleiter hatte bislang keinen Ton von sich gegeben, jetzt saß er im Wohnzimmer auf der Couch und blätterte in einem meiner Bücher. Ich machte, was sein »Chef« von mir verlangte. Er hatte die Befehlsgewalt, die Macht des Imperativs.

Sobald das Essen auf dem Tisch stand, verschlangen die beiden Männer die Makkaroni beinahe ohne zu kauen. Als sie ihre Teller geleert hatten, offebarten ihre unrasierten Gesichter eine schwere Müdigkeit, derer sie nicht mehr Herr zu werden schienen.

Ich wurde schon vom Zuschauen schläfrig.

»Was haltet ihr von einem Tee?«

Ohne ihre Antwort abzuwarten, erhob ich mich und setzte Wasser auf, wie ich es bei den nächtlichen Besuchen des Gouverneurs auch tat. Dabei dachte ich ein wenig beunruhigt an meinen Freund, daran, was für eine Überraschung es wohl für ihn wäre, wenn er jetzt hier aufkreuzte.

Die stille Müdigkeit wurde bald vom Klirren der Teegläser verdrängt, und nach den ersten Schlucken fand der Chef zu seiner Rolle zurück.

»Jahrhunderte lang hat man dieses Volk, das außer den ostanatolischen Bergen nichts besaß, erniedrigt und geknechtet. Das, was von ihm heute übrig geblieben ist, ist eine versprengte, auf fünf Länder verteilte, am Existenzminimum darbende Masse, die nicht zu einer Einheit finden darf und kann. Immer wieder hat man die Anführer dieses Volkes ermordet, seine Sprache verboten, seine kulturellen Eigenarten bestritten.« Er schaute mir in die Augen, während er weiter agitierte: »Wusstest du, dass Mustafa Kemal Atatürk den Kurden die Autonomie versprochen hatte, wenn sie mit ihm gemeinsam gegen den Sultan in Istanbul kämpften? Was bekamen die Kurden aber nach dem Sieg und der Gründung der Republik: Mit Niederlassungsbefehlen raubte man ihnen die Freiheit zu wandern, Stacheldrähte zog man auf ihren Routen, mit Zwangsumsiedlungen in türkisch dominierte Gebiete versuchte man, aus ihnen Türken zu machen. Man gab ihren Städten türkische Namen, sang ihre Lieder auf Türkisch, tanzte ihre Tänze als eigene.«

Er machte eine Pause und schnaubte, was wohl ein bitteres Lachen sein sollte.

»Dass man den Kurden ihre Musik und ihre Tänze klaute, ist am wenigsten schlimm, denn man fragt sich, wann dieses Volk überhaupt eine Gelegenheit finden soll, fröhlich zu sein.«

Sein Kombattant schien diese Reden schon öfter gehört zu haben, gleichgültig saß er auf einem Kissen am Boden, trank seinen Tee und starrte nach unten.

»Die Zwangsassimilation der Kurden scheiterte, die Experimente mit dem kurdischen Volk gingen weiter«, fuhr der Agitator fort. »Der ›geniale‹ Plan Ankaras hieß dieses Mal: ›wirtschaftliche Verarmung‹. Wer würde sich schon mit hungrigem Magen nach Freiheit sehnen, dachten die Politiker damals in den Dreißigern, für sie kämpfen würden sie erst recht nicht.«

Er beugte sich zu mir und sagte in verschwörerischem Ton, als verrate er Höchstvertrauliches:

»Die geheimen Dokumente dieses Plans existieren noch.«

Offenbar einer bewährten Dramaturgie folgend, erhob er unvermittelt seine Stimme und schrie, so dass seine Halsschlagader wie ein Regenwurm hervortrat.

»Eines Tages wird die ganze Wahrheit ans Licht kommen. Und dieses Volk, das man ›Bergtürken‹, ›Separatisten‹ oder ›Terroristen‹ nennt, wird zu seinem Recht kommen: Glaub mir, eines Tages werden die Geschichtsbücher umgeschrieben werden!«

Er war zwar ein guter Redner, aber er war auch schlichtweg verrückt. Sein Fehler war, dass er seine Sätze mit zu viel Pathos schmückte und sie sich allzu sehr zu Herzen nahm, so dass er sich in seinem Redeschwall verlor. Was aufrütteln sollte, wirkte eher beängstigend. Das Gesagte war zwar nicht falsch, aber es war furchterregend zuzusehen, wie mein Gegenüber sich Stück für Stück in seine eigene Rede hineinsteigerte. Seine Augen starrten mich an und schienen dabei nichts zu sehen, die Augenbrauen waren in der Mitte vereint, der Mund verzerrt, die Sätze gefühllose Wortketten, die das Bild des bedingungslosen Kämpfers entwarfen. In seiner Stimme spürte ich die Entschlossenheit, zu kämpfen und zu töten. Mit diesem Mann war nicht zu spaßen. Am liebsten hätte ich ihn gefragt: »Lohnt es sich, dafür zu sterben?«

Doch ich hatte nicht den Mut, ich schwieg.

Ich empfand für den Freiheitskampf dieses Volkes durchaus Sympathie, aber das Letzte, was ich tun würde, wäre, diesen blutigen Krieg zu unterstützen.

Nach seinem Monolog, mit dem er in jedem Haus, in dem sie Unterschlupf fanden, die »Beherbergung« zu vergelten schien, richtete er das Wort direkt an mich:

»Was hast du mit dem Gouverneur zu tun? Warum wirst du von ihm durch die Gegend kutschiert?«, fragte er unvermittelt.

»Er ist ein guter Mensch«, sagte ich.

»Ich weiß, sonst wäre er längst ein toter Mensch. Das ist aber keine Antwort auf meine Frage.«

»Wir sind gut befreundet, und Freunde sehen sich eben oft.«

Er schwieg, hakte nicht mehr nach. Woran er dachte, darüber konnte ich nur spekulieren: Vielleicht daran, dass er zu niemandem eine tiefer gehende Beziehung aufbauen durfte. Dass er bald wieder in die Berge ziehen würde, dorthin, wo es nie genug zu essen gab und das Leben eine Freundschaft schnell im Stich ließ. Daran, dass die Überlebensdauer eines kurdischen Kämpfers in den Bergen durchschnittlich drei Jahre betrug.

Schweigend saßen wir eine Weile da. Ich brachte das schmutzige Geschirr und die Gläser in die Küche. Als ich ins Wohnzimmer zurückkehrte, fand ich die »Retter des kurdischen Volkes« schlafend vor. Der Agitator lag auf der Couch, sein Begleiter an die Wand gelehnt auf dem Boden, in seinen Händen hielt er noch das Buch. Ich musterte ihre kindlichen Gesichter, denen man nun, in der Entspannung des Schlafes, deutlich ansah, dass sie sich mit den harten Lebensumständen in den Bergen noch nicht angefreundet hatten. Dann wanderten meine Augen zu den Kalaschnikows, die in der Ecke des Wohnzimmers standen. Ich dachte an die vielen Kämpfer, die bei solchen »Besuchen« von ihren »Gastgebern« verraten wurden. Wenn ich mich jetzt aus dem Haus schliche und die Polizei benachrichtigte, würden sie wohl nichts davon mitbekommen. Ich schämte mich für meine Gedanken.

Ich weckte sie erst kurz vor Tagesanbruch. Bei meiner Berührung fuhr der Kämpfer mit dem roten *puşi* hoch, setzte sich aufrecht hin und wies seinen Begleiter auf kurdisch zurecht, der nun auch steif und senkrecht dasaß. Er erwiderte nichts, als ob er mit der Rolle des Alleinschuldigen einverstanden war.

Der Wortführer schaute aus dem Fenster hinaus, blickte ungläubig auf seine Uhr:

»Zeit zu gehen. Im Tageslicht gehört die Stadt dem Feind. Auch wenn wir ›Gesetzlose‹ sind, halten wir unsere Abmachungen ein.«

Die beiden Männer standen auf und hingen die Kalaschnikows quer über die Schulter. Bevor sie das Haus verließen, drehte sich der Sprecher noch einmal um und sagte:

»Übrigens schöne Grüße von unserem Genossen Schawat.«

Ich schaute ihn verständnislos an.

»Ach ja, dir dürfte er als Schicho, als Besitzer der Pizzeria, bekannt sein«, fügte er lächelnd hinzu. Danach verließen sie mein Haus in Windeseile. Wie gelähmt stand ich da. Bilder von

Schicho bestürmten mich von allen Seiten. In diesem Moment fiel mir ein, dass ich seit Wochen nicht mehr im »Las Vegas« gewesen war. Er hatte sich also für den bewaffneten Kampf in den Bergen entschieden.

Ich erzählte von dieser Nacht niemandem etwas, nicht einmal dem Gouverneur. Weder die Namen meiner Gäste noch ihre Geschichte, die sie in die Berge geführt hatte, sollte ich jemals erfahren. Nur das für Kurden unübliche Hochtürkisch, das sie sprachen, war ein Zeichen dafür, dass sie aus einer Metropole wie Istanbul, Izmir oder Ankara stammen mussten.

Suzans Überfall und die Hundstage

Wenn Suzan fünf Tage nach ihrer Abreise, an einem späten Samstagabend, nur deswegen an meine Wohnungstür geklopft hätte, um ihre Katze abzuholen, wie ich es erwartete, hätte mein Schicksal vielleicht einen anderen Verlauf genommen. Vielleicht wäre ich in der Lage gewesen, sie in meinem Inneren zu zerlegen und rückstandslos zu entsorgen. Ob Suzan diese Gefahr erahnte und sich an jenem Abend deshalb so aufführte, weiß ich nicht. Vielleicht wollte sie meinem Leben auch nur ihren Stempel aufdrücken, bevor sie es für immer verließ.

Dass sie irgendwann kommen würde, um ihre Katze, die sie über alles liebte, bei mir abzuholen, war sicher, aber dass sie in meiner eigenen Wohnung über mich herfallen und mich – geschäftsmäßig, wie eine vom guten Onkel für den Neffen engagierte Nutte –nach allen Regeln der Kunst verführen würde, damit hatte ich nicht gerechnet.

Kaum hatte Suzan ihren Fuß über meine Türschwelle gesetzt, umarmte und küsste sie mich stürmisch, während sie mir im Wohnzimmer Stück für Stück die Kleider vom Körper streifte. Mit Hilfe einer unsichtbaren dritten Hand schlüpfte auch sie aus ihren Sachen, und ich ließ es ohne Protest geschehen. Als wir nackt waren, zog sie mich an der Hand zum Schlafzimmer, stieß mich auf mein Bett und bedeckte meinen Körper mit Küssen, biss und kratzte mich. Meine halbherzigen Versuche des Aufbäumens kämpfte sie mit sanftem Zurückschubsen nieder und führte bei den Ereignissen, die in meinem Bett stattfanden, Regie.

Ihre rücksichtslose Zielstrebigkeit erregte mich, aber dieser Zustand des Glücks dauerte nicht lange. Nach einer halben Stunde ließ sie von mir ab. Sie zog sich ohne ein Wort in Windeseile wieder an, steckte die Katze in den Korb und verschwand. Bevor sie ging, blieb sie im Flur kurz stehen und schaute mir für einige Sekunden tief in die Augen. Bis heute kann ich weder den Grund ihres Auftritts noch die Aussage dieses letzten Blickes erraten, wenn er überhaupt eine hatte.

Es vergingen Tage, in denen sie weder vorbeikam noch anrief. Ich hingegen konnte ein Wiedersehen mit ihr kaum erwarten. Nach vier Tagen rief ich sie an, niemand ging ans Telefon. Ich versuchte, mich mit Arbeit abzulenken, erledigte alle liegen gebliebenen Kopieraufträge, fertigte – wie seit Monaten vorgehabt – aus einem seltenen Exemplar des Buches »Genussmittelverbote im Osmanischen Reich« mehrere Reproduktionen, klebte die zerfledderten und in einer Schublade gesammelten Geldscheine sorgfältig zusammen – vergeblich. Ich war deprimiert und tieftraurig über Suzans Gleichgültigkeit. Ich redete mir ein, dass es nicht viel war, was ich von ihr verlangte: Sie musste nicht mit mir schlafen, sondern nur hin und wieder ihren Kopf auf meine Schulter legen, sich an mir stützen, wenn sie auf dem Bürgersteig lief und ich auf der Straße. Sie sollte wieder die redselige Deutschländerin sein, die mir ein Stück Heimat bot. Ich wollte ihren euphorischen Erzählungen lauschen, ihre Launen ertragen, auf ihre Männer eifersüchtig sein.

Ich war unrettbar verliebt und konnte nichts dagegen tun. Wie die Menschheit auf Elektrizität, motorisierte Fahrzeuge und fließendes Wasser nicht mehr verzichten konnte, so konnte ich in meinem Leben auf Suzan nicht mehr verzichten.

Am fünften Tag schloss ich den Laden nach wenigen Sunden – es war noch nicht einmal Mittag –, weil mittlerweile jede Minute, die ich dort eingesperrt und voller Grübeleien verbrachte, zur Qual wurde. Arbeit und Geld interessierten mich nicht mehr. Ich versuchte nur noch, die Zeit so schmerzfrei wie möglich zu verbringen und mein Leben nach außen so unauffällig wie möglich zu verwalten.

Ich streifte durch die Straßen, denn ich hoffte, meinem Leiden Linderung zu verschaffen, indem ich mich bewegte. Ich lief durch die hinteren Gassen von Unkapanı nach Eminönü, von dort wieder zurück nach Sultan Ahmet und über Aksaray nach Beyoğlu, in den Stadtteil, in dem Suzan wohnte und in dessen Straßen ich mich mittlerweile heimisch fühlte.

Die Jugendstilhäuser gaben mir das Gefühl, nicht in einem orientalischen, sondern in einem mediterranen europäischen Land zu sein. Das Viertel ähnelte mir: undefinierbar, zwischen Asien und Europa, nicht im Einklang mit dem restlichen Umfeld. Die einstigen Bewohner von Beyoğlu – Armenier, Griechen, Italiener, Russen – hatten Istanbul längst verlassen, ihre Häuser jedoch, die nun von jungen Intellektuellen, Transvestiten und Prostituierten bevölkert wurden, hatten sie als Andenken an eine glorreiche Vergangenheit zurückgelassen. In den letzten Jahrzehnten hatten viele dieser alten Gebäude Betonkästen weichen müssen, aber inzwischen standen sie unter Denkmalschutz.

Ich lief durch die Gassen von Cihangir zur Kazancı Yokuşu hinunter, von dort wieder hinauf zum Taksim-Platz und bog vor dem deutschen Konsulat rechts ab. Um den Betonblock, wo die besser gestellten Istanbuler lebten, drehte ich eine Runde, um schnell wieder zur Altstadt von Gümüşsuyu zu gelangen. All die hier leerstehenden dachlosen Häuser, die nicht abgerissen werden durften und vergeblich auf einen Käufer warteten, solidarisierten sich mit mir. Verlassen und morsch wartete ich auf meine Besitzerin und wusste, eine Berührung von ihr würde genügen, um mich wieder aufzurichten.

Nach jeder Frau, egal ob jung, alt, groß oder klein, drehte ich mich um in der Hoffnung, Suzan in ihr zu erblicken. Ich lief die Straßen auf und ab, die Suzans Füße täglich berührten. Wenn der Wind, ausgeatmet von der »Lunge Istanbuls«, dem Bosporus, in mein Gesicht blies, verschaffte er meinem inneren Brand Abkühlung, und wenn ich ohne Unterbrechung lief, gelang es meinem Gehirn bei dem stetigen Rütteln genauso wenig die Gedanken zu ordnen wie einem Buspassagier misslingt sein Kleingeld zu zählen.

Von Gümüşsuyu lief ich zum Dolmabahçe-Palast, von dort nach Beşiktaş und über Tophane wieder zurück. Der Weg war das Ziel. Am späten Abend schmerzten meine Beine, die pessimistischen Gedanken eroberten wieder Geist und Körper, und ich strandete an meiner Endstation, im »Pano«. Nach mehreren Gläsern Rotwein beschloss ich gegen Mitternacht, Suzan anzurufen. Das Telefon klingelte lange und ich blieb standhaft, bis ihre schläfrige Stimme erklang:

»Hallooo, wer ist da bitte?«

Ich hatte nicht damit gerechnet, sie zu hören, und war so überrascht, dass ich keinen Ton herausbrachte. Ich legte den Hörer wieder auf, ohne irgendetwas gesagt zu haben und kehrte ins »Pano« zurück. Als ich meinen Anruf immer wieder Revue passieren ließ und mir eingestand, dass ich nicht den Mut gehabt hatte, mit Suzan zu sprechen, war ich über ihren Einfluss auf mich erschrocken. Ich trank so lange, bis die Kellner mich gegen drei Uhr hinausbaten. Ermutigt vom Alkohol, rief ich Suzan ein weiteres Mal an, doch das Telefon klingelte vergeblich, Suzan nahm nicht ab.

Ich fuhr nicht nach Hause, sondern lief ziellos Richtung Karaköy. Nun, da die zahllosen Passanten die Straßen nicht mehr bevölkerten, stellte Istanbul still seine Schönheit zur Schau. Gemeinsam mit den Ratten, Katzen und Mardern kehrte Ruhe ein und eroberte die Stadt. Auch das letzte Widerstandsnest, Beyoğlu, hatte inzwischen kapituliert.

Die engen Gassen zwischen Beyoğlu und Karaköy, die wegen eines alten U-Bahntunnels hier auch Tunnelviertel genannt wurden, konservierten das Bild Istanbuls im vergangenen Jahrhundert. Mit zwei Metern Breite schienen sie für die heutigen

Menschen viel zu schmal zu sein. Ich überquerte die Brücke vom Goldenen Horn nach Eminönü, wo ich vergeblich nach Wache haltenden Janitscharen Ausschau hielt, während ich gegen die Mauer des ägyptischen Basars urinierte. Seit Jahrhunderten hatte sich hier nichts geändert, der Geist jedes beliebigen Sultans, der hier mit mir entlang schlenderte, konnte dies bestätigen.

Über Mercan Yokuşu landete ich schließlich in meinem Kopierladen. Ich legte einfach meinen Kopf auf den Tisch und schlief ein. Nach etwa drei Stunden wurde ich vom Klopfen an der Glastür geweckt, die ersten Kunden waren schon da.

So freudlos wie jetzt waren mir meine Tage noch nie vorgekommen. Ich fragte mich, wie lange ich dieses Leben noch fortführen würde und was es für einen Sinn hatte, morgens aufzustehen, den Weg hierher zu nehmen und bis in den Abend für Menschen zu kopieren, die man kaum kannte, Blätter, die man nicht gelesen hatte. Ich hielt nur wenige Stunden aus, am Nachmittag schloss ich die Tür ab und begab mich erneut auf die Straßen.

Am Abend rang ich mich dazu durch, bei Suzan vorbeizugehen, ganz beiläufig, wie ein Ach-ich-klingele-mal-bei-ihr-Besuch. Dabei raste mein Herz. Auf einer öffentlichen Toilette brachte ich mich in Schuss, so gut es ging. Man sah mir die letzten zwei Tage, die ich nicht mehr zu Hause gewesen war, an, und ich machte mich auf den Weg zu ihr.

Die Haustür war nur angelehnt. Ich lief das dunkle Treppenhaus hinauf, ohne ein einziges Mal zu stolpern. Ich klingelte, und als die Tür wie eine Schiebeblende ihr Gesicht freilegte, lächelte sie. Ich stand verlegen im Treppenhaus, sie auf dem Absatz im Türrahmen. Die Enttäuschung, die nach einem Moment der Reglosigkeit ihre Mimik eroberte, rollte wie eine Welle über einen Sandstrand und wieder zurück. In ihren Augen lag Unverständnis. Sie schaute mich mit dem Gesichtsausdruck eines Menschen an, der hocherfreut zum klingelnden Telefon gelaufen war und am Ende der Leitung nicht die lang ersehnte Stimme zu hören bekam. Nun bestanden Suzans Gesichtszüge aus einem Schmatz-nicht-so-Blick, einer Duschnarchst-Genervtheit und einer Was-soll-das-Fassungslosigkeit. Sie starrte mich einige Sekunden lang an und sagte schließlich:

»Ich erwarte jeden Moment Asli. Wir wollten uns etwas unterhalten und danach in den ›Kontrabass‹ gehen.« Als ob sie mir die Gelegenheit geben wollte, zu dem Gesagten Stellung zu nehmen, schwieg sie wieder. Schließlich fügte sie halbherzig hinzu:

»Wenn du willst, kannst du später dort vorbeischauen! Wir werden wohl so gegen elf Uhr dort sein.«

Sie bat mich nicht einmal herein.

»Ich bin etwas müde«, stammelte ich. »Ich gehe am besten nach Hause und leg mich etwas hin.« Auf der Treppe fügte ich dann hinzu: »Ich hatte in der Nähe etwas zu erledigen, wollte einfach vorbeischauen.«

»Vielleicht ein anderes Mal!«, erwiderte sie mit kaum unterdrückter Erleichterung darüber, dass ich so pflegeleicht war und ohne Widerrede das Haus verließ. Bevor sie die Tür schloss, gab sie meinem Leben noch einen Tritt:

»Erhole dich schön!«

Auf der Straße ärgerte ich mich, dass ich überhaupt hochgegangen war. Noch mehr ärgerte ich mich aber über meinen falschen Stolz, der mich nun daran hinderte, in den »Kontrabass« zu gehen.

Ich ging nach Hause und beschloss den Abend einsam und traurig vor dem Fernseher. Der Wunsch, Suzan zu sehen und zu sprechen, stand am nächsten Tag stärker und unbändiger vor mir als je zuvor. Ich war nur noch darauf fixiert, sie zurückzugewinnen. Je abweisender sie sich verhielt, umso mehr suchte ich ihre Nähe.

Schon am zweiten Tag war es mit meiner Beherrschung vorbei, und ich rief sie vom Kopierladen aus an. Obwohl ich wusste, dass sie tagsüber ungern zu Hause blieb, ließ ich das Telefon lange klingeln. Allein die Tatsache, dass die tönende Leitung die ihre war, ließ meinen Adrenalinpegel steigen und linderte meinen Schmerz. Suzan ging nicht ans Telefon, weil sie nicht zu Hause war. Da war ich mir sicher. Trotzdem wählte ich die Nummer über den gesamten Tag alle zwanzig Minuten, bis sie gegen sieben Uhr den Hörer schließlich abnahm.

»Ja, hallo!«

»Hallo, ich bin es, Ercan.«

Stille trat ein. Ich fuhr tapfer fort:

»Ich wollte wissen, ob du heute Abend Zeit hast. Ich dachte, vielleicht könnten wir gemeinsam etwas unternehmen.«

Sie sprach, aber mir wäre es lieber gewesen, sie hätte weiterhin geschwiegen.

»Ich habe leider keine Zeit.«

»Oh, schade ... morgen vielleicht?«

»Es tut mir Leid, aber auch morgen geht es nicht. Ich kann die Woche noch nicht überschauen, ich melde mich aber bei dir, sobald ich was weiß.«

Wir legten auf. Selbstverständlich meldete sich Suzan in den folgenden Tagen nicht. Nach dem Telefongespräch wusste ich, dass ich sie verloren hatte. Es war zu Ende, bevor es richtig angefangen hatte, und ich hatte es nicht verhindern können. Ich fragte mich, ob ich mich in dieser oder jener Situation anders hätte verhalten sollen. Wäre ich für sie anziehender, interessanter gewesen, hätte ich mich ihr gegenüber cooler und distanzierter verhalten? Ich weiß es nicht. Manchmal hegte ich den Gedanken eines Frauenserienmörders, dass ich ein Arschloch hätte sein sollen, das sie schlecht behandelt, denn nur auf solche Männer fuhren sie doch ab, die Frauen, die ja bekanntlich alle ausnahmslos Huren waren.

Alles, was ich getan hatte, um Suzan nah zu sein, hatte mich mehr von ihr entfernt. Eine ranzige Trauer legte sich auf meine Seele. Jede Minute war eine Qual, und ich allein war schuld an meiner Situation.

Ich hatte es vorausgesehen, dass Suzan sich mir eines Tages entziehen würde, wie die Fähren, die ich manchmal morgens vom Hang aus sah. Zwar nahmen sie noch Fahrgäste auf, würden aber bald ablegen, denn auf ihren Ladeflächen gab es für weitere Fahrzeuge kaum noch Platz. Auch Rennen würde nichts nützen. Sobald ich am Kai angekommen wäre, würden ihre Klappen von den öligen Stahlseilen Zentimeter für Zentimeter hochgezogen und das Gittertor vor meiner Nase geschlossen werden.

Suzan entschwand aus meinem Leben. Ohne zu ahnen, welch hohen Preis ich dafür zu zahlen haben würde, ließ ich meinen Gefühlen freien Lauf.

Der Staat, die Mafia

Die kurdischen Kämpfer tauchten zwar nie wieder auf, aber allein zu wissen, dass ich in Mardin längst kein anonymes Leben mehr führte, veranlasste mich, meine Tage zunehmend in den eigenen vier Wänden zu verbringen. Meine Einbildungskraft versorgte meine Paranoia mit Nahrung. Ich bildete mir ein, dass man jeden meiner Schritte genauestens beobachtete, jedes Detail notierte, um Bericht zu erstatten.

Die Menschen, mit denen ich in Berührung kam, legten mir gegenüber Vorsicht und Schweigsamkeit an den Tag, skeptische Blicke wanderten über meinen Rücken, den Hinterkopf und die Wangen, niemand sah mir in die Augen. Die Zeiten, in denen ich die kindliche Neugierde der Einwohner wie ein europäischer Tourist in vollen Zügen genießen konnte, waren endgültig vorbei. Nach meiner Freilassung aus dem Polizeirevier war die Sympathie verschwunden, die die Stadtbewohner für mich empfunden hatten, später meinte ich, in manchen Augen sogar Feindschaft zu erkennen, was ein Resultat meiner Freundschaft zum Gouverneur sein konnte.

Trotz der selbst auferlegten Isolation führte ich ein Leben voller Spannung. Immer neue Details des »Skandals«, die ans Tageslicht kamen, zogen mich in ihren Bann. Jede neue Entwicklung verglich ich mit den Erzählungen des Gouverneurs, um auf die vielen Fragen, die mich beschäftigten, eine Antwort zu finden. Je mehr Zeit verging, umso größere Kreise zogen die Ereignisse, und die Regierung, die inzwischen nur noch als kriminelle Vereinigung betrachtet wurde, war damit beschäftigt, sich nach allen Seiten zu verteidigen.

In jenen Tagen hatten die Medien die staatlichen Killerkommandos im Visier, die für Hunderte von Morden verantwortlich gemacht wurden. Nach Angaben der Menschenrechtsorganisation *nsan Hakları Derneği* gingen mehr als tausenddreihundert politisch motivierte und etwa dreitausend »gewöhnliche« Morde auf das Konto dieser Killer. Vierzehn Menschenrechtler, die diese Fälle untersucht hatten, waren ebenfalls zu Opfern geworden. Der Vorsitzende der Organisation analysierte auf einer Pressekonferenz die gerichtsmedizinischen Untersuchungsergebnisse, ohne zu ahnen, dass er wenige Wochen später selbst in diese traurige Statistik eingehen würde:

»Tausende Operationen wurden durchgeführt. Diejenigen, deren Namen sich auf den Listen befanden, wurden mit auf den Rücken gebundenen Armen am Straßenrand aufgefunden. Manche mit Folterspuren, manche mit einer Kugel im Kopf.«

Die Zeit der Abrechnung schien gekommen zu sein. Die Tageszeitungen meldeten, dass die meisten dieser Morde im staatlichen Auftrag geschehen waren, angeordnet von höchster Instanz. Reuige Polizisten, die wegen des Geldes oder aufgrund des Drucks ihrer Vorgesetzten an den Verbrechen beteiligt gewesen waren, stellten sich den Behörden und packten aus.

»Abends brachte uns der Geheimdienst eine Liste mit Namen, morgens zogen dann die Killer los und ermordeten die genannten Leute«, gestand einer, während andere bei ihrer Vernehmung zugaben, ihren Mordauftrag vom Innenminister höchstpersönlich erhalten zu haben. Sie sollten die »Staatsfeinde« ausschalten, lautete ihr Auftrag, »die Separatisten des Vaterlandes«. So zogen sie los und mordeten: Intellektuelle, kurdische Persönlichkeiten, Journalisten, Drogenbarone, Industrielle, auch Offiziere der türkischen Armee. Sie töteten jeden, den ihre Auftraggeber als Problem einstuften.

Jetzt begriff man, wie die Drohung, die die Ministerpräsidentin ein Jahr zuvor in die Mikrofone der Journalisten gesprochen hatte, zu verstehen war: »Wir verfügen über eine Liste von Geschäftsleuten und Künstlern, die den kurdischen Terroristen helfen. Wir werden sie zur Rechenschaft ziehen.«

Der Gouverneur legte die Zeitung, in der er gerade gelesen hatte, verächtlich beiseite.

»Du wirst es nicht glauben, aber auch mich hat man für diese Organisation anzuwerben versucht. Damals war ich noch Student.«

»Welche Organisation?«, fragte ich.

»Ursprünglich hieß sie ›die Konterguerilla‹ und war Mitte der fünfziger Jahre mit Hilfe der Amerikaner aufgebaut worden. Ich hab nicht mitgemacht. Denn von manchen Kommilitonen wusste ich: Wenn du einmal drin warst, gab es kein Entkommen mehr.«

»Und wofür haben sie die Leute rekrutiert? Damals gab es doch keine kurdische Guerilla.«

»Sie wurden in Trainingslagern für den Nahkampf und den Umgang mit Waffen ausgebildet, bevor man sie auf linke Studenten losließ. Meistens lauerten sie ihnen vor den Universitätstoren auf. Einer der Kommandeure dieser Truppen war der Terrorist, der in dem Unfallauto den Tod fand.«

»Woher wissen Sie diese Details?«

»In meiner Jugend gehörte ich zur rechten Szene«, antwortete der Gouverneur, »allerdings nur als Sympathisant«, fügte er schnell hinzu.

Über diese Offenbarung war ich mehr als überrascht. Ich überlegte, welche Ereignisse seinen Lebensweg beeinflusst hatten. Der Gouverneur schaute mich verunsichert an und fasste meinen gedankenverlorenen Blick als Zweifel an seiner Aussage auf.

»Ich war keiner von denen!«, rief er empört.

Durch die hohe Tonlage schreckte ich auf.

»Wenn Sie sagen, dass Sie nicht dabei waren, dann glaube ich Ihnen das auch.«

Mit ruhiger Stimme fuhr der Gouverneur fort:

»In den siebziger Jahren wurden zivile Kampfeinheiten gegründet, die sich ›Kommandos‹ nannten und fast ausschließlich aus Mitgliedern der Jugendorganisation der Grauen Wölfe bestanden. Anfang der achtziger Jahre, nach dem Militärputsch, wurden sie aber überflüssig, weil ihre Hauptfeinde, die Linken, entweder von der Armee eliminiert worden oder ins Ausland geflüchtet waren. So wurden die einstigen ›Kommandos‹ zu einer Freischärler-Bande, die in der Unterwelt mitmischte. Als sie zu einem ernsthaften Problem zu werden drohten, kam Rettung aus dem Osten. Mitte der achtziger Jahre begann dort der Krieg gegen die Kurden, und viele dieser Leute wurden in die Spezialeinheiten eingegliedert und neben den regulären Armeeverbänden in den Kampf geschickt. Den Rest der Geschichte kennst du. Wie der Major erzählt hat, wurden sie Anfang der neunziger Jahre zu Killerkommandos der Regierung zusammengezogen. Manche von ihnen treiben sich immer noch in meinem Verwaltungsbezirk herum. Offiziell existieren sie zwar nicht, aber sie sind überall im Kriegsgebiet unterwegs. Ich bin mir sicher, dass auch der Neffe des Pizzeriainhabers von diesen Leuten getötet wurde.«

»Wenn diese Leute offiziell nicht der regulären Armee und der Regierung unterstehen, aus welcher Kasse wird dann diese ganze Mordmaschinerie finanziert?«, fragte ich.

»Die etwa siebenhundert aktiven Mitglieder wurden aus den Mitteln eines Geheimfonds finanziert, bis vor einiger Zeit die Kriegskassen leer waren – korrupte Politiker und Militärs hatten zu oft hineingegriffen.«

»Und das war der Grund, weshalb die Regierung ins Heroingeschäft eingestiegen ist«, ergänzte ich den Gouverneur.

»Genau! Die Drogenbarone wollten aber das Feld nicht freiwillig räumen, also mussten sie beseitigt werden. Fazit: Minister wurden zu Mafiosi und Diplomaten zu Kurieren, die Drogen im Diplomatengepäck ins Ausland schmuggelten.«

Der Gouverneur hielt kurz inne und lächelte bitter.

»So sieht der Staat aus, dem ich diene.«

Ich versuchte, mir vorzustellen, wie türkische Diplomaten im Ausland Kunden ihre »ungestreckte, saubere« Ware anpriesen.

Der Gouverneur fuhr fort und beschrieb den Weg des schmutzigen Geldes:

»Das Drogengeld musste natürlich irgendwo gewaschen werden. Also streckte der Staat seine Hände nach neuen Geschäftszweigen aus: Waffenhandel und Glücksspiel. Allerdings gaben auch die Spielcasinokönige ihre Geschäfte nicht freiwillig auf, deshalb ...« Der Gouverneur strich mit seinem Zeigefinger quer über seinen Hals.

Wir unterhielten uns an diesem Abend bis tief in die Nacht hinein. Nachdem der Gouverneur gegangen war, lag ich noch stundenlang wach und dachte über die Menschen nach, die das Leben von Millionen lenkten und manipulierten, und über meinen Freund, den Gouverneur. Leute wie er sorgten dafür, dass man den Glauben an die Menschheit nicht verlor.

Die Fussmattennächte

In den frühen Morgenstunden verließ ich meine Wohnung mit der festen Absicht, Suzan zurückgewinnen, koste es, was es wolle. Ich nahm die Fähre nach Kabataş, von dort lief ich die Sıraselviler Straße entlang den Berg hinauf nach Beyoğlu, um etwas Zeit verstreichen zu lassen. Zwar hatte ich mir fest vorgenommen, Suzan im Laufe des Tages aufzusuchen, wollte sie aber nicht aus dem Bett holen. Ich wollte an diesem Sonntag eine ausgeschlafene Suzan treffen, mit ihr über vieles sprechen und versuchen, sie von meinen Qualitäten zu überzeugen. Nicht bedacht hatte ich, dass Gümüşsuyu mich wie ein Magnetfeld anziehen würde, sobald ich mich ihm näherte. Auch wenn ich geradeaus weiterlaufen wollte, trugen mich meine Füße nach links, zur Kazancı Yokuşu, wo ich automatisch in die nächste Straße rechts abbog. Schon stand ich vor Suzans Haustür. Weil ich wusste, dass ihre Klingel nicht funktionierte, drückte auf den untersten Knopf. Wenige Zentimeter über mir öffnete sich ein Fensterflügel, eine genervte Stimme, die ich weder einem Mann noch einer Frau zuordnen konnte, ertönte:

»Wer ist da?«

Als ich meinen Kopf hob, um zu antworten, stockte mir der Atem. Ein Narbenknäuel mit zwei glitzernden Knopfaugen und zwei wahllos irgendwohin gebohrten Nasenlöchern ragte aus dem Fenster. Ich stammelte:

»Entschuldigen Sie bitte … Suzans Klingel funktioniert nicht. Ich dachte … Sie könnten mir vielleicht die Tür öffnen …«

Mit einigen groben, unverständlichen Lauten entfernte sich das Wesen vom Fenster, wenige Sekunden später ertönte das laute Summen des automatischen Türöffners.

Mein »Sesam-öffne-dich« war höchstwahrscheinlich der ehemalige Transvestit Tansu, dessen tragische Geschichte ich von Suzan gehört hatte. Zwei Jahre zuvor hatten ihn drei

Männer besucht, von denen Tansu angenommen hatte, dass es gewöhnliche Freier waren. Doch kaum als sie in der Wohnung waren, hatten zwei von ihnen Tansu festgehalten, während der dritte ihm eine Flasche Säure ins Gesicht geschüttet hatte. Danach waren sie spurlos verschwunden. Keiner wusste, wer sie waren, woher sie kamen. Manche im Haus behaupteten, es seien Transvestitenhasser gewesen, manche munkelten, dass Tansu kein Schutzgeld an die Mafia hatte zahlen wollen. Und Tansu lernte mit der Zeit, sich damit zu trösten, dass er, »welch ein Glück«, sein Augenlicht nicht verloren hatte.

Mit Herzklopfen drückte ich die Klingel an Suzans Wohnungstür, nichts regte sich, keine Stimmen, keine Schritte, kein Lebenszeichen, noch nicht einmal die Katze war zu hören. Ich drückte erneut und horchte, Suzan schien nicht zu Hause zu sein. Enttäuscht setzte ich mich auf eine der Stufen, die zum Dach führten, und wusste nicht, was ich als nächstes tun sollte. Eine Viertelstunde ließ ich verstreichen, es können auch zwanzig Minuten gewesen sein, bevor ich widerwillig die Treppe hinunterstieg. Am Anfang der Istiklâl-Straße ließ ich mich in einer Seitengasse in einem Kaffeehaus nieder, in dem ich die nächsten zwei Stunden verharrte. Die Geräusche der Tavla- und Okey-Spieler beruhigten mich. Sechs oder sieben Gläser Tee trank ich in der Zeit.

Als das Herumsitzen unerträglich und die Neugier über Suzans Verbleib größer wurde, ging ich hinaus und rief sie von einer Telefonzelle an. Das Telefon klingelte, niemand nahm ab, sie war noch nicht zurück. Wie ein Wissenschaftler, der besessen von einer Idee seine gesamte Zeit im Labor verbrachte, hatte ich meine Existenzberechtigung in der Aufgabe gefunden, Suzan zu suchen und mit ihr zu sprechen. Ich machte einen Spaziergang bis zum Ende der Istiklâl-Straße, wo sich der alte U-Bahntunnel befand, und wieder zurück, ließ mir dabei Zeit und wählte Suzans Telefonnummer eine halbe Stunde später in derselben Telefonzelle erneut. Nichts. Von nun an rief ich sie in regelmäßigen Abständen alle zwanzig Minuten an, wartete vor dem Taksim-Denkmal, ohne zu wissen worauf, lief zum Park hinunter, über die Kazancı Yokuşu wieder hoch, um erneut zum Hörer zu greifen. Meine Beharrlichkeit wurde nicht belohnt. Gegen Abend gab ich auf.

Ich stellte verwundert fest, dass ich mich die letzten Stunden nur noch um das Taksim-Denkmal herum bewegt hatte.

Der Taksim-Platz war zwar immer noch mit Flaneuren gefüllt, sie alle liefen aber mit einem Ziel über den Platz. Nur ich wusste nicht, wohin mit mir. Eines stand jedoch fest: auf keinen Fall nach Hause. Wie aufgezogen bewegte sich mein Körper mechanisch die Sıraselviler-Straße hinunter zum »Kontrabass«. Die ziegenbärtigen Zwillingsbrüder erkannten mich und drehten sich ohne einen Wortwechsel und einen prüfenden Blick leicht zur Seite, so dass zwischen ihnen ein kleiner Spalt entstand. Sie schienen sich seit dem letzten Mal nicht von der Stelle bewegt, geschweige denn sich umgezogen zu haben.

An den schwarzen Anzügen der beiden Bodyguards vorbei betrat ich den »Kontrabass«. Die Kneipe war wie immer überfüllt, junge Menschen in schwarzen T-Shirts standen überall herum, in den Gängen, auf der Tanzfläche, vor den Toiletten. Manche Gesichter erkannte ich, Suzan war nicht unter ihnen. Ich setzte mich mit einem Bier auf die Fensterbank in der Ecke und schaute den Tanzenden zu. Bis Mitternacht wartete ich auf Suzan und trank ein Bier nach dem anderen. Doch sie kam nicht.

Halb betrunken, halb niedergeschlagen verließ ich den »Kontrabass«, meine Füße schleppten mich zur Kazancı Yokuşu, zu Suzans Wohnung. Das Laufen war inzwischen zu einem mühseligen Schlurfen geworden. Am Ziel war ich jedoch wie ausgewechselt: In Suzans Wohnung brannte Licht. Ich klingelte beim Narbengesicht, es war mir egal, dass es mitten in der Nacht war. Die eiserne Eingangstür öffnete sich geräuschvoll, an der Treppenbiegung starrten mich zwei glitzernde Knöpfe durch den Türspalt an. Mit einem beiläufigen »Danke« in ihre Richtung rannte ich die dunkle Treppe hinauf. Ich registrierte, dass Tansu verdutzt hinter mir her schaute, doch er gab keinen Ton von sich, vielleicht, weil er in mir einen Menschen erkannte, der nichts zu verlieren hatte.

Außer Atem klingelte ich an Suzans Tür, die sich aber zu meiner Überraschung nicht öffnete. Ich klopfte, wieder nichts. Mein Schnaufen, das nicht nur vom schnellen Treppensteigen herrührte, sondern auch von meiner Wut, war das einzige Geräusch im Treppenhaus und das Licht aus Suzans Guckloch die einzige Lichtquelle. Ich klopfte heftiger an der Tür, immer noch keine Reaktion. Ich presste mein rechtes Ohr an das Holz, horchte, es war nichts zu hören. War sie etwa in der Wohnung und machte die Tür nicht auf? Weil ich ihr lästig war? Oder war sie vielleicht mit einem Mann da drinnen? Angetrieben vom Alkohol in meinem Blut hämmerte ich nun gegen die Wohnungstür, während ich schrie:

»Ich weiß, dass du da bist! Mach die Tür auf! Mach auf!«

Suzan machte die Tür nicht auf, vielleicht war sie wirklich nicht in der Wohnung.

Gebrochen setzte ich mich auf die Stufen. Tränen liefen mir die Wangen herunter, um sich am Kinn zu sammeln und auf den Boden zu tropfen. Ich stellte mir immer wieder dieselbe Frage: »Warum ausgerechnet ich?«

Die Tränen versiegten irgendwann, das Schniefen dauerte noch an. Als ich vor Müdigkeit kaum mehr aufrecht sitzen konnte, legte ich mich auf die Treppe und schlief bald ein. In der Nacht wurde ich immer wieder wach, vor Kälte und von dem stechenden Schmerz, den eine Stufe, die gegen meine Rippen drückte, erzeugte. Ein Mal weckten mich Stimmen aus Janets Wohnung, in der laut gelacht wurde. Bei jedem Aufwachen drückte ich auf das Licht meiner Billiguhr: 3:30, 4:20, 5:15.

Suzan kam in jener Nacht nicht nach Hause. Gegen sieben Uhr beschloss ich, meinen Halbschlaf zu beenden. Mit einem säuerlichen Geschmack im Mund stieg ich die Treppe hinunter, auf deren Stufen wie immer Kondome und Zigarettenkippen verteilt waren. Vor der Haustür erfasste mich die Kälte des Morgens. Ein Schüttelfrost ließ meine Zähne aufeinander schlagen, die Haarwurzeln in der Kopfhaut machten sich mit einem Ziehen bemerkbar. Auch dieses Jahr schien der Herbst den Kampf gegen den Sommer früh zu gewinnen. Mit den Händen unter den Achseln und hochgezogenen Schultern suchte ich in dem nun schon vertrauten Kaffeehaus Schutz, in dem ich meinen Harndrang loswurde und mich mit einem Tee wärmte. Seit dem vergangenen Morgen hatte ich nichts gegessen, das Hungergefühl war mir irgendwie abhanden gekommen, überhaupt vermisste ich außer Suzan kaum etwas.

Als die Sonne gegen Mittag die Stadt zu wärmen begann, verließ ich das Café wieder und lief zum Taksim-Park. Dort setzte ich mich auf eine Bank. Ich beobachtete die Spaziergänger und die ineinander verschlungenen Pärchen. Die Männer umarmten und streichelten die Frauen, während das weibliche Geschlecht sich zierte und die passive Rolle spielte. Die Wonne befand sich zwischen ihren Beinen, und der Mann musste weite Wege gehen, um ihrer habhaft zu werden. So waren die Regeln.

Suzan hatte in unserer Beziehung die Führung nie aus der Hand gegeben. Alles, was geschehen war, hatte allein sie bestimmt, auch im Bett.

Mit der Mittagshitze wurden meine Augenlider schwer, so dass ich auf der Parkbank Schlagseite bekam und bald einschlief. Als ich aufwachte, war es bereits später Nachmittag, und die Herbstsonne hatte an Kraft verloren. Nach meiner unbeabsichtigten Siesta eilte ich sofort zu einer Telefonzelle, um Suzan anzurufen. Auch dieses Mal ging niemand ans Telefon. Plötzlich fiel mir ein, dass ich vielleicht von Cem und

Esma erfahren könnte, wo Suzan war, von den einzigen Menschen, die Suzan mir während unserer Bekanntschaft als ihre Freunde vorgestellt hatte. Ich ärgerte mich, dass ich nicht vorher auf die Idee gekommen war. Mit schnellen Schritten lief ich die Gümüşsuyu-Straße hinunter, bog am deutschen Konsulat ab und stand vor dem Haus, in dem wir die Einweihungsparty gefeiert hatten. An den Klingeln waren keine Namensschilder angebracht, daher drückte ich auf die obersten beiden Knöpfe. Ich konnte mich noch gut daran erinnern, dass sie im Dachgeschoss wohnten. Doch niemand machte die Tür auf. Also drückte ich auf die unteren Klingelknöpfe, bis sich über mir ein Fenster öffnete und eine Frau mittleren Alters fragte:

»Zu wem wollen Sie?«

»Zu Cem und Esma!«

»Sie wohnen nicht mehr hier, vor einem Monat ausgezogen!« Bevor sie das Fenster wieder schloss, fügte sie noch hinzu, dass sie nicht wisse, wo sie jetzt wohnten.

Ich nahm die Route über Cihangir und Çukurcuma nach Galatasaray und begab mich dort auf die Istiklâl-Straße. Inzwischen war die Strecke zwischen dem Taksim-Platz und dem alten U-Bahntunnel zu meiner Lieblingsroute geworden, auf der ich seit zwei Tagen durch die dichte Menschenmenge hin und her lief. Am liebsten lief ich auf den Schienen der Straßenbahn hinterher, wenn sie mit ihrem Geklingel und ihrer Masse eine Schneise durch die Menschenmenge schnitt. Wenn sie kam, eilte ich in die entstandene Lücke, um dort ohne Menschenberührung vorwärts zu kommen.

Die Stimme der Vernunft sagte mir, dass ich nach Hause gehen, mich duschen, rasieren, ausschlafen und am nächsten Tag meinen Kopierladen aufmachen sollte. Sie sagte mir, dass Suzan eine von vielen Frauen war, die mein Leben betreten hatten und noch betreten würden, und dass ich mich wegen einer vergänglichen Liebesgeschichte nicht zugrunde richten dürfe.

Doch Herz und Verstand gingen getrennte Wege. Ich schaffte es einfach nicht, nach Hause zu gehen. Mein Leben kam mir wie das eines Fremden vor, den ich nicht beneidete. Der Gedanke, in meiner Wohnung oder im Laden zu sitzen und auf eine Nachricht von ihr zu warten, ließ mich schaudern. Tropfen für Tropfen hatte sie sich in mein Blut gemischt, unauffällig und konstant wie Wein. Ohne ihr Antlitz, ihre Stimme und ihre Berührung funktionierte ich nicht mehr. Sie hatte mich gelehrt, dass der Gipfel des Glücks ein Sich-Einhaken beim Spazierengehen war, eine sanfte Berührung der Lippen und das Streicheln ihres Kopfes, der seine Ruhe auf meiner Schulter gefunden hatte. Nein, es gab definitiv nichts, was mich lockte, an dem sie nicht beteiligt war. Suzan hatte in den letzten zwei Jahren meinen Alltag beinahe alleine bestimmt, nun durfte sie auch meinen Niedergang bestimmen.

Es wurde Abend. Ich setzte mich wieder ins Kaffeehaus. Abseits vom Geschehen, hinter einer bläulichen Wand aus Zigarettenqualm beobachtete ich die spielenden Männer. Aus den Boxen des Ghettoblasters leierte eine Arabeske. In meinem Zustand klang jeder banale Satz dieser Schnulze wie eine wissenschaftliche Feststellung.

Gegen Mitternacht leerte sich das Café. Außer mir saßen nur noch vier Männer an einem Tisch und spielten Karten. Ich bezahlte und ging zum Taksim-Platz, wo ich von einer Telefonzelle aus Suzans Nummer wählte. Der Hörer wurde nicht abgenommen, was mich aber nicht davon abhielt, zu Suzans Haus zu gehen. Ich schaute an der Fassade hoch, das Licht in ihrer Wohnung war inzwischen ausgeschaltet, demnach musste sie wenigstens ein Mal im Laufe des Tages zu Hause gewesen sein. Vielleicht lag sie schon im Bett. Ich wusste nicht, ob ich hochgehen und bei ihr klingeln sollte, obwohl sie nicht ans Telefon gegangen war. Die Entscheidung nahm mir ein Mann mittleren Alters ab, der aus dem Haus trat, wahrscheinlich ein Kunde von Janet. Bevor die Tür wieder ins Schloss fiel, stoppte ich sie mit meinem Fuß und schlich hinein. Mit leisen Schritten kletterte ich die steile Treppe hinauf zu Suzans Wohnung. Als ich im zweiten Stock angelangt war, öffnete sich plötzlich eine Wohnungstür und ich schrak zurück, als wäre ich bei etwas Ungehörigem ertappt worden. Eine weibliche Erscheinung mit auffällig geschminktem Gesicht trat aus der Wohnung, mit blonder Haarmähne, im Minirock und in eine Parfumwolke gehüllt, kam sie mir entgegen, ihre Blicke durchbohrten mich. Eingeschüchtert und verunsichert verlangsamte ich meine Schritte, wich zur Seite und wünschte ehrfürchtig einen »Guten Abend!«, was sie nicht erwiderte. Das musste Janet sein, aus deren Wohnung immer Männerstimmen kamen. In Wirklichkeit hieß sie Abdullah und hatte die Macht im Haus. Keiner hatte den Mut, sich mit ihm anzulegen, denn laut Suzan war er in ganz Beyoğlu berühmt dafür, dass er mit einem Messer so gut umgehen konnte wie kaum ein anderer.

Mit seinen Fußballerhaxen und Silikonbrüsten zog er an mir vorüber, um vermutlich in Cumhuriyet Caddesi, am Boulevard der Republik – wie viele andere Transvestiten um diese Uhrzeit – seinen nächsten Kunden abzuschleppen.

In der letzten Etage klopfte ich zaghaft an Suzans Tür, hinter der sich nichts rührte. Ich klingelte und klopfte lauter. Suzan war definitiv nicht da. Ich ärgerte mich, dass ich den Zeitpunkt verpasst hatte, in dem sie in ihrer Wohnung gewesen war. Nun war das Licht aus, sie wieder verschwunden. Ich setzte mich auf die Treppe. Irgendwann in der Nacht würde sie ja zurückkommen. Als die Müdigkeit mich wieder einholte, legte ich mich quer vor die Tür auf den Betonboden, denn die Rippen schmerzten noch von der letzten Nacht. Die Fußmatte wurde zum Kopfkissen, als ich trotz der Kälte einschlief.

Um drei Uhr erwachte ich aus tiefem Schlaf. Wo war ich? Warum lag ich in diesem Treppenhaus? Für wenige Augenblicke suchte ich nach Orientierung, dann schlummerte ich wieder ein. Mal schlief ich eine Stunde am Stück, mal nur dreißig Minuten.

Alles in allem verbrachte ich eine geruhsame Nacht vor Suzans Wohnungstür. Gegen acht Uhr wurde ich von den Sonnenstrahlen geweckt, die vom oberen Ende der Dachtreppe herabsickerten. Ich setzte mich auf die Stufen und rieb mir den Schlaf aus dem Gesicht.

In den frühen Morgenstunden ist in der Istiklâl-Straße von der gewohnten Hektik nichts zu spüren. Die Rollgitter der Textilgeschäfte sind noch unten, nur manche sind halb geöffnet, Putzfrauen und Putzmänner entleeren ihre Eimer in die Gullys. An jeder Ecke rüsten sich Menschen für den anbrechenden Tag.

Ich kaufte in einer Patisserie ein Börek und ging ohne Umwege zum Kaffeehaus. Der Kellner grüßte mich wie einen langjährigen Stammgast, zu seiner Belohnung bestellte ich mir einen großen Tee. Bis zum Mittag blieb ich dort, trank Tee und sah fern. Am Nachmittag schlief ich wieder etwa eine Stunde im Taksim-Park auf der Bank. Nach dem Aufwachen lief ich ziellos hinunter zum Bosporus, an die Küste von Kabataş, wo ich am Wasser entlangschlenderte. Der Herbstwind wehte noch warm, Möwen kreischten und ein Mann verkaufte auf seinem Dreirad *kokareç*, Lammdünndarm. Der Wind wehte den Geruch des gegrillten Fleisches zu mir herüber, zum ersten Mal seit zwei Tagen verspürte ich ein Hungergefühl. Aus meiner Hosentasche zog ich mein ganzes Geld heraus, viel war nicht geblieben, aber genug, um die nächsten Tage durchzukommen. Auf einem der kleinen Plastikhocker, die um das Dreirad herum standen, füllte ich mir den Magen.

Zwei Tage Obdachlosenleben hatten mir intensiven Schweißgeruch und ein Jucken am ganzen Körper eingebracht. Das störte mich aber nicht. Solange ich mich in Suzans Nähe bewegte und mir die Möglichkeit, sie zu sehen und zu berühren, offen hielt, war nicht alles verloren.

Demokratiestunde

Überall im Land brodelte es. Je mehr Staatsgeheimnisse an die Öffentlichkeit gelangten, umso mehr Menschen gingen auf die Straße: Sie forderten die »restlose Aufklärung der Korruption«, die »Bestrafung der Schuldigen«, die »Rückbesinnung auf Atatürks Ideen«, und den »Rücktritt der Regierung«. Links, rechts, Mitte, reich oder arm, Männer und Frauen, alle wurden von einer plötzlichen Demokratiewelle erfasst. Zu einer Demonstration in Ankara kamen Hunderttausende empörte Bürger aus allen Landesteilen zusammen, spontan und ohne Partei- oder Organisationszugehörigkeit. Die Gewerkschaften sammelten innerhalb weniger Tage Millionen von Unterschriften »für einen sauberen Staat« und kippten sie in Ankara vor das Parlamentsgebäude.

Die »Guten« in der Armee und in den Behörden unterstützten die Protestbewegung, das glaubte jedenfalls der Gouverneur. Ohne das Zuspiel von Hinweisen und Belastungsmaterial an die Medien seien die Enthüllungen nach dem Unfall nicht möglich gewesen, meinte er und malte sich voller Euphorie aus, was noch alles geschehen werde. Jedes Ereignis, das etwas mehr Licht in die Vorgänge brachte, nahm er zum Anlass, bei mir aufzukreuzen. Mal blühte er vor Freude, mal ärgerte er sich, mal ließ er sich von der Stärke der Gegner und der Schwäche der »Guten« entmutigen, um kurz darauf wieder optimistisch zu sein.

Doch so eindeutig schienen die Machtverhältnisse im Staat nicht zu sein. Trotz der Bloßstellung und der überwältigenden Proteste gab sich die Regierung nicht geschlagen. Sie attackierte ihre Kritiker mit Beschuldigungen, die sich bislang stets als wirkungsvoll gezeigt hatten: Sie nannten die Protestierenden »Landesverräter«, »Separatisten« und »Terroristen«. Bei jeder Gelegenheit unterstrichen die Staatsvertreter, dass sie niemandem Rechenschaft schuldig seien, weil sie bei jeder ihrer Handlungen immer nur die Staatsinteressen verteidigt hätten. Der Innenminister sagte in einem Interview:

»Ein Mann, der für den Staat arbeitet, nimmt seine Geheimnisse mit ins Grab und denunziert nicht. Würde ich hier eine Aussage machen, müssten Sie auch einen Staatspräsidenten, drei ehemalige Ministerpräsidenten und fünf Generäle vorladen.«

Auch die Ministerpräsidentin verweigerte jegliche Stellungnahme zu den Vorwürfen, hob lediglich den Zeigefinger und ließ durchblicken, was alles geschehen könne, wenn sie auspackte:

»Sollten unsere Geheimnisse bekannt werden, werden Nationen aufeinander einschlagen. Die Türkei ginge unter, der Staat wäre gefährdet.«

Die Drohungen waren an die Adresse der Instanzen gerichtet, denen es an den Kragen gehen würde, wenn sie sie fallen ließen. Als Zeichen ihrer Unantastbarkeit ging die Ministerpräsidentin sogar noch einen Schritt weiter und widmete jenem meistgesuchten Verbrecher der Türkei, der mit internationalem Haftbefehl gesucht worden war und bei dem Verkehrsunfall den Tod gefunden hatte, einen beeindruckenden Nachruf:

»Wir werden uns immer voller Hochachtung an Menschen wie ihn erinnern. Für uns sind all diejenigen ehrenhaft, die für diese Nation, dieses Land und diesen Staat eine Kugel abfeuern oder verletzt werden.«

Auch der einzige Überlebende des Unfalls, der Abgeordnete, wollte hinter seiner Chefin nicht zurückstehen und ließ die Presse wissen, dass er höchste »Staatsgeheimnisse« gezwungenermaßen preisgeben müsse, sollte man ihm den Prozess machen.

Bald schien sich der Wind zu drehen. Die staatliche Mafia bekam Rückendeckung, gesuchte Mörder plauderten per

Telefon in den Talkshows der Privatsender, berichteten über ihre »Heldentaten fürs Vaterland« und drohten ihren Kritikern mit dem Tod, wenn sie nicht aufhörten, sie zu verfolgen.

»Sie haben die Hose voll! Sie spielen ihre letzten Karten aus!«, stellte der Gouverneur bei einem seiner Besuche fest. »Wenn die ›Guten‹ jetzt nicht nachgeben, werden die ›Bösen‹ bald umkippen, du wirst es noch sehen, Ercan!«, sagte er.

Tatsächlich verpuffte die Attacke der Regierung wenige Tage später. Menschen meldeten sich zu Wort, die sich von der Organisation losgesagt hatten und nun ihre Auftraggeber denunzierten. Einer dieser Männer sagte während eines Telefoninterviews mit einem privaten Fernsehsender:

»Unsere Ministerpräsidentin würde sogar sich selbst für Geld verkaufen.«

Noch während der laufenden Sendung stürmten fünfzig bewaffnete Männer das Studio des Senders in Istanbul, gaben rund sechzig Schüsse ab und verwüsteten die technische Einrichtung. Am darauffolgenden Tag, ausgerechnet am Internationalen Tag der Presse- und Meinungsfreiheit, wurde dem Sender der Betrieb schließlich verboten. Der Befehl war »von höherer Stelle« gekommen.

Doch alle Mühe der staatlichen Bande war vergeblich. Die Lawine war in Bewegung geraten und nicht mehr aufzuhalten. In diesen turbulenten Tagen begann der größte und merkwürdigste Protest in der türkischen Geschichte: das allabendliche Lichterlöschen. Jeden Abend um neun Uhr gingen überall im Land die Lichter aus, damit die Behörden, so die Aktivisten, endlich handelten und »Licht in die Dunkelheit« brachten. Sie verlangten die Durchleuchtung der Dreiecksbeziehung zwischen Mafia, Polizei und Politik. Um Punkt 21.00 Uhr trommelten Hausfrauen mit ihrem Blechgeschirr eine Minute lang, Passanten klatschten in die Hände, Autos hupten. »Eine Minute Finsternis für permanentes Licht«, lautete das Motto.

Von den Massenprotesten, die das Land erschütterten, war in Mardin jedoch kaum etwas zu spüren. Seit den blutigen Newroz-Feierlichkeiten schien sich die Bevölkerung in Zurückhaltung zu üben. Trotzdem gab die »Aktion Lichterlöschen« dem politischen Leben der Stadt neue Impulse: Zwar waren die Straßen und Gassen tagsüber wie ausgestorben, aber dafür war jeden Abend um Punkt neun Uhr für einige Minuten die Hölle los. In dieser kleinen Zeitspanne schien jeder Mardiner auf den Gegenstand zu schlagen, den er gerade kriegen konnte, Frauen trillerten die Freudenlaute »Zılgıt«.

Am dritten Tag der Protestbewegung hielt es den Gouverneur und mich nicht mehr im Haus, wie so viele andere begaben wir uns um kurz vor neun Uhr auf die Hauptstraße. Als das Spektakel pünktlich einsetzte, schaute sich mein Freund mit glänzenden Augen im Stadtzentrum um, den Kopf nach oben gerichtet, zu den Häusern, die am Berg wie Weihnachtsbäume glitzerten. Seine feuchten Augen reflektierten die an- und ausgehenden Lichter, und mit Rührung in der Stimme sagte er:

»Seit ich in Mardin bin, habe ich so etwas nicht erlebt. Es ist so weit, Ercan! Das ist das Ende der Regierung!«

Obwohl die Ministerpräsidentin in einer Pressekonferenz beteuerte, selbst um neun die Lichter im Haus zu löschen und auf den Kochtopf zu schlagen, trug die Aktion die ersten Früchte. Als erster trat der Innenminister von seinem Amt zurück. Als Begründung gab er an: Er müsse sich mehr um seine schwerkranke Tochter kümmern.

Die Ministerpräsidentin ernannte eine ihrer engsten Freundinnen zu seiner Nachfolgerin.

Kaum war er nicht mehr Innenminister, da wurde gegen ihn und weitere vierunddreißig Personen, darunter viele Polizeibeamte und Mitglieder von Sondereinheiten und Sicherheitskräften, ein Strafverfahren eingeleitet. Eine parlamentarische Untersuchungskommission, die aus Regierungsabgeordneten zusammengestellt wurde, sollte sich mit der staatlichen Korruption befassen, wobei »Staatsgeheimnisse« allerdings ausdrücklich von der Untersuchung ausgenommen waren. Bis zur Vorlage eines Berichts räumte man ihnen vier Monate ein, wie manche Kritiker behaupteten: Zeit genug für ein Frühstücksei.

Obwohl die Kommission gegründet worden war, um den Protestierenden den Wind aus den Segeln zu nehmen, machte sie ihre Arbeit zum Leidwesen einiger Politiker gründlicher und effizienter als manche dachten. Besonders für öffentliche Beichten reuiger Staatsmänner wurde sie die richtige Adresse:

»Diese illegalen Organisationen wurden von verschiedenen Regierungsbehörden eingerichtet«, gab der stellvertretende Direktor der Abteilung Geheimdienste der Sicherheitsbehörde vor der Kommission bekannt.

Ein inhaftierter Killer sagte aus:

»Erst habt ihr uns den Auftrag gegeben, warum wollt Ihr dann jetzt Rechenschaft fordern, für die Menschen, die ihr habt ermorden lassen? Ruft den Staatspräsidenten, die Ministerpräsidentin, den Innenminister und den Polizeipräsidenten, dann sage ich euch, wer den Auftrag gegeben hat, dann sage ich euch, wen ich umgebracht habe und zeige euch sogar einzeln, wo sich die Leichen befinden.«

Die Untersuchungskommission fand heraus, dass der zurückgetretene Innenminister immer wieder die Freilassung von inhaftierten Mördern und Drogendealern angeordnet hatte. Alle Dokumente und Protokolle über deren Festnahmen seien auf »Befehl von oben« vernichtet worden, erklärte die Polizei.

»Jetzt ist es so weit! Jetzt packt die Justiz sie an den Eiern!«, frohlockte der Gouverneur.

Doch trotz der Aussagen vieler Geständiger schien niemand zur Rechenschaft gezogen zu werden. Selbst die überführten

Killer wurden nach kurzer Zeit wieder freigelassen und liefen frei herum. Geladene Zeugen aus Militärkreisen erschienen oft erst gar nicht vor Gericht. Ein Staatsanwalt, dessen Antrag, die Immunität des ehemaligen Innenministers aufzuheben, vom Justizministerium abgelehnt wurde, legte aus Protest sein Amt nieder.

»Das ist mit der Unabhängigkeit der Justiz nicht vereinbar!«, gab er als Erklärung ab.

Bald stellte sich auch heraus, dass die Ablösung des Innenministers und die Ernennung seiner Nachfolgerin keineswegs ein Sieg für die Demokratie waren. Denn kaum hatte die neue Innenministerin ihr Amt angetreten, flimmerte über alle Kanäle ein Video, das zeigte, wie sie bei einer Hochzeitsfeier neben dem meistgesuchten und mittlerweile toten Verbrecher Platz nahm und sich angeregt mit ihm unterhielt. Ohne Zweifel ließ sich daraus schließen, dass die beiden eine langjährige Freundschaft verband.

Die Proteste rissen nicht ab, und schließlich geschah das Unvermeidliche: Die Regierung trat zurück, und es wurden Neuwahlen angesetzt.

Die Bilder der vor Freude tanzenden Menschen liefen auf allen Kanälen, die Opposition drohte gerade mit der Bestrafung aller Verbrecher, sobald sie die neue Regierung gebildet haben würde, als ich das Kaffeehaus verließ. Wenig später klopfte es an meiner Haustür. Es war mein Freund, der Gouverneur. Obwohl die Regierung nun endlich zurückgetreten war, sah er nicht sehr glücklich aus.

»Warum diese Trauermiene? Sie haben jetzt doch allen Grund, um vor Freude Luftsprünge zu machen!«, sagte ich fröhlich.

Er reagierte nicht, setzte sich auf den Sessel und schaute still aus dem Fenster über die Ebene. Seine Schweigsamkeit war nicht gespielt, er war tatsächlich niedergeschlagen und nicht zum Reden aufgelegt.

»Die Arschlöcher haben sich auf einen Vergleich geeinigt!«, sagte er schließlich.

Ich schaute ihn verständnislos an.

»Tust du mir nichts, tu ich dir nichts. Die ganze Sache ist so was von abgekartet. Erinnerst du dich noch an die Zusatzklausel für die Untersuchungskommission? Bei ihren Befragungen dürfen keine Staatsgeheimnisse berührt werden. Weiß du, was die einzige Frage war, die die Kommission heute der Ministerpräsidentin vor ihrem Rücktritt gestellt hat? Haben Sie gut geschlafen, Frau Ministerpräsidentin?«

Er starrte auf den Boden, als ob die Antworten auf all die nicht gestellten Fragen dort zu finden wären, und sprach resigniert zu den gelben Steinplatten:

»Auch die Armee steckt bis zum Hals im Dreck. Der türkische Geheimdienst gibt vor dem parlamentarischen Untersuchungsausschuss ohne Scheu zu, jenen rechtsradikalen meistgesuchten Killer 1983 angeworben und ihn mit Auslandseinsätzen beauftragt zu haben. Angeblich habe man sich von ihm getrennt, nachdem man erfahren habe, dass er auch als ›Heroinschmuggler‹ tätig gewesen sei. Nach seiner Entlassung sei er von den Polizeibehörden übernommen und im Inland als ›Spezialagent‹ eingesetzt worden. Dafür könnten sie aber nichts.«

Seine Verbitterung schnaubte der Gouverneur durch die Nasenlöcher.

»In was für einem Drecksloch wälzen wir uns hier herum!«, schrie er beinahe. »Was ist das für ein Land, in dem Vergewaltiger, Folterer und Mörder frei herumlaufen, während andere Menschen wegen ›Herabwürdigung‹«, er zog eine Grimasse, »des Staatsgründers Mustafa Kemal Atatürk für mehrere Jahre ins Gefängnis wandern?«

Er stützte seinen Kopf zwischen die Hände und fuhr sich selbst beschwörend fort:

»Auch wenn die ›Guten‹ nicht gewonnen haben, im Staat gibt es genug Menschen, um derentwillen ich weitermachen sollte. Ich weiß, dass sie in der Minderheit sind und für ihre heutige Haltung später vielleicht teuer bezahlen müssen, aber wenn ich mich auch dieses Mal ducke, wie ich es immer getan habe, werde ich es mir in meinem ganzen Leben nicht verzeihen können. So kann ich nicht weiterleben!«

»Warum glauben Sie, dass die Schuldigen nicht bestraft werden? Die Regierung ist erst heute zurückgetreten, da kann doch noch vieles passieren!«

Der Gouverneur schaute mir ins Gesicht und sagte resigniert:

»Nein, Ercan, es ist vorbei! Sie haben sich längst über eine Straffreiheit für die ganze Bande geeinigt. Du wirst sehen, weder heute noch morgen, noch übermorgen: In diesem Land wird nichts dergleichen passieren.«

Der Engel der Obdachlosen

Mit meinem neuen Obdachlosenleben hatte ich mich längst arrangiert; Essen, Trinken, Tage und Nächte spielten darin kaum noch eine Rolle. Mein Oberkörper ruhte auf Suzans pelziger Fußmatte, während meine Beine angewinkelt auf dem Beton von der Wärme der Brust zehrten. Mal schlief ich, mal lag ich wach, mal dämmerte ich vor mich hin. Als ich mit einem feinen Schmerz im Oberschenkel aufsprang, muss ich wenige Minuten zuvor eingeschlafen sein. Es war ein lokaler, stechender Schmerz, der über eine bestimmte Stelle nicht hinausging. Als ich meine Augen aufriss, konnte ich trotz des Taschenlampenlichts, das mein Gesicht erhellte, die Umrisse einer stämmigen Gestalt erkennen. Ihre Haarmähne, ihr Minirock und der Dolch in ihrer rechten Hand verzogen die Realität zur Phantasie. Breitbeinig stand Janet auf den Stufen. Er hielt die Taschenlampe weiter auf mich gerichtet, ich drückte mich voller Angst in die Ecke des Treppenhauses, presste die rechte Hand auf meinen Oberschenkel, aus dem lauwarm Blut rann. Während ich versuchte, das Ausmaß meiner Verletzung zu betasten, ließ ich Janet vor lauter Angst nicht aus den Augen.

Er stand mit seinem Messer in der Hand einfach da und starrte mich wütend an. Nach zwei Minuten spannungsvoller Stille schrie er:

»Wenn ich dir hier noch ein einziges Mal begegne, bekommst du das Messer zwischen die Rippen, dann aber nicht nur die Spitze, sondern die gesamte Länge! Hast du mich verstanden? Jetzt verpiss dich und lass dich hier nie wieder blicken!«

Janet ging. Mit jedem seiner Schritte wurde es dunkler und je mehr die Finsternis das Treppenhaus eroberte, umso mehr entspannte sich mein Körper. Ich untersuchte die Wunde etwas genauer und ertastete den Eingang eines kleinen Lochs, das bei der kleinsten Berührung schmerzte. Angesichts der Breite der

Klinge war ich Janet irgendwie dankbar, dass er mir die Wunde im Schlaf zugefügt hatte. In wachem Zustand hätte ich den Stich bestimmt nicht so tapfer ertragen.

Humpelnd stieg ich die Treppe hinunter, vor Janets Tür gab ich mir Mühe, schneller und geräuschloser zu laufen. Obwohl die Wunde blutete, behinderte sie mich nicht beim Gehen. Außer kleinen Stichen bei jedem Schritt fühlte ich nichts. Ich lief über die Çukurcuma nach Galatasaray und setzte mich dort in einen Hauseingang in der Istiklâl-Straße. Das Blut tropfte schmerzfrei aus dem Loch in der Hose auf die Marmorstufe, als ob nur die Hose verletzt wäre. Ich kann es nicht erklären, aber irgendwie war mir wohl zumute. Vielleicht war das der berühmte Glücksmoment nach einem Schock. Die Öffnung im Bein wirkte wie ein Ventil, durch das meine Stimmung der letzten Tage, meine Trauer, mein Unglück und die Enttäuschung über Suzan entwich. Während das Blut in einem kleinen Rinnsal weiterlief, phantasierte ich Wunschbilder. Eines zeigte die Szene, die sich abspielen würde, wenn Suzan mich in diesem Zustand hier im Hauseingang entdeckte:

»Schau, was ich alles deinetwegen durchmache!«, würde ich sagen.

Sie würde mich in die Arme schließen und sagen:

»Kein anderer Mann ist im Stande, das Leid zu ertragen, das du meinetwegen durchmachst!«

Sie würde mich streicheln wie eine Mutter ihr Kind oder mich wild küssen, beißen und schütteln wie in jener Nacht, in der sie die Katze abgeholt hatte, küssen, kratzen und schütteln.

»Aufwachen! Was ist los mit Ihnen? Stehen Sie doch auf!«

Und schütteln.

»Wachen Sie auf!«

Obwohl meine Augenlider schwer waren wie Blei, gelang es mir mit aller Kraft sie zu öffnen. Ein Mann hatte sich über mich gebeugt und versuchte, mich in eine Sitzposition zu bringen. Zwischenzeitlich hatte ich offenbar die Besinnung verloren und lag in einer Blutlache. Ich hielt seine Oberarme fest und versteifte den Hals, so dass er mich gegen den Türflügel lehnen konnte.

»Du bist verletzt!«, sagte der Mann. Vorsichtig zog er mir die Hose herunter und untersuchte die Wunde.

»Sie ist nicht sehr tief. Wenn du aber vorhast, dich weiterhin in diesem Dreck herumzuwälzen, dann sollte sie sofort gesäubert und genäht werden. Sonst hast du in wenigen Tagen Wundbrand.«

Er wartete auf eine Reaktion von mir, doch mir fehlte die Kraft zum Sprechen.

»Komm mit!«, sagte er schließlich und zog mich hoch. »Ich habe dich in dieser Gegend noch nie gesehen, du bist wohl neu hier. Du siehst auch nicht aus wie ein Berufsobdachloser. Abgesehen davon würden die nicht in dieser Straße schlafen. Die Schnüffler haben es nämlich nicht gerne, wenn andere sich in ihrem Revier niederlassen.«

Der Mann, der sich für mich und meinen Gesundheitszustand interessierte, war Ende vierzig, hatte eine Halbglatze und einen Schnauzer wie jeder zweite türkische Familienvater. Nach der dunklen Hautfarbe, der länglichen Nase und den buschigen Augenbrauen zu urteilen, war er ursprünglich kein Istanbuler, obwohl er so sprach. Er schien eher aus der Osttürkei zu stammen.

Er legte meinen rechten Arm über seine Schulter und stützte mich in Brusthöhe. Gemeinsam humpelten wir die Istiklâl entlang, in Richtung Taksim-Platz.

»Ich heiße Hasan und bin Buchhändler. Manchmal denke ich aber, dass ich in Wirklichkeit für die Lebensunfähigen in Beyoğlu zuständig bin, ehrenamtlich selbstverständlich.«

Das klang nicht wie eine Klage oder wie etwas, worauf er stolz war, sondern wie eine nüchterne Feststellung. Wir bogen in die Blumenpassage ein und gingen den ersten schmalen Gang hinunter. Vor einer Eisentür machten wir Halt. Mein Helfer holte aus seiner Hosentasche einen Schlüsselbund heraus, musterte ihn eine Zeit lang und nahm dann einen Schlüssel zwischen seinen dicken Daumen und den Zeigefinger.

Die Tür öffnete sich mit einem rostigen Quietschen, und wir gelangten in der Bücherpassage von Beyoğlu an eine mir unbekannte Stelle. Obwohl ich mich hier gut auskannte, wurde das Gebäude durch diesen unbekannten Zugang und zu dieser ungewohnten Stunde zu einem geheimnisvollen Ort. Die Buchläden waren alle geschlossen, vor manchen Schaufenstern waren die Bücher mit Plastikplanen zugedeckt, manche lagen offen herum. Hasan steuerte den kleinsten Buchladen in der Passage an. Bevor er die Tür öffnete, sagte er:

»Warte hier draußen, ich will nicht, dass mein neuer Teppich das Blut abkriegt.«

Schnell kam er mit einem Verbandskasten zurück und führte mich zu einer Treppe, die nach oben führte.

»Mach deinen Reißverschluss auf und setz dich auf die Stufe.«

Stumm folgte ich seiner Anweisung. Hasan streifte mir die Hose herunter.

»Ich werde die Wunde jetzt mit meinen bescheidenen Mitteln desinfizieren, aber morgen gehst du ins Krankenhaus. Sie muss unbedingt genäht werden.«

Mit einem Stück Watte, die das Rotbraun des Desinfektionsmittels angenommen hatte, tupfte Hasan auf die Wunde, danach trug er Salbe auf und bandagierte mein Bein. Während er die Medikamente wieder in den Verbandskasten packte, sagte er mit Erleichterung:

»Jetzt gehst du nach Hause.«

Als ich regungslos auf der Stufe sitzen blieb, schaute er verwundert hoch.

»Hast du überhaupt ein Zuhause?«, fragte er.

Seit unserer Begegnung hatte nur Hasan gesprochen, nun war es an der Zeit, dass auch ich meinem Helfer etwas sagte. Leicht fiel es mir allerdings nicht, denn seit zwei Tagen hatte ich mit niemandem gesprochen, lediglich einige wenige Worte im Kaffeehaus. Ich räusperte mich und sagte mit belegter Stimme:

»Ich habe zwar ein Zuhause, aber ich habe weder das Geld für ein Taxi noch Lust, dorthin zu fahren.«

Hasan sah mich eine Zeit lang verwundert an, bevor er scherzte:

»Ach, der Herr verfügt nicht über die notwendige Lust, um nach Hause zu gehen, aber Lust zum Sich-erstechen-Lassen, zum Stinken und zum Auf-der-Straße-Schlafen hat er reichlich.« Danach zeigte er einen ernsten Gesichtsausdruck, der sogar etwas einschüchternd wirkte.

»Jetzt hör mir mal gut zu! Ich kenne dieses Viertel sehr gut und habe hier manche Menschen kaputtgehen sehen. Du scheinst ein Problem zu haben, ein lösbares oder ein unlösbares, das kann und will ich nicht beurteilen. Aber deswegen musst du nicht dein Leben wegwerfen. Wenn du willst, helfe ich dir gerne, obwohl ich dich nicht kenne und nicht weiß, ob ich dir bei deinem Problem überhaupt helfen kann. Ich kann es aber versuchen. Denn du siehst so aus, als ob du diese Chance verdienst.«

Nach dieser kleinen Ansprache schaute er mich freundlich und schweigend an.

»Wo wohnst du?«

»Auf der asiatischen Seite.«

Aus seiner linken Hosentasche holte Hasan ein kleines Bündel Geldscheine heraus, blätterte sie durch und sagte resigniert:

»Das Geld, das ich hier habe, reicht nicht für ein Taxi zur asiatischen Seite, und jetzt, mitten in der Nacht, kann ich mir auch nirgends Geld besorgen. Mein Vorschlag ist, dass wir dir hier in meinem Laden eine Schlafecke bauen.«

Hasan zog den Teppich in die Ecke des Raums, warf ein Sitzkissen vom Schreibtischstuhl darauf und holte hinter einem Vorhang, der mit einem Bücherregal seinen Laden in zwei Hälften teilte, eine Decke hervor.

»Heute Nacht kannst du hier schlafen, morgen sehen wir weiter.«

»Danke!«, sagte ich zu Hasan, der bereits die Glastür des Ladens zugezogen hatte und aus meinem Blickfeld entschwunden war. Zwischen den alten Büchern, die nach Staub rochen, fiel ich in einen tiefen Schlaf.

Ich weiß nicht, wie lange Hasan dort gestanden und meine Temperatur gefühlt hatte. Ich hatte nichts gespürt und nichts gehört. Als ich die Augen öffnete und ihm ins Gesicht schaute, tätschelte er meine Wangen. Die Gelassenheit des Vortages war verschwunden. Besorgt und hastig sagte er:

»Komm, wach auf, wir müssen sofort ins Krankenhaus. Du hast hohes Fieber.«

Zum zweiten Mal humpelte ich mit Hasan die Istiklâl entlang, dieses Mal in Richtung Taksim-Krankenhaus. Nun schmerzte mein verletztes Bein so sehr, dass ich mein Gewicht so gut es ging auf Hasan verlagerte. In der Aufnahme des Krankenhauses ließ mich Hasan auf einen Stuhl gleiten und sagte zu der Empfangsdame, die er zu kennen schien:

»Kannst du bitte Gül benachrichtigen, es eilt!«

Nach wenigen Minuten kam eine Ärztin mittleren Alters auf uns zu, musterte mich interessiert und sagte zu Hasan:

»Wen hast du diesmal mitgebracht?«

Aus Hasans Mund kam nur ein Stottern, er wusste nicht einmal meinen Namen.

»Einen Freund!«, sagte er schließlich. »Er braucht Hilfe.«

Lächelnd sagte die Ärztin:

»Immerhin handelt es sich dieses Mal um einen Menschen und nicht um ein angefahrenes Kätzchen wie letztes Mal.«

Hasan und Gül nahmen mich zwischen sich, und wir gingen in einen Raum, der sich am Ende des Ganges befand. Gül steckte mir ein Thermometer in den Mund und schaute sich die Wunde an.

»Es ist nur eine Schramme, die aber genäht werden muss!«, sagte sie in beruhigendem Ton. Danach nahm sie das Thermometer aus meinem Mund, warf einen Blick darauf und sagte mit der gleichen professionellen Lässigkeit:

»Auch mit dem Fieber ist es halb so schlimm!«

Aus dem Medikamentenschrank nahm sie ein Fläschchen heraus, zog den Inhalt auf eine Spritze und jagte sie in meinen Oberschenkel. Bald spürte ich mein Bein nicht mehr, und Gül begann, die Wunde zu nähen. Jedes Mal, wenn sie die Nadel mit einer Zange in die Haut bohrte und sie von der anderen Seite wieder herauszog, wartete ich vergeblich auf den Schmerz. Ich hatte das Gefühl, dass sie meine Hose flickte.

»Der Stich ist nicht tief. Die Medikamente, die ich dir mitgebe, wirst du regelmäßig einnehmen und dich in den nächsten Tagen nicht viel bewegen. Verstanden?«

Ich nickte mit dem Kopf.

Im Wartesaal setzte mich Hasan wieder auf einen Stuhl und begann, anstatt sich von der Ärztin zu verabschieden, aufgeregt mit ihr zu diskutieren. Ich verstand den Inhalt des Gesprächs nicht, aber es eskalierte bald zu einem lauten Streit, der vom Abgang Güls beendet wurde. Hasan kam auf mich zu und sagte genervt:

»Komm, wir gehen!«

Unterwegs sprach er kein Wort mehr, erst kurz vor der Bushaltestelle sagte er:

»Gül ist meine Ehefrau. Obwohl wir seit fünf Jahren getrennt leben, streiten wir uns jedes Mal, sobald wir in Sicht- und Hörweite sind.«

Er schaute auf den Boden und lächelte.

»Vielleicht ist es nur ein Zeichen der anhaltenden Zusammengehörigkeit, wer weiß?«

Mit einer Selbstverständlichkeit, die keine Widerrede erlaubte, steckte er mir ein Bündel Geldscheine in die Jackentasche.

»Jetzt fährst du nach Hause und legst dich hin. In einer Woche kommst du mich wieder besuchen. Abgemacht?«

Ich nickte.

Besuch 2

Ich weiß nicht mehr genau, an welchem Tag der Gouverneur den Glauben an die Gerechtigkeit verlor. Vermutlich geschah es wenige Stunden, nachdem das Sondergericht in Istanbul, das sich mit der staatlichen Korruption befasste, alle Angeklagten freigesprochen hatte. Es kann aber auch sein, dass er dieses Ergebnis vorausgesehen und jegliche Hoffnung auf Gerechtigkeit schon vorher erstickt hatte. Seit einiger Zeit war er wortkarg, nachdenklich und bedrückt. Nun war das ganze »Theater«, wie er es bezeichnete, endgültig vorbei, und alle Inhaftierten, die im Zusammenhang mit dem Fall festgenommen worden waren, kamen nach und nach wieder auf freien Fuß. Da könne man nichts mehr machen: Die »Guten« hätten den Kampf gegen die »Bösen« auch dieses Mal verloren, meinte er.

Ohne meine Freundschaft zum Gouverneur hätte ich die politischen Entwicklungen der letzten Monate vielleicht nur am Rande mitbekommen. Aber die Hintergrundinformationen, die ich durch ihn hatte, eröffneten mir eine andere Perspektive auf das Geschehen als dem Durchschnittsbürger. Denn trotz vieler Fakten und Zeugen kursierten falsche Darstellungen der Ereignisse in der Öffentlichkeit, Untersuchungsergebnisse waren manipuliert worden, und schwere Vergehen wurden verharmlost. Korrupte Politiker schmückten wieder die Titelseiten der Boulevardzeitungen, kriminelle Offiziere wurden befördert, und Killer protzten als Helden in der Öffentlichkeit.

Mir war die Beobachterrolle in der ersten Reihe nicht mehr lange vergönnt, denn nun geriet ich doch noch zwischen die Fronten. Seit den Freisprüchen in der Korruptionsaffäre war eine Woche vergangen, als es am späten Freitagvormittag an meine Haustür klopfte. Der Gouverneur konnte es nicht sein, er war um diese Zeit in seiner Residenz. Ich öffnete die Tür, drei kräftig gebaute Männer in dunklen Anzügen standen vor mir, ihr Aufzug ließ nichts Gutes ahnen.

»Guten Tag! Wie kann ich Ihnen helfen?«, fragte ich.

»Das wird sich noch herausstellen!«, sagte der Mann in der Mitte, schob mich verächtlich beiseite und betrat mit seinen Begleitern das Haus. Einer der drei Männer blieb an der Tür stehen, während die anderen sich unaufgefordert auf der Couch niederließen. Sie durchstöberten nichts, fragten nichts, saßen seelenruhig da, bis der Mann, der am Fenster saß, endlich den Mund aufmachte:

»Ihretwegen kommen wir die ganze Strecke von Ankara hierher!«, sagte er so vorwurfsvoll, als müsste ich Schuldgefühle empfinden.

»Wir sind Mitglieder einer Antiterrorspezialeinheit«, fuhr er fort und bestätigte damit meine Vermutung. Ich versuchte, meine Angst zu überspielen und ein selbstbewusstes Bild abzugeben.

»Weißt du, warum wir ausgerechnet dich sprechen wollen?«, fragte der zweite Mann.

Mein Nichtwissen war nicht gespielt.

»Nein, das weiß ich nicht!«

»Weil wir uns über den Gouverneur informieren wollen und hoffen, dass du manches über ihn zu erzählen hast.«

»Wie kommen Sie darauf, dass ich etwas wissen könnte, was den Gouverneur der Provinz Mardin betrifft?«, wehrte ich ab.

»Erspar dir das Rumgerede, wir wissen genau, dass ihr euch gut kennt.«

»Er hat mich in der letzten Zeit nur ab und an mal besucht.

»Ja, ich kann Ihnen auch sagen, wann«, sagte der Mann, der am Fenster saß. Er holte seelenruhig einen Zettel aus seiner Innentasche heraus, ließ seinen Blick darüber schweifen, bevor aufzählte:

»Zuletzt war er vor drei Tagen abends um sechs Uhr dreißig hier. Das vorletzte Mal besuchte er dich vor fünf Tagen, um acht Uhr dreißig abends. Kurz vor neun wart ihr gemeinsam auf der Hauptstraße, wo ihr fünf Minuten lang dem Lichterlöschen zugeschaut habt.«

Ich schaute den Mann sprachlos an. Es hatte keinen Sinn, hier irgendetwas zu verheimlichen. Sie schienen über alle unsere Bewegungen informiert zu sein.

»Ich sagte es Ihnen ja. Manchmal besucht er mich hier, und einige Male waren wir in der Gegend unterwegs.«

»Auch das wissen wir«, unterbrach mich der Mann, der als Erster gesprochen hatte. »Worüber redet er so? Redet er zum Beispiel über Politik oder Militärisches?«

»Nein! Meistens spricht er über die Religionen und Kulturen Obermesopotamiens«, sagte ich mit möglichst fester Stimme.

»Erzählt er sonst noch was?

»Eigentlich ziemlich viel! Aber ich weiß nicht, was Sie wissen wollen. Manchmal redet er wie ein Wasserfall, meistens aber nur belangloses Zeug. Mal redet er über die aramäischen Steinmetze, mal über die eigenartigen Rituale der Yeziden. Ein Mal hat er sogar den ganzen Tag damit verbracht, mir den Unterschied zwischen der griechisch-orthodoxen und der gregorianischen Kirche zu schildern.«

»Und?«

»So weit ich verstanden habe, beten sie nur etwas unterschiedlich.«

Der Mann schien von meiner Offenheit irritiert zu sein und wirkte nun unentschlossen.

»Wir wollen nur unseren Staat beschützen. Wissen Sie, jeder kann auf die schiefe Bahn geraten. Ich will damit nicht sagen, dass dies bei unserem Gouverneur der Fall wäre. Nein, keineswegs! Wir sind hier, um vorzubeugen, und da sind wir auf die Unterstützung von Menschen wie Ihnen angewiesen. Sie müssen uns dabei helfen.«

Er legte die Betonung auf das Wort »müssen«.

»Wenn ich kann, gerne!«, sagte ich. »Aber ich fürchte, bei mir sind Sie an der falschen Adresse. Vielleicht sollten Sie mit jemandem sprechen, zu dem der Gouverneur eine engere Beziehung unterhält.«

Mein Gesprächspartner holte aus der Innentasche seines Jacketts ein Portemonnaie heraus, so dass ich über seiner linken Hüfte den Griff einer Pistole sehen konnte. War das Absicht? Er notierte etwas auf die Rückseite der Visitenkarte, die er aus dem Portemonnaie gezogen hatte, und reichte sie mir.

»Das ist meine Mobilfunknummer. Sie können mich jederzeit anrufen! Melden Sie sich, sobald Sie etwas Außergewöhnliches bemerken, wenn er sich zum Beispiel mit irgendwelchen fremden Menschen trifft, mit Kurden oder mit ranghohen Offizieren, aber auch mit Zivilpersonen, die nicht von hier zu sein scheinen.«

Er hielt kurz inne, als ob er die Punkte, die er ansprechen wollte, im Geiste rekapitulierte.

»Für heute reicht es erst mal. Wir werden Sie aber sicher noch einmal aufsuchen. Also bis dahin, auf Wiedersehen!«

Vor der Tür hob er seinen Zeigefinger, der mir wie der Lauf einer nach oben gerichteten Waffe vorkam, an die Stirn und sagte:

»Dieses Gespräch hat selbstverständlich niemals stattgefunden!«

Nachdem die drei Männer das Haus verlassen hatten, blieb ich kraftlos auf der Couch sitzen. In was war ich hier hineingeraten, und wie sollte ich da wieder herauskommen, diese Männer loswerden? »Wir werden Sie wieder aufsuchen!«, hatte der Mann gedroht, und das Gespräch war selbstverständlich »höchst geheim«. So beginnt wohl das Ende eines Menschen, der in ihre Fänge geraten ist.

Auch wenn sie entgegen aller Gerüchte wie gewöhnliche Zivilpolizisten aussahen, wusste ich, dass es für mich keine Ruhe mehr geben würde. Diese Männer würden mit mir machen, was sie wollten: Aus dienenden Soldaten machten sie so genannte Spezialagenten, die in kurdischen Städten die Bevölkerung ausspionierten, aus gestandenen kurdischen Kämpfern hinterhältige Killer, die für sie die Drecksarbeit erledigten, und aus einfachen Polizisten raffinierte Folterexperten. Was würde aus mir werden?

Zum ersten Mal bekam ich Angst um mein Leben. Ich fühlte mich in meiner Haut und in dem Haus, das bisher eine Festung gegen die Außenwelt gewesen war, nicht mehr wohl. Was sollte ich tun? Am liebsten hätte ich den Gouverneur aufgesucht und ihm alles erzählt. Was würden sie mit mir machen, wenn sie das erführen? Mich ermorden? Ich verwarf die Idee, den Gouverneur zu warnen, weil ich mir sicher war, dass seine Residenz unter Beobachtung stand.

Hals über Kopf verließ ich das Haus und verlor mich in den labyrinthischen Gassen Mardins. Nach wenigen Metern wurde mir bewusst, wie selten ich in den letzten Monaten draußen gewesen war. Alte Gefühle, die diese Stadt in mir einst wachgerufen hatte, konnte ich nicht mehr mobilisieren. Vielleicht überwog die panische Angst einfach alles andere. Ziellos lief ich durch die Gassen, die mir nun fremd, gar feindlich erschienen. Immer wieder drehte ich mich um und schaute nach, ob mir jemand folgte. Jeden harmlosen Passanten, der in mein Blickfeld geriet, der hinter mir lief, auf mich zukam oder irgendwo stand, verdächtigte ich. Überall schienen Gefahren auf mich zu lauern, hinter jeder Fensterscheibe richteten sich Augen auf mich, passten einen schwachen Moment ab, in dem ich wehrlos war. Getrieben von Panik lief ich von einer Gasse in die nächste. Dann fiel mir ein, dass niemand bemerken würde, wenn mir hier etwas zustieße, also mied ich das Altstadtgewirr. Mit schnellen Schritten lief ich den Berghang hinunter zur belebten Hauptstraße.

Im Zentrum legte ich auf den Stufen des Museumseingangs eine kleine Pause ein, schnaufte und atmete die frische Luft ein, spürte die Pollen und den Staub der mesopotamischen Ebene am Gaumen. In diesem Moment fiel mir ein Mann in einer Lederjacke auf, der mich von der anderen Straßenseite aus beobachtete. Als unsere Augen sich begegneten, wandte er seinen Blick ab, für mich ein eindeutiges Indiz, dass er ein Spion war. Der Mann schlenderte in aller Ruhe die Straße hinunter.

War ich auf der Hauptstraße sicher? Könnten sie mich nicht am unauffälligsten in dieser Menschenmenge beschatten? Nirgendwo war ich mehr sicher in dieser Stadt. Dann erfasste mich der Mut des Verzweifelten: Sollten sie doch kommen, mich holen. Ich schlug mit erhobenem Haupt den Nachhauseweg ein und bot meinen unsichtbaren Feinden Schritt für Schritt die Stirn, und nicht einmal Sancho Pansa stand mir zur Seite.

Was sollte ich zu Hause tun? Auf die Männer warten? Ich wusste, jede Minute, die ich in dieser Stadt verbrachte, würde zur Qual. Niemand konnte mir helfen, nicht einmal mein Freund, der Gouverneur. Ich war jetzt die Maus, stand da und zitterte, bewegte mich nicht, vielleicht hatte ich in meinen Genen die Information gespeichert, dass Schlangen auf Bewegung reagieren.

Die Entscheidung, Mardin zu verlassen, traf mich wie ein Blitz. Ich musste fort von hier! Wohin? Das war egal, Hauptsache weit weg! Je mehr ich mich mit dem Gedanken vertraut machte, in einen Bus zu steigen und alles hinter mir zu lassen, umso mehr schwand meine Panik. Meine Schritte wurden langsamer. Ja, das war die Lösung. Noch heute sollte ich meine Reisetasche packen und den nächsten Bus aus der Stadt nehmen. Aber ich wusste, dass ich sorgfältig planen musste. Schließlich gab es da noch eine Freundschaft und einen Haushalt aufzulösen.

Nun sah ich die Stadt wieder mit der Gelassenheit des Touristen. Ich drehte eine Ehrenrunde in dieser Arena, wie ein Sportler nach dem Wettkampf. »Ich habe mich hier gut geschlagen!«, dachte ich, auch wenn nicht alles Fairplay gewesen war in dieser Stadt. Ich blieb Sportsmann, schloss mit ihr meinen Frieden.

Ich lief weiter und festigte mit jedem Schritt meinen Entschluss. Schon empfand ich Mardin als Vergangenheit. Auf dem Marktplatz schaute ich mir eine Schlachterei an, deren Besitzer ein ganzes Rind auf der Fassade seines Geschäfts verteilt hatte. Das Ganze sah aus wie das Werk eines Aktionskünstlers. Ein Vorderbein des Tieres hing rechts vom Eingang an der Außenwand, links die Keule, die Rippen baumelten vom Vordach hinunter, daneben die Lungen mitsamt der Luftröhre. Im Inneren der Schlachterei hingen vier Schafe in Reih und Glied an den Haken und wirkten wie eine Militärparade.

Wenige Meter weiter blieben meine Augen an den kurdischen Flüchtlingsfrauen hängen, die ihre Habseligkeiten feilboten. Die Armee hatte sie aus strategischen Gründen aus ihren Dörfern vertrieben, nun lebten sie an den Rändern von Mardin in provisorischen Hütten und Zelten. Auf den Tüchern lag ihr ganzes Hab und Gut: selbst gestrickte Wollsocken und Handschuhe. Sie schrieen nicht wie die anderen Verkäufer, bedrängten nicht die Passanten, sondern blickten stolz in den tiefen Abgrund, der sich zwischen ihren geflickten Schuhen aufzutun schien.

Wenige Meter später staunte ich über einen Filzmacher, der einen Wollballen mit seiner nackten Brust knetete. Die vernarbten und gekrümmten Finger des alten Sattelmachers im Laden daneben, der vor jedem Stich die riesige Nadel ableckte, waren Indizien für ein ehrliches Arbeiterleben.

Jedes Bild prägte ich mir ein, jedes Detail, mit dem Bewusstsein, dass es vielleicht das letzte Mal war, dass ich es sah: die wartenden Maultiere am Rande des Marktplatzes, die Minarette und Kuppeln, die über den Gassen emporragten, und die bunten kurdischen Teppiche, die an den Mauern zum Trocknen aufgehängt waren.

Ich nahm Abschied von allem: von Kirchen, Sandsteinhäusern, Moscheen und Plätzen. Als ich am frühen Abend in meinem Haus ankam und mich auf die Couch legte, war ich im Geiste schon nicht mehr in Mardin.

Das Treibgut

Suzan war verschwunden und hatte mich in den Gassen von Beyoğlu wie ein Häuflein Elend zurückgelassen. Mein Retter Hasan riet mir, woanders eine neue Heimat zu suchen. Es lohne sich nicht, einer solchen Frau hinterherzulaufen, meinte er. Auf der einen Seite gab ich ihm Recht, auf der anderen bedauerte ich wie ein Kind, dass der Traum, für meine guten Taten mit der Königstochter belohnt zu werden, niemals Wirklichkeit werden würde. Doch ich gestand mir schließlich ein, dass es Zeit wurde, Istanbul zu verlassen. Wenige Tage nachdem ich meine Entscheidung getroffen hatte, fand Hasan einen Käufer für meinen Kopierladen und handelte einen guten Preis aus. Bereits am nächsten Tag stand ich auf dem Balkon meiner Wohnung und schaute zum letzten Mal durch die Häuser hindurch auf den Bosporus; hinter mir lagen drei Jahre Istanbuler Leben und ein gepackter Koffer. Die Tatsache, dass ich in wenigen Stunden weit weg von hier und von Suzan sein würde, ließ mich kalt. Ein Hauch von Freude entzündete sogar ein kleines, fernes Feuerwerk in mir, sobald ich an das Unbekannte dachte, das mich erwartete.

Auf meinem Bankkonto hatte ich genug Geld, um die nächsten zwei, drei Jahre ohne finanzielle Schwierigkeiten leben zu können. Was brauchte ich noch? Bald würde ich in einen Bus steigen und vom Ort des Geschehens verschwinden, ohne eine Spur zu hinterlassen. Würde ich bleiben, das wusste ich, würde ich in Istanbul das Leben eines Ex-Junkies führen, täglich in Gefahr, rückfällig zu werden. In der Ferne aber würde der Schmerz nachlassen, bis die Wunde eines Tages geheilt wäre. Ich würde mein eigenes Leben leben.

Heute betrachte ich die Bilder von damals mit dem neutralen Blick eines Archivars und sehe Suzan und mich als zwei rastlose Glückssuchende. Ich hatte geglaubt, das Glück gefunden zu haben. Und je mehr ich sie mir wünschte, desto unerreichbarer wurde sie für mich. In dieser ungleichen Liebesbeziehung ähnelte ich einem Baum, an dem Suzan sich zeitweilig zum Verschnaufen anlehnte und in dessen Schatten sie Schutz suchte. Ich war nur ein Nothafen. Mit dem ersten günstigen Wind und mit neuen Kräften segelte sie immer wieder los.

Bald begriff ich, dass ich die Entscheidung, Mardin zu verlassen, nicht an dem Tag gefällt hatte, an dem die Spezialagenten mich aufsucht hatten, sondern an dem Tag, an dem der Verkehrsunfall passiert war. Es kam mir vor, als ob ich von dem dumpfen Aufprall des gepanzerten Mercedes aus einem langen Schlaf geweckt worden sei. Ich hatte immer großen Wert darauf gelegt, mich von der Politik fern zu halten, nun hatte sie mich eingeholt, ich war sogar in Gefahr, ihr Opfer zu werden.

Der Gouverneur saß auf meiner Couch und sprach wieder einmal ohne Punkt und Komma, ohne zu ahnen, wer mich vor wenigen Tagen besucht hatte und was ich vorhatte.

»Der Grund, warum der Sturz von einem Esel in den meisten Fällen mit einem Armbruch endet, ist mit dem Winkel zu erklären«, erklärte er gerade. »Der Betroffene streckt als natürliche Reaktion zuerst seinen Arm aus, der schließlich beim Aufprall am Boden durch das eigene Körpergewicht bricht. Der Sturz von einem Pferd dagegen verläuft in den meisten Fällen glimpflich, denn der Abstand zwischen dem Pferderücken und dem Boden reicht für den Reiter im Falle eines Sturzes zu einer ganzen Umdrehung in der Luft. Das heißt: er landet entweder auf dem Rücken oder dem Hintern, also auf Körperteilen, die auf einer größeren Fläche Bodenberührung haben und elastischer sind.« Er stand von der Couch auf und klopfte mit seiner Handinnenfläche auf seine rechte Pobacke. »So wird das Körpergewicht vom Sitzfleisch aufgefangen oder auf eine größere Fläche verteilt. Meistens kommt man mit blauen Flecken davon.«

Ich hatte Mühe ihm zuzuhören, weil ich darüber nachdachte, wie ich ihm die Ereignisse der letzten Tage beibringen sollte. Welchen Weg sollte ich gehen, um ihm von dem Besuch aus Ankara zu erzählen, von meinem letzten Spaziergang durch Mardin und meinem Entschluss. Sollte ich ihm schon jetzt alles erzählen oder erst später, kurz bevor ich die Stadt verlassen würde? Ich schaute ihn abwesend an, was er als Zweifel an seiner Theorie interpretierte.

»Ja! So ist es!«, versicherte er und fuhr eifrig fort: »Wenn es aber beim Pferdesturz schief geht, dann geht es ganz schief. Das heißt: Genickbruch, was vielen Persönlichkeiten der Geschichte schon passiert ist!«

Ich schwieg weiterhin. Der Gouverneur schaute mich mit großen Augen an.

»Das sind Ergebnisse meiner jahrelangen Beobachtungen, sie stimmen!«, sagte er. »Und ob sie stimmen!«, setzte er nach.

Unüberlegt und ungeschickt unterbrach ich seine Rede und sagte ihm geradewegs ins Gesicht:

»Ich gehe fort von hier!«

Der Redeschwall des Gouverneurs versiegte augenblicklich. Er zog eine Zigarette aus der Packung und zündete sie sich mit einem Streichholz an. Das Geräusch des Zündkopfs auf der Anstrichfläche war laut wie ein Aufschrei und richtete sämtliche Haare an meinem Körper auf. Wie üblich inhalierte der Gouverneur einen tiefen Zug und ließ den Rauch über die Ebene von Mardin entweichen.

»Ich wusste, dass es irgendwann einmal so weit sein würde!«, sagte er ruhig: »Ich bin dir nicht böse, ich kann dich gut verstehen. Du hast es in dieser Stadt sogar länger ausgehalten, als ich erwartet hatte.«

Die letzten beiden Worte sprach er mit einem Frosch in der Stimme, er räusperte sich, seine Augen glänzten. Entgegen seinen Worten schien ihn meine Entscheidung tief zu treffen. In diesem Moment tat er mir Leid.

»Ich muss mit meinem Leben irgendwie zurechtkommen«, sagte ich, ohne den eigentlichen Grund für meinen Entschluss zu nennen. »Ich sollte hier nicht alt werden, übrigens Sie auch nicht. Wenn ich bliebe, würden Sie womöglich irgendwann versetzt werden. Dann wäre ich derjenige, der hier allein zurückbliebe«, fügte ich lahm hinzu.

Die entstandene Stille war erdrückend, ich fuhr fort:

»Ohne einen Sinn und eine bestimmte Aufgabe kann ich hier nicht weiterleben. Verstehen Sie!«

Der Gouverneur reagierte noch immer nicht.

»Da ist noch etwas«, fügte ich hinzu, als ob es sich um etwas Nebensächliches handelte. »Das hat aber mit meiner Entscheidung, die Stadt zu verlassen, nichts zu tun«, log ich. »Vorgestern bekam ich Besuch von drei Agenten einer Antiterroreinheit aus Ankara.«

Der Gouverneur würdigte mich zwar keines Blickes, aber seine Augen flackerten in ihren Höhlen unruhig hin und her, sein Gesicht schien ein wenig von seiner Trauer verloren zu haben.

»Sie wollten, dass ich ihnen Bericht erstatte, wenn Sie sich mit irgendwelchen verdächtigen Personen treffen. Sie gaben mir diese Karte.«

Ich reichte sie dem Gouverneur. Nachdem er sie ausgiebig studiert hatte, hielt er sie mir wieder hin.

»Sie können sie behalten, ich brauche sie nicht!«, sagte ich.

»Ich danke dir, dass du es mir erzählt hast, auch wenn ich über sie bereits informiert bin und weiß, dass sie seit zwei Tagen in der Stadt sind. Ich erhielt die Nachricht, bevor sie Ankara überhaupt verlassen hatten.«

Er lächelte verächtlich und sagte, als ob er sich Mut zusprechen wollte:

»Sie wollen mir Angst machen, aber da haben sie sich den Falschen ausgesucht!«

Er schaute in mein besorgtes Gesicht und sagte versöhnlich:

»Mach dir keine Sorgen! Auch Menschen wie ich haben in diesem Staat noch etwas zu sagen.«

Nach einer Pause fragte er:

»Wann fährst du?«

»Sobald ich meine Wohnung aufgelöst habe. Wahrscheinlich übermorgen!«

Der Gouverneur stand auf, zog seine Jacke an und ging zur Tür. Bevor er sie erreichte, blieb er unschlüssig stehen und sagte zur Klinke gewandt:

»Ohne dich wird es in dieser Stadt verdammt schwierig!« Dann zog er die Tür langsam hinter sich zu.

Am nächsten Tag bot mir der Trödler für meinen gesamten Hausrat einen Preis, der nicht einmal ein Viertel dessen ausmachte, was ich bezahlt hatte. Dabei waren der Gasherd und die Waschmaschine kaum benutzt. Zu seiner Überraschung sagte ich ihm, dass der Preis in Ordnung sei. Hätte er über bessere Menschenkenntnis verfügt, hätte er sogar noch einen Rabatt rausschlagen können. Alles, was ich für die Reise brauchte, hatte ich bereits in eine Tasche gepackt: ein paar Bücher und saubere Wäsche. Es konnte losgehen!

Zuerst wollte ich in die Hafenstadt Mersin fahren und mich dort umschauen. Wenn es mir gefiele, würde ich eine Zeit lang dort bleiben. Wenn nicht, dann würde ich einfach weiterfahren, denn im Moment war für mich eine Stadt wie die andere.

Eine Stunde vor der Abfahrt des Busses erschien der Gouverneur in meinem halbleeren Haus, das mich in eine melancholische Stimmung versetzt hatte. Ich erhob mich von der

Couch, die zum Inventar gehörte, nahm meine Tasche und schaute mich ein letztes Mal in den vertrauten vier Wänden um. Dann zog ich die Tür hinter mir zu.

Auf dem Weg zum Auto legte der Gouverneur seinen Arm tröstend auf meine Schulter.

»Komm, lass uns im Café an der Bushaltestelle einen Tee trinken, bevor du fährst. Dort erzählst du mir deine Geschichte mit Suzan zu Ende. Sie interessiert mich wirklich.«

Lächelnd fügte er hinzu: »Das bedeutet aber nicht, dass deine Geschichte besser ist als meine. Hast du Suzan nach deinem Obdachlosenleben jemals wieder gesehen?«

Im Istanbuler Busbahnhof Harem herrschte das übliche Chaos. Menschen rannten hin und her, die Busse kamen und fuhren im Sekundentakt, die Schlepper kämpften lauthals um Kunden und ihre Prozente. Dabei war Harem nicht einmal der Hauptbusbahnhof, sondern nur eine Zwischenstation auf der asiatischen Seite. In einer 15-Millionen-Stadt wie Istanbul, in der die einzige bezahlbare Verbindung zur Außenwelt ein Busticket ist, ähnelt das Szenario an einem Busbahnhof der Sequenz eines Katastrophenfilms.

Der Bus nach Mardin war noch nicht da, laut Ticketverkäufer sollte er jeden Moment einfahren. Als ich wartete, stand plötzlich Suzan vor mir, als sei sie aus dem Nebel aufgetaucht. Ich starrte sie sprachlos an.

»Hallo!«, sagte sie mit einem gezwungenen Lächeln. Wenn meine Reisetasche nicht bereits auf dem Boden gelegen hätte, wäre sie mir jetzt aus der Hand gefallen.

Suzan hatte ich zuletzt zwei Monate zuvor gesehen, an der Schwelle ihrer Wohnung. Sie hatte mich nicht einmal hereingebeten, und der letzte Gesichtsausdruck, den ich von ihr mitgenommen hatte, war der Überdruss an meiner Person gewesen. Nun stand sie da, als ob nichts geschehen wäre. Ich schaute ihr fassungslos ins Gesicht, bis sie meinem Blick auswich und auf den Boden schaute. Mit schwermütiger Stimme sagte sie:

»Man hat mir erzählt, dass du die Stadt verlässt. Ich wollte dir ›Auf Wiedersehen‹ sagen.«

Sie sagte nicht, dass sie mich liebe und zu mir zurück wolle, sie sagte lediglich:

»Bitte versteh mich! Ich konnte nicht anders, ich kann nicht anders.«

Es war besser so. Obwohl ich mir geschworen hatte, sie nicht mehr zu beachten, weiß ich nicht, wie ich reagiert hätte, wenn sie gesagt hätte, sie liebe mich.

»Ich weiß, dass ich dir wehgetan habe und dass du mir nie verzeihen wirst. Wenn ich du wäre, würde ich mich auch hassen«, fuhr sie fort.

Sie täuschte sich: Ich hasste sie nicht. Ihr plötzliches Auftauchen hatte mir nur die Sprache verschlagen, vielleicht auch ihre Schönheit. Sie sah noch besser aus als in meiner Erinnerung, auch wenn sie in diesem Moment weinte und ihre Züge verzerrt waren. Sie hob ihr mit Wimperntusche verschmiertes Gesicht, umarmte mich ein wenig linkisch und sagte:

»Bitte verzeih mir!«

Sie weinte an meiner linken Schulter, und ich wusste, dass ich an der Stelle einen schwarzen Fleck davontragen würde. Sie weinte hemmungslos, und mein Blick trübte sich durch die Tränen, die mir in Sekundenschnelle in die Augen geschossen waren. Ich wusste, dass Suzan nicht über meine Abreise weinte, sondern über ihr eigenes Unglück, und ich weinte über meins. So standen wir etwa fünf Minuten da, bis sich die Verkrampfung meiner Stimmbänder löste. Während unserer kurzen Beziehung hatte ich wahrlich kein gutes Bild abgegeben. Nun war ich fest entschlossen, wenigstens einen gelungenen Abgang hinzulegen. Nach einem kurzen Räuspern sagte ich:

»Dir verzeihen? Du wirst es mir vielleicht nicht glauben, aber auch wenn ich wie ein Hund gelitten habe und immer noch leide, bin ich dir nicht böse. Ich hoffe sogar, dass die Wunde, die du mir zugefügt hast, nicht so schnell verheilt. Denn der Schmerz ist seit unserer Bekanntschaft zu einem festen Bestandteil meines Lebens geworden. Inzwischen kann ich mir vorstellen, auf dich zu verzichten, aber nicht auf dieses süße Leid.«

Ich log nicht, wollte mir einfach die Option, zu leiden, offen halten. Suzans Körper bebte in meinen Armen noch heftiger.

»Ich hoffe, dass diese Wunde zu einer Narbe zuwächst und wie eine alte Kriegsverletzung in manchen Situationen und an bestimmten Orten zieht und schmerzt. Sie soll dich in mir noch lange wach halten.«

Ich stieß das Lächeln eines Spötters durch die Nase, während Suzan Wimperntusche weinte. Von meinen eigenen Sätzen beeindruckt, hatte ich mich in Rage geredet und fuhr mit der gleichen Erbarmungslosigkeit fort:

»Weißt du, ich bin jung, irgendwann einmal werde ich eine andere Frau lieben. Aber so unvorsichtig und naiv wie ich mit dir war, werde ich nie wieder sein können. Dieser Schmerz ist unwiederholbar, unnachahmlich. Je tiefer die Wunde umso süßer ist das Leid. Und ich möchte es in die Länge ziehen, Stück für Stück sparsam auskosten, bevor in mir nichts mehr davon übrig sein wird.«

Sie umschlang meinen Oberkörper noch fester, presste sich an mich und lockerte ihren Griff nur, wenn sie hemmungslos schluchzte. Nun hielt mich nichts mehr zurück; ich küsste ihr Gesicht, rieb meine Wangen an ihren Augen, ihrer Stirn, bis unsere Tränen und die Wimperntusche eins wurden. Jemand schrie:

»Alle Passagiere nach Mardin bitte einsteigen!«

Suzan hob ihren Kopf, aus ihrem schwarz verschmierten Gesicht starrten mich zwei rote Augen an. Sie weinte nicht mehr. Mit der Entschlossenheit eines Heerführers sagte sie:

»Pass gut auf dich auf!«

»Sprich nicht im Imperativ mit mir!«, erwiderte ich. Ein Lächeln erhellte vorübergehend ihr Gesicht.